艾尔萨街的姑娘

غراميات شارع الأعشى

[沙特] 巴德莉娅·碧溪尔 著
王有勇 李楠 译

五洲传播出版社

图书在版编目（CIP）数据

艾尔萨街的姑娘 ： 馆配版 / （沙特） 巴德莉娅·碧溪尔著 ； 王有勇， 李楠译. -- 北京 ： 五洲传播出版社， 2024. 8. -- ISBN 978-7-5085-5258-3

Ⅰ. I384.45

中国国家版本馆CIP数据核字第2024TB3473号

出 版 人：关　宏
责任编辑：杨　雪
助理编辑：周晓彤
装帧设计：红方众文　张　芳

艾尔萨街的姑娘

作　　者：［沙特］巴德莉娅·碧溪尔
译　　者：王有勇 李楠
出版发行：五洲传播出版社
地　　址：北京市海淀区北三环中路31号生产力大楼B座6层
邮　　编：100088
网　　址：www.cicc.org.cn，www.thatsbooks.com
电　　话：010-82005927，010-82007837
印　　刷：北京市房山腾龙印刷厂
开　　本：889mm×1194mm　1/32
印　　张：10
字　　数：200千字
版　　次：2024年8月第1版
印　　次：2024年8月第1次印刷
书　　号：ISBN 978-7-5085-5258-3
定　　价：78.00元

目录

第一章

“到天台上打地铺去！”

母亲对我和阿娃蒂芙说道。此时，太阳已经西沉，母亲刚刚做完礼拜。

听到母亲这么说，我和阿娃蒂芙争先恐后地朝着家里楼梯的方向跑去。阿娃蒂芙已将水桶灌满了水，还从里面舀出几勺水，洒向了水泥天台。此时，一阵阵暖风好似从疲惫的胸腔里发出声声叹息，吹拂着我们的脸庞。阿娃蒂芙故意将水洒到我的脸上，我笑了笑，将头转向一侧，朝她跑过去。我抢下她手中的水桶，将水从她的头顶上全部倒了下去。

我们的衣服全都湿透了，可是，我们的笑声没有停止，连水泥天台也跟着我们一起笑，畅饮着天台上的水。又一阵凉风吹来，我们感到神清气爽，心情舒畅。

阿娃蒂芙玩得有点累了，便对我说：

“我们去铺床吧！”

天台上只有一间储藏室。我们从里面拖出地毯、床单和被褥的时候，天台上最后一片水迹也已经消失不见了。不知不觉中，玩兴又在我的血液中涌动。看到阿娃蒂芙扛着一块地毯，我猛地踩住地毯的一角，把她绊了一个跟头，还顺势倒在她的身上。阿娃蒂芙冲着我大声喊叫：

“起来！淘气鬼！”

整个天台被一堵堵矮墙分隔成了三个部分。我们依次将床垫送过去，再将棉褥放在上面，然后，在棉褥上套上床单，摆好枕头，最后盖上被子。父亲的床垫被放在了厨房上方的天台，位置比较远；我们四个女孩的床垫紧挨着父亲的床垫，被放在了会客室的上方；法瓦兹的床垫被放在了男士会客室的上方。易卜拉欣早在一年前就去了埃及，他的床垫仍旧趴在床垫储藏室内。

我们将母亲在小净[①]时使用的小桶里也装了一些水，把水轻轻地喷洒在床垫的表面。这样，等到水干的时候，床垫就会变得非常凉爽。

我和阿娃蒂芙紧挨着，躺在父亲的大床上。我们侧耳倾听，捕捉到从其他天台传来的声音，鸟儿在天空中叽叽喳喳的叫声，还有从远处传来的汽车喇叭声，男孩子们在大街上的喊叫声。忽然之

① 小净，伊斯兰教净礼之一，即冲洗身体部分肢体。——译者注

间，天台一片寂静，只有天上飘着几朵白云。这些云朵相互簇拥在一起，彼此推着挤着。我们追随着这几朵白云，竟被它们带到了苍穹的洞口，拖进了数不清的黑洞和未知的星球。在那里，遥远的星辰不停地闪烁，五彩的流星照亮了我们的思路。我们每个人都沿着自己的思路畅游在自己的梦里。阿娃蒂芙在想她的学校，梦想着早日结婚，想着给自己未出生的孩子起什么名字；我在想更加遥远的世界，那个世界比这个天台更加广阔，比这间房子更加宽敞，比这个街区更加宏大，那是一个我想与众人分享的世界。在这个世界里，我渴望众人的陪伴，哪怕他们只是众人当中的好事之徒或邪恶之人。

我所想着的世界更像是每周四晚上在家里的黑白电视上观看的埃及电影，它们是我所了解的外部世界的全部，正是它们为我的想象增添了一幅幅画面。在这些画面中，我看到自己像苏阿德·胡斯尼①一样乘着巴士，又像法蒂妮·哈玛玛②一样在尼罗河边吃着玉米；我想在漫长的河滨大道上散步，倾听商贩招徕顾客的叫卖

① 苏阿德·胡斯尼（Suad Husni，1942-2001），埃及著名女演员，享有“阿拉伯银屏的灰姑娘”的称号，拍摄过《当心祖祖》《爱的谣言》《卡尔纳克》等多部影片。——译者注

② 法蒂妮·哈玛玛（Fatin Hamamah，1931-2015），埃及著名女演员，享有“阿拉伯银幕王后”的美誉，成为阿拉伯电影业的杰出标志。从影六十载，共出演94部影片，为埃及电影业发展做出了重要贡献。——译者注

声；遇到卖花生糖的小贩，我会停下脚步，揭开面纱，买上一包，然后像他们一样吃起来；碰到我认识的人，我会和他们攀谈。

在那个世界里，一幅幅美丽迷人、轻松愉快的画面不断地涌现。在无声的想象中，我创作了一幕幕短剧，编写了一个个故事，那些是在达伊拉市场[①]卖服装的哈达拉毛[②]青年伊萨的身上从未发生过的故事。

每逢周四晚上聚会，我在天台上搭起来的舞台总会受到邻家女孩的欢迎。我让她们在天台上一排排坐好，就像观众坐在剧场里那样。我在晾衣绳上拉上一条床单，将自己和她们隔开。我藏在床单后面，穿上想要模仿的人物的服装。然后，我拉开床单，走向她们。我的身上裹着一条黑色绥带，绥带的两端已经甩到了两只胳膊上。我一边慢慢走着，一边左右扭动着腰肢。有时，我还会在胯部系上一条围巾。随后，我开始自己的歌舞表演，有时会唱："当心祖祖，祖祖、芦祖、卡玛努祖。"[③]有时会像法蒂妮·哈玛玛在电影

---

① 达伊拉（Al-Deiraa）市场位于沙特首都利雅得穆罕默德·本·沙特伊玛目广场南部，是集休闲购物于一体的大型市场，有400多家商铺，主要销售服装、甜品、调料、香水、香料等商品。——译者注

② 哈达拉毛（Hadramut）是也门东部的一个省份，北邻沙特阿拉伯，南临亚丁湾。——译者注

③ 这是苏阿德·胡斯尼和侯赛因·法赫米主演的埃及电影《当心祖祖》(1972)的主题歌。——译者注

《嘴巴与兔子》[1] 里一样，边哭边喊："我不是和你们一样也是人吗？"不过，邻家女孩好像更喜欢我模仿伊斯玛仪·亚辛[2]。我逗得她们哈哈大笑。

晚会快要结束的时候，女孩们希望我为她们唱一首歌，我问："你们想听谁的歌？"

"伊塔卜[3]！伊塔卜！"

我将宽大的衣角舞动起来，看上去就像转动的风扇。我晃动着臀部，双手放在头顶，一边用双掌拍打着太阳穴，一边唱道："小灰来了，小灰来了！"女孩们时而鼓掌，时而欢笑，有时还满怀激情地和我一起跳起舞来。在载歌载舞之中，我们的晚会走向了尾声。

一声我们习以为常的鸟叫突然打破了宁静，阿娃蒂芙熟知这个声音。一阵心动之后，她不假思索地做出了回应。

我和阿娃蒂芙立刻注视着身后的那堵矮墙，发现原来铺在我们家矮墙上的那块绿色礼拜毯的一端，好像突然长出了翅膀，落在我们家和艾布·萨阿德家之间的隔离带上。阿娃蒂芙跳了起来，我也跟着她跳起来，奔了过去。我和阿娃蒂芙总是这样，只要谁做一

---

① 《嘴巴与兔子》（1977）是法蒂妮·哈玛玛和马哈茂德·亚辛主演的一部埃及电影。——译者注

② 伊斯玛仪·亚辛（Ismail Yasin，1912-1972），埃及著名喜剧演员。——译者注

③ 伊塔卜（Itab，1947-2007），沙特著名女歌手，生于利雅得，卒于埃及，20世纪七八十年代红极一时。——译者注

件事，另一个人也会不假思索地紧随其后。我既激动又紧张地跳着，下意识地说：

“是鸟儿飞来了！”

阿娃蒂芙抓住我，拉紧我的手说：

“你侦察一下天空吧！”

快乐和兴奋的热情在我的血液里迸发，天台四周的一切似乎也跟着我来回跳跃。我像参军第一天接到任务的新兵一样，用心侦察着可能存在的危险。

对我来说，执行侦察任务是件开心事儿。尽管这会让我有点恐惧，也需要我多加小心，以防出现什么不测，但是，侦察时的紧张却在我的血液里注入了某种东西，让我期待能够发生一件奇特的事情，让我变得更加强大，因为我正在掩护萨阿德和阿娃蒂芙之间的一次约会。我要对两个生命负责，对两颗心负责，对一男一女负责。母爱在我的心中油然而生，让我如同守护幼崽的母狮一样。我在高高的岩石上跳来跳去，向上看了看，然后才从岩石上跳下来。

我从天台矮墙上的洞孔，俯瞰着艾尔萨街，像是在看一只万花筒。我看到邻居家的儿子阿祖兹正骑着自行车，手里拿着一盒Suntop牌果汁。他把车铃摇得叮当作响，左顾右盼，很快就骑远了。邻居家的女儿茅蒂正透过自家的门缝向外看，泼出一桶脏水后，向左右两侧投去了警惕的目光，见没人注意，赶紧就把门给关上了。萨阿德的妈妈乌薇莎舅妈正向门外张望，她拿着一把扫帚，扫着家里的一堆垃圾向外推着，一旦发现里面有土块，就把它扔到大街上。然后，她遮着脸，扫完自家的门槛就往回走，关上了门。艾布·法拉哈大叔的皮卡车已经将车头伸进了自家的大门，大叔和他的五个儿子正从车上下来。过了一会儿，艾尔萨街静了下来，陷入一片寂静。我仰望着天空，一群鸽子正向西飞行，自由自在地扇动着翅膀。突然，街道对面的天台上探出了两个脑袋。我知道，其中一个是欧姆兰的女儿法蒂玛，她正朝着一个男青年挥动着双手。男青年和她一样，也站在天台上，不过和她隔着两户人家。他的名字叫萨勒曼，这是法蒂玛后来告诉我的。法蒂玛远远地站着，向他挥手。他也朝她挥手，还送去了一个飞吻。

身材矮小的阿娃蒂芙拖来了一只木箱，垫在自己脚下。她站在上面，矮墙的上沿刚刚能到她前胸的位置。她把肘弯放在绿色礼拜毯上面的矮墙边缘，羞涩地低着头。

萨阿德问她的头发怎么湿了，她羞答答地说：

“阿琦扎往我身上洒水了。”

说完，他俩都笑了。

萨阿德又问阿娃蒂芙：

“昏礼的时候，我没看到法瓦兹。”

阿娃蒂芙没有回答他，却问道：

“今天晡时，我们没有看到你妈。”

他俩之间的谈话，总是从问候他人开始，因为他俩都知道，在两家人之间，爱是相通的。

听到萨阿德爸爸的声音从下面传来，阿娃蒂芙恋恋不舍地说：

“萨阿德，快去做礼拜吧！”

萨阿德从矮墙上下来，目送着阿娃蒂芙，悄悄地说：

“明天宵礼的时候，咱们再见吧！”

和往常一样，阿娃蒂芙从木箱上迈下来。每次约会之后，她都会像刚刚荡过秋千一样，无法抗拒那份甜蜜的晕眩。她轻抚着自己怦怦跳动的心，就像一只摆脱了禁锢的小鸟。她把自己扔到床上，享受着那份晕眩，让晕眩带着她翱翔在脑海里浮现的想象之中。这时，妹妹阿法芙突然出现在我们面前，气喘吁吁地大声叫喊着：

“彩色的，彩色的！”

说完，她就匆匆跑到楼下去了。

我和阿娃蒂芙紧随其后跑到楼下，父亲正搬着一台新的电视机。他已经将电视机从一只大号卡通纸箱里取了出来，放在家里原来摆放那台又旧又小的电视机的位置上。他对母亲说：“把你手上的毛巾递给我！”父亲用毛巾擦了擦尚未开机的黑色屏幕，按了一下机箱旁边的按钮。屏幕上出现了画面，也是我们第一次见到的彩色画面。

屏幕上，胖乎乎的播音员将话筒伸向一些人的嘴边，想让他们说点什么。播音员的头巾是红色的，他背后的人造树是绿色的，人们的服装却是雪白的。

我们都坐在彩色屏幕前，张着嘴，盯着新电视机里的世界。爸爸、妈妈、阿法芙、阿莱娅、阿娃蒂芙和我都沉默不语，好像遭人挟持，乘着辛巴达的魔毯，飞向了另一个时空。

“今天晚上，我们要看看彩色的连续剧《漫漫长夜》。”

我对阿娃蒂芙说完这句话，她竟然惊讶地睁大了双眼，说道：

“主啊，这颜色真漂亮！”

宵礼过后，母亲要将她的小家伙们都赶到天台上去。睡得迷迷糊糊的阿法芙拉着母亲的手，阿莱娅跟在了她的后面。父亲跟在她们三个人的后面，抱着他的收音机。收音机里传来了播音员富有磁性的声音："这里是伦敦。"时钟敲响，宣告伦敦时间第五次新闻播报的时间到了，头条就是关于萨达特①总统的新闻。

可是，我听到了母亲的声音：

“别忘了洗盘子、关上灯！”

我和阿娃蒂芙吃着面前盘子里剩下的晚餐。阿娃蒂芙吃了奶酪和果酱，我只吃了几片红西瓜。每当电视上出现彩色画面的时候，阿娃蒂芙都会鼓掌，然后对我说："这些颜色多漂亮啊！"而我呢，却是在一个娱乐世界里遨游，仿佛是在参观一座巨大的游戏城。我

---

① 穆罕默德·安瓦尔·萨达特（Mohamed Anwar Al-Sadat，1918-1981），埃及与阿拉伯世界杰出的政治家，埃及前总统，1981 年 10 月 6 日在阅兵式上遇刺身亡。——译者注

为之心动，为之兴奋，当然，也在心里也为之喝彩："是的，这些颜色真的很漂亮！"

阿娃蒂芙把盘子都搬到了厨房。我独自坐在彩色电视的屏幕前，听到阿娃蒂芙在哼唱："妈妈呀，俊男已在门外等，请您为他点盏灯！"①

埃及电视剧的音乐声响起，我叫了起来：

"阿娃蒂芙，快来呀！电视剧开始了！"

阿娃蒂芙跑了过来，双手还是湿的。电视剧以新的色彩呈现着它的画面。努尔的连衣裙是红的，乌卡夏大叔的夹克衫是咖啡色的。不过，过了一会儿，我们就忘了这些颜色，倒是有一个大问题让我们大为恼火，也非常痛苦。乌卡夏大叔是一位睿智的父亲，总是充满爱心和耐心地面对生活。他的妻子克里玛·穆赫塔尔也一心操持家务——做饭、扫地、洗衣服。他们有两个孩子，艾哈迈德和努尔都在读大学。而在我们街区，除了我在埃及读书的弟弟易卜拉欣以外，就没人上大学了。这里所有的人都去上班了，或进了技校。乌卡夏大叔看上去很伤心，因为他漂亮的闺女努尔和她的同学——一个穷酸的小伙子在大学的咖啡馆里约会，当她的哥哥艾哈迈德看到他俩坐在咖啡馆里喝果汁，就当着那个小伙子的面责备自己的妹

① 这是埃及、叙利亚女歌手、演员法伊扎·艾哈迈德（Fayza Ahmed，1934-1983）曾经演唱的一首歌，歌名就叫《妈妈呀，俊男已在门外等》。——译者注

妹，然后把她拉回了家。他甚至还想当着乌卡夏爸爸和克里玛·穆赫塔尔妈妈的面打她一顿。不过，努尔的妈妈还是站了出来，愤怒地喝斥自己的儿子：

“儿啊，你怎么能这样和你妹妹说话呢？真是丢死人了！”

乌卡夏也不同意艾哈迈德这样羞辱他的妹妹，但他只是一声不吭地走进自己的房间，以此来表达内心的悲哀。不过，克里玛妈妈还是跟在努尔的身后，一再要求她坚守传统，并对她说：

“女孩的尊严犹如火柴，只能点燃一次啊！”

接着，她又告诫努尔，真心爱她的青年应该从大门走进来，而不是从窗户爬进来。努尔瘫倒在自己的床上，哭着说：

“可是，我没做什么错事啊！恋爱不是错吧？”

阿娃蒂芙叹了口气，反反复复地说着：

“哎，恋爱真的不是错！”

第二章

早晨，我们的街区伴着明晃晃、暖洋洋的阳光醒来了。街区里的一间间土坯房舍盘绕在山谷深处，山谷里的水早已干涸。街区一直向南延伸着。街区西侧横亘着一座土丘，像巨人背负的罗锅一样突兀，将长长的街道及其背后的生活与我们隔断开来。山谷腹地中的那条长长的沥青街道，是以贾希利叶时代[①]的古老诗人命名的。诗人名叫艾尔萨，生于斯，死于斯。父亲经常谈起这位诗人，就好像他是我们街区的居民一样。父亲还说，艾尔萨是形容在夜间眼睛看不见的人，他在我们这里生活，离我们很近，让我觉得他就是从我们街道背后的花园废墟后面走出来的那个又干又瘦的老头。我们

① "贾希利叶"是阿拉伯语的译音，原义是愚昧、无知。贾希利叶时代是阿拉伯史学家对伊斯兰教前的历史时期的指称，亦译为"蒙昧时代"或"野蛮时代"。——译者注

每天早上去上学的时候都会看到他。他拄着一根拐杖，从远方的土坯房子里走出来，留着长长的白胡子，戴着羊毛头巾，有气无力地向前走着。他抬眼看着我们，注视着那群站在街上等候校车的女孩子。他久久地打量我们，仿佛我们是从另一个时空走出来的。然后，他继续走着，将花园的废墟以及坍塌的墙垣，还有从墙垣里冒出来的椰枣树和酸枣树全都抛在身后，渐渐地消失不见了。

我们的街区既不临河，也不靠海，只有灰蒙蒙的街巷和抹着白石灰的土房子。透过土房子的木窗，可以看到男士会客室的天花板上悬挂着几个大大的三叶风扇。

土房子犹如一根长长的项链，彼此交织，相互衔接，恰似悄悄牵手的伙伴，又好比纳季德舞蹈表演中相互摩肩的男人。

随着凌晨响起的宣礼声，母亲醒来去做晨礼。她头上顶着一条礼拜毛巾，跪拜了两次，然后又多拜了两次，诵读了一段《古兰经》经文，就去睡觉了。父亲从清真寺回来之后，在母亲的身边躺下，任凭收音机的频道留在开罗台不停地播报，直到旭日东升时传来费鲁兹的歌声。这时才到了我们该起床的时间。

母亲轻轻地摇了我几下。我睁开眼，看到她那张从白色礼拜毛巾下露出的面容，母亲脸上灿然的微笑宛如明月一般。阿娃蒂芙比我起得还早，她已经叠好被子了。我俩一起走下楼。我拿着扫把，开始打扫起居室，同时听着费鲁兹演唱她那首最美的歌。阿娃蒂芙走进厨房，把奶壶放在火上加热，接着用刀切开一根长长的面包，在有的面包片里放了几块奶酪，在有的面包片里放了一个煎蛋。父亲拿着收音机，伴着费鲁兹的歌声，也走下楼来。

对我来说，费鲁兹的歌声就是上学的时间，就是早晨的声音。当费鲁兹唱完她的歌，小娜嘉[①]的歌声就开始摇曳荡漾开来，宛如泛舟尼罗河上，与费鲁兹的歌声不太一样。母亲不喜欢听歌，不过，她知道我们喜欢这两个歌手，也就由着我们了。她不知道费鲁兹和小娜嘉的歌声有什么不同，只是说："这是阿娃蒂芙喜欢的。""那是阿琦扎喜欢的。"至于我父亲，他自己说过，他喜欢来自埃及和沙姆地区[②]的一切。他喜欢每时每刻听着广播，我每天见到他的时候，他的手里总是拿着收音机。有时他会听乌姆·库勒苏姆[③]的歌，有时会听开罗新闻或伦敦新闻，有时还会听游牧民的趣闻或者诗歌。每天下班回家，他总是抱着一堆报纸，上衣兜里还夹着两支笔。晡礼之后，他会坐在男士会客室里，因为他在那里挂在墙上的书架上摆放了好多书，有时他会读一读《善者花园》《沙漠诗歌》《沙

---

① 娜嘉（Najat，1938- ），全名娜嘉·穆罕默德·卡迈勒·胡斯尼，又称"小娜嘉"，埃及著名歌唱家、演员，是 20 世纪五六十年代阿拉伯音乐黄金时期的代表人物之一。——译者注

② 沙姆地区是阿拉伯世界对于地中海东岸的整个累范特地区或大叙利亚地区的称呼，随着历史的发展，所指亦有所不同。如今阿拉伯人所说的沙姆地区一般包括叙利亚、约旦、黎巴嫩和巴勒斯坦。——译者注

③ 乌姆·库勒苏姆（Umm Kulthum，1904-1975），埃及国宝级歌手、音乐家和演员。——译者注

斐仪》《历史终结》之类的书。他喜欢在我们面前吟诵古人的诗歌，比如那位名叫艾尔萨的贾希利叶诗人的诗歌。他告诉我们，他的亲朋好友都在怪他，说他给我们起的名字都非常特别，都是以“阿”字开头，阿娃蒂芙、阿琦扎、阿莱娅、阿法芙，却没有用他母亲的名字以及信士之母[1]的名字。他还对我们说，他喜欢女儿，谁被真主赐予了两个女儿并用心把她们培养成人，谁就会进入天园。他不仅拥有四个女儿，还有两个儿子，一个名叫法瓦兹，另一个名叫易卜拉欣，只是易卜拉欣赴埃及留学去了。

阿莱娅、阿法芙和法瓦兹也从天台下来了。我们吃完早饭，穿上校服，母亲为阿法芙和阿莱娅梳了梳头发。早上六点我们离开家门。街区上家家户户的门都已经打开了，飘出咖啡和牛奶的阵阵香味，有的还带着玫瑰花香和麝猫香，那是从我们家对门的邻居乌姆·阿祖兹的香炉里散发出来的。艾布·法拉哈和乌姆·阿祖兹两家是邻居，这时，艾布·法拉哈已经扛着好几捆饲料，到厄姆市场做他的生意去了。乌薇莎和我们家是隔壁邻居，她已经把自己的家打扫了一遍，把一些灰尘留在了门槛的旁边。

阿法芙在我们家是老小。这时，她也跑出了家门，敲了敲我们的邻居艾布·阿祖兹家的门。门很快就打开了，走出来四个女孩，

---

① “信士之母”是穆斯林对先知穆罕默德妻室的尊称，尤其用来指称全力支持先知传教的赫蒂彻和阿伊莎。——译者注

老大是我的朋友茅蒂，三个妹妹长长的辫子上都扎着白色丝带。

我们的邻居萨阿德也出门了，和一些不愿意背书包的年轻人一样，只是用一块礼拜毯夹着几本书。他总是算好我们上学的时间才出门，如果有时出来早了点，他就会等到我们出门。他想看到阿娃蒂芙，想象着她面纱下的脸庞，想象着她大笑的样子，可是，他从来没见过她的微笑。

他要开自己的皮卡车出门。他发动了引擎，在车里等着，为引擎预热。他打开车载音响，将声音调到最大，想让我们听到他早晨的脾气，也想让阿娃蒂芙听到他渴望一睹芳容的信号。阿娃蒂芙听到一个歌手在唱："别亏待你的美貌，揭开你的面纱吧！"[①]

她笑了，可是，他并没有看到她的笑容。

我和茅蒂、阿娃蒂芙走在前面。短短的袍子遮不住蓝色的校服，却遮住了我们的身材。那几个小妹妹走在我们的后面，发梢上缠着白色的丝带。她们都穿着灰色的校服和铮亮的黑色平跟鞋，白色的袜子包裹着她们的小腿。我们的步伐在满是尘土的街巷刻下了美丽的图案。

我们都站在艾尔萨街的同一个集合点，头顶上方有一块与街道同名的药店的巨大招牌。这时，其他店铺都还关着，因为开门的

① 这是根据诗人阿里·葛哈塔尼（Ali Al-Qahtani）的诗歌谱写的一首歌曲。——译者注

时间还早着呢!

黄色校车在曲里拐弯的街区绕了一个大圈之后，如同庞然大物一般开了过来。司机是个已经进入而立之年的小伙子，名叫艾布·玛纳希。他将校车快速地停在路边，拉了一下门把手，车门就应声打开了。我们登上校车，分散开来，坐在黑色真皮座椅上。我们选择了后排座位，想享受一下更加宽敞的空间。我们看到萨阿德开着皮卡车跟在我们后面，微笑着向我们挥了挥手。快要转向他所在的叶玛玛高中时，他将右手的手指放在了双唇之上，给我们送来了一个飞吻，然后就向右转了。

第三章

晡礼之后，父亲从清真寺回来，和他一起回来的还有一位陌生的女人以及她的四个孩子。女人站在门口等着。与此同时，父亲已经进了家门，拿好了院场房的钥匙，让法瓦兹带着那个女人和她的孩子一起去院场房。父亲还让母亲为他们送去吃的和穿的，然后才开始给我们讲起那个女人的故事。

作为街区清真寺的伊玛目，欧姆兰谢赫做完晡礼之后，转过身来，开始向礼拜者诵读他随身携带的那本书中的一个章节，内容是关于诚信的功能和价值。当他向仁厚之师先知穆罕默德表示祝福、准备结束训诫的时候，一个女人走了进来。她穿着一件沾满尘土的破旧黑袍，脸上蒙着面纱，只露出两只有点疲惫却依旧炯炯有神的小眼睛。在场的礼拜者都注意到她并不是来自我们街区的女人，因为我们街区的女人没人敢这么做。欧姆兰谢赫看到她朝自己走来，便站了起来，我父亲和我弟弟法瓦兹都听到那个陌生的女人对他说：

“谢赫，我是个可怜的女人，带着孩子从内地来到这里。孩子的父亲抛下我们，跟着商队走了。五年过去了，我们的牲畜都死光了，什么吃的都没有。我们快要饿死了，还能做点什么呢？”

“艾布·易卜拉欣[①]，你有什么想法？”谢赫看了看我父亲，说道。

“那就把那间胡同房给她住吧！愿真主为她找到出路！”父亲回答道。

“那我就动员一下咱们街区的民众为她捐款捐物吧，无论多少都没关系。”谢赫接着说。

父亲带着那个陌生的贝杜因女人走出清真寺的时候，发现寺外竟然还有四个蓬头垢面的孩子，他们都没穿鞋，光着脚，衣服又脏又破。他们当中有个女孩与阿娃蒂芙年龄相仿，还有个女孩年龄比我还小，两个女孩的头上都没戴任何东西。法瓦兹既好奇又惊讶地打量着她们，听到父亲对他说：

“让她们跟着我们吧！”

母亲为她们整理好一些衣物，把它们装进了一只包裹，还在

---

① 艾布·易卜拉欣就是小说女主人公阿琦扎的父亲，“艾布”在阿拉伯语中是“父亲”的意思，“易卜拉欣”是小说女主人公的弟弟，故亦可译成“易卜拉欣的爸爸”。——译者注

一只木箱子里放了面包、面粉和一袋米，然后对我说："背上吧！"

我和母亲在街区笔直的道路上走着，终于来到了位于街区尽头的那片边缘房，我们称之为"胡同房"。那是我已经过世的爷爷的房子，房子很小，只有一间卧室，楼梯中间有扇天窗，还有一个牲畜圈，里面关着三只羊和五只鸡。每天早晨，我们都会来给它们喂饲料，这样，我们就有鸡蛋吃了，也有新鲜的羊奶喝了。房子的下半部分是用石头砌成的，上半部分用的却是土坯。这座房子堵死了这条路，让这里成了路的尽头。所以，我们才把它叫作"胡同房"。房子的大门比街道的地面矮了近半米，只有一半露出地面。

母亲敲了敲敞开的大门，便推门而入。

一个年近四十、看上去和我母亲差不多同龄的女人，背靠在墙上，露出一张小麦色的脸。那是一张双颊皴裂的脸，一张写满了疲惫和悲伤的脸。她身上穿着一件沾满灰尘的破旧女袍，袍子的下摆在两侧垂荡，下面露出一件镶着绿花的皱巴巴的红衣服。她梳着两条长辫子，长辫子的末梢躺在萎缩的胸部。院子里，三个孩子在房子旁边的牲畜圈的墙上蹦来蹦去，最小的一个正在追着几只母鸡。

母亲将带来的几袋救济粮放进了米缸，开始向这位陌生的女人打听她的经历。她的名字叫瓦德哈，十岁的时候，父母就把她嫁给了一个贝杜因男人。她和这个男人在帐篷里生活，每天都去放羊，接待那些突然来访的客人，为他们做饭。每逢买卖牲口的季节，她的男人就会去一些遥远的国家。有的国名是她知道的，也有的国名是她不知道的，不过，她听说过阿拉伯海湾和布艾奈因（Al-Buainain）部落。她的男人经常一走就是好几个月，不过，最后一次离开家之后，就再也没有回来。她等了他两年，他却一直没有回来，她和孩子们都快饿死了。因为她在这里谁也不认识，而且出嫁之后，再也没有见过她在北方的父母，所以，她只能投奔她在利雅得附近的亲戚，却发现他们的状况并不比她好多少。她的孩子们都没法上学，小女儿穆兹娜的胸部疾病也需要治疗。她只好带着穆兹娜前往利雅得，想着在那里或许还能找到活路。这时，我母亲安慰她说：

"愿真主佑助，多子多福！"

在我们离开之前，母亲一边注视着那两个与我和阿娃蒂芙同龄的女孩，一边对瓦德哈说：

"瓦德哈，我给你的闺女带来了面纱和长袍。易卜拉欣的爸爸在我来看你之前一再叮嘱我，让我告诉你，女孩子出门前一定别忘了这两样东西。"

瓦德哈笑了笑，她知道一个人在饥饿的时候是不会考虑什么庄重和体面的。她对我母亲说：

"愿真主为你们消灾，为你们提供庇护！"

当天晚上，我们的街坊邻居纷纷来到了瓦德哈的家里，有的是出于好奇，有的是想给她提供一些救济。有的给她扛来了棉褥，有的给她送来了大米、咖啡豆和白糖，有的给她拿来了床罩，还有的给她搬来了小煤气罐。第二天早上，父亲也通知瓦德哈过来拿些鸡蛋和羊奶，给她的孩子们充充饥。

有一段时间，我们透过校车的窗户，总能看到瓦德哈在艾尔萨街上捡拾硬纸盒，然后将这些纸盒拿到市场上去卖。过了几个月，我看到嘉琪和穆兹娜加入了上学女孩的行列，米特阿卜和塔利也跟着一群男孩步行去上学了。我们街区的女孩越来越多了。早晨，我们成群结队地一起去上学，中午的时候一起回家，到了晚上，我们都和自己的小伙伴聚在一起，年龄小点的在街区里玩耍，年龄大点的每周三晚上都会在天台上聚会，这类聚会有时是在我们的邻居艾布·阿祖兹的女儿茅蒂家的天台上，有时是在我们家的天台上。

一天清早，瓦德哈敲响了我们家的门，问道：

“你爸在家吗？”

法瓦兹对这个问题感到很意外，他原以为她会像其他女人一样问他的母亲在不在家，但是，两个月前出现在我们街区的瓦德哈，与其说她是女人，不如说她更像男人。她愿意与街区里的男人们交往，男人们也不讨厌她的所作所为，还对她满怀怜悯，同情她家里没有男人。她说起话来总是显得很自然，和人们预料的一样，因为她是一个无依无靠的女人，一个自力更生、有时也需要帮助的女人。瓦德哈站在男人们面前的时候，男人们常常不会意识到她是一个女人，因为她显得那么的勇敢和刚毅。她说话的时候，总会带着他们走进唯有男人才能见证的历史，这使得她更多地出现在男人的沙龙里，而不是女人的闲聊群。她经常默默地坐着，让男人们觉得她的沉默是贫穷和游牧生活造成的。而和女人们在一起的时候，她发现自己和她们熟知的富裕生活完全聊不到一块，她既不了解市场，也不知道时尚的布料款式和现代的黄金工艺，更不清楚她们擅长的厨艺到底如何丰富多样。生育和怀孕的痛苦，在她的生活中只是非常短暂的经历。孕期爱吃什么、分娩时发生的事情以及产后如何恢复等等奇闻趣事，那些女人们常常说起来没完没了的事儿，她却觉得没什么可讲的。她只是说，她的儿子都是她在野外放羊的时候独自生下来的。她怀着身孕出去放羊，回家时却抱着一个孩子，而且，她当时只随身携带了一块面包和一粒椰枣，那竟然是她漫长一天的全部干粮。她和女人们坐在一起时很少说话。可是，当她看到双目失明的马基伦大叔和他的几名好友坐在路边晒太阳的时候，她却会向他们问一声好，他们也会对她表示欢迎，还会和她交谈很长时间，久久不让她离开。她和他们坐在一起，保持一定的距离，彼此交谈着。然后，她又在艾布·法拉哈的会客室里和他聊起天来，你来我往，聊个不停。他的老婆和孩子进进出出，询问了她的情况后就走了，而她却在会客室里一边坐着，一边和艾布·法拉哈谈论她在旅途中所听到的哲理故事，或谈论一些与她的亲身经历较为相似的故事，或者她所知道的先人故事。她讲故事的时候，男人们都会凝神倾听。她向他们讲述着自己所听到的甚至是亲身经历的战争故事，向他们讲述饥荒、复仇以及那些从圣城[1]战争中归来的北方英雄。她讲述的那些奇闻轶事让男人们开怀大笑，她吟诵的诗歌也让他们赞叹不已。作为街区的著名诗人，艾布·法拉哈非常喜爱他刚刚听到的这些诗歌，所以，瓦德哈每吟诵一首诗，艾布·法拉哈就会说：

“乌姆·米特阿卜[2]，你的口才真好！”

瓦德哈再次询问法瓦兹，后者正惊讶地张着嘴：

“你爸在家吗？”

法瓦兹匆匆一笑，便向屋里跑去。他遇到了我母亲，母亲便问他：

“这个时间会有谁敲门呢？我们真的需要一个美好的早晨！”

他又笑了笑，想看看母亲会有什么反应，想看看母亲知道门外有个女人没有问她而是问她的丈夫在不在家的时候会不会生气。便对父亲说：

“爸，瓦德哈在门外等您！”

“法瓦兹，不得无礼！别直呼其名，要叫乌姆·米特阿卜！明白了吗？”

---

① 这里指的是圣城耶路撒冷。——译者注

② 乌姆·米特阿卜就是“米特阿卜的妈妈”的意思，“乌姆”在阿拉伯语中是“母亲”的意思。——译者注

“明白了，我是让她进屋，还是您去见她？”

父亲赶紧走了出来，他想早点出门去上班，不想迟到。他拿起头巾，穿好皮鞋，开门就见到瓦德哈在等他，便问道：

“乌姆·米特阿卜，你好！有事吗？”

瓦德哈想问他可不可以贷款从他这里买些母鸡。

“愿真主赐予你生计！”

“乌姆·米特阿卜，如你所愿，这些母鸡就算你的吧！”

“你真的让我感动得流泪了！愿真主保佑你的孩子们，让他们得到平安，也让你得到平安！”

瓦德哈不停地祈福，直到父亲问她是否需要顺路送她去妇女用品市场的时候，才停了下来。

“假如没给你添麻烦的话！”

瓦德哈上了车，坐在父亲后面的座位上。她抓着车门的把手，好像骑着骆驼时唯恐自己从驼背上摔下来一样。她注视着街道，回想着那些过去的日子，那些她现在在街道上见到的人所不知道的日子。她也想着现在的生活，看到男女学生朝着学校的方向走去，脚上穿着皮鞋，根本感受不到路面的干燥和裂缝。他们的衣服很洁净，书包里装满了书和面包。他们中有的人坐着汽车，看着周围的店铺正在销售琳琅满目的商品，绝对不会在意目前正在享受的这份安逸的生活。这时，瓦德哈说道：

“艾布·易卜拉欣，说真的，我们在饥饿中入睡、在痛苦中苏醒的日子已经过去了。”

父亲满怀同情地说：

“瓦德哈，今天的孩子都很安逸，每天只是上学，吃肉，看电视。”

到了妇女用品市场，瓦德哈打开车门，用力拍了拍车门。父亲笑着说：

“乌姆·米特阿卜，轻点！轻点！”

然后，又和她说了一声：

“再见！”

多年来，瓦德哈一直不停地为我父亲祈福，唯有伴着这样的祈福声，她才会向别人讲述自己的故事，因为他把自己的房子给了她，还为她提供食物，与她一直保持着邻里关系。

在妇女用品市场转了几圈，瓦德哈感到了生活的不同滋味，感到了这座城市会给她正在上学的孩子们开辟新的人生之路。的确，她天天都会去市场转转，夜夜都想在梦中听到羊咩咩的叫声，梦见自己给奶牛挤奶，为帐篷补好裂缝。在她和她的孩子们共同度过的漫漫长夜里，只有一条瘦弱的老狗守护着他们。当她一觉醒来，发现自己身处萨基里纳街区的时候，她深吸了一口气，赞美真主为她所做的安排，祈求真主的宽恕和恩赐。

第四章

星期四，我们没有去上学。炎热将我们重重包围在天台上，太阳的光芒倾注在我们脸上。我们还在睡觉，却张着嘴吞吐着热气，如同沙漠里的小动物，毛孔里都散发着灼热的气息。我们都跳了起来，逃离了天台，睡眼惺忪地走下了楼梯。

父亲一边吃着早餐，一边欢迎我们说：

“你们和我一起吃早饭？”

我们不知道该说什么，匆匆溜进了自己的房间，享受着房间里的凉爽和风扇中吹来的凉风。我们又睡着了，一觉睡到了九点钟。

咖啡的香味在房间里弥漫。父亲收音机里的声音播报着他内心的回忆絮语，接着是午间新闻，随后是阿卜杜拉·穆罕默德[1]在

---

① 阿卜杜拉·穆罕默德（Abdulla Muhammad，1928- ），沙特著名音乐家、作曲家。——译者注

唱歌，他的歌声回荡在充满阳光的房间里："想起你，我的爱恋如焰；想起你，我的呻吟不断。"

这时，晌礼的召祷声响起。母亲赶紧奔向收音机，关掉声音，口中不停地诵念着：

"真主至大！真主至大！"

接着，她高声喊道：

"法瓦兹！我的孩子，快去礼拜吧！阿娃蒂芙、阿琦扎，快点！手头上的事儿抓紧点，做好小净，我们一起去礼拜！"

晌礼做完之后，父亲回来了，还带着两个工人。那两个工人抬着一只大箱子，父亲让我为他俩准备茶水，还让法瓦兹为他俩拿些凉水。两个工人进进出出，跑了好几趟。他俩离开之后，父亲关上了房门，我们听到他在叫我们，进屋之后，看到他在墙上那个散发着凉气的洞孔前将自己的脸转来转去。我们走近父亲，全都站在凉风口的前面。我和阿娃蒂芙手舞足蹈起来，两个妹妹阿法芙和阿莱娅也跟着我们手舞足蹈起来，大家都在叫：

"空调！空调！"

父亲平躺在地毯上，头枕着画有红鸟的靠枕。母亲让我们都离开会客室，让父亲午休一下。凉气从会客室的门缝里钻了出来，我们一家人第一次在甜美的醉意中睡着了。

晌午过后，母亲说要去一趟市场。我们都希望她能带上我们。这时，父亲问道：

“你和谁一起去啊？”

“和萨阿德一起去。”母亲回答道。

父亲给了母亲一些钱。母亲从中抽出五十里亚尔[1]，给了妹妹阿娃蒂芙。看着阿娃蒂芙手中的那五十里亚尔，我睁大了双眼，极为不满。可是，母亲却双目圆睁地瞪着我，手指还放在嘴上，暗示我保持沉默。

父亲哈哈大笑，一边递给我五十里亚尔，一边说：

“不能让我的宝贝女儿生气！阿琦扎，这五十里亚尔你拿着吧！”

萨阿德坐在自己的车里等着我们。我们先从家里出来，过了一会儿，萨阿德妈妈也一摇一摆地走了过来。她仿佛是在自言自语，许多话在她的嘴巴里滚动着。她说的话，有些我们能听明白，那是她在喋喋不休地祈求宽恕。过了好长时间，她终于停了下来，和我们说了几句问候的话，就上了萨阿德的车。她上车后，我母亲也跟着一起坐进了萨阿德的皮卡车的轿厢。我和阿娃蒂芙坐进了货厢，背靠着轿厢的玻璃。轿厢的窗开着，空气中裹挟着萨阿德妈妈涂抹的指甲花的味道。萨阿德妈妈坐在她儿子旁边，将她儿子和我母亲隔了开来。

萨阿德调高了车载音响的声音，里面传来了塔拉勒·玛达哈的歌声，而他的母亲和我的母亲还在不停地闲聊着。

---

① 里亚尔是沙特的货币单位。

当我听到塔拉勒·玛达哈唱着“给我你的爱”的时候，我拍了拍阿娃蒂芙。她微微一笑，将手指放在嘴上，示意我保持沉默。那歌声仿佛是萨阿德的心灵悄语。阿娃蒂芙浮想联翩，想到萨阿德靠着车窗玻璃的后背正对着她的后背，好像他在向她寻求难得的抚摸一样。他们之间虽然隔着铁框和玻璃，但是，那里还有马达和爱情正在散发的热气。

我和阿娃蒂芙的长袍在三月的微风中飘荡着。我俩都处于青春妙龄，对人生充满遐想。阿娃蒂芙在天台和我聊天时就曾经对我说过，她无法想象自己如何和萨阿德以外的另一个男人一起生活；她做梦的时候，只会梦见自己为萨阿德熨烫衣服和红色的头巾，为他做饭，等他下班回家，无论是在夏天，还是在冬天；她的肚子隆起的时候，她怀上了他的孩子，她还答应过他要以他父亲的名字——阿卜杜·卡里姆——为他们的孩子命名。

从那天起，我就叫她“乌姆·阿卜杜·卡里姆”[①]。她哈哈大笑起来，一边呵斥我，一边给我使眼色，唯恐我泄露了她的秘密。

我们来到了达伊拉市场。这里有各种各样的售货亭，街道两侧排列着许多店铺，一条条狭窄的街巷充斥着流动商贩的叫卖声。在这里，我们看到了各种迷人的商品，也看到了形形色色的人，他

① “乌姆”在阿拉伯语中表示“妈妈”的意思，故“乌姆·阿卜杜·卡里姆”可意译为“阿卜杜·卡里姆的妈妈”。——译者注

们当中有男人，有女人，也有小孩。有的在观赏风景，有的在讨价还价；有的在欢笑，有的在喊叫。在我眼中，整个市场就好比喜庆和自由的盛会，在我的心中激起了一种幸福感。我感到自己是一只小鸟，囚禁的笼子已经打开，我满怀翱翔的渴望，扇动着翅膀。我感到自己的身体非常轻快，与发生的事情形成共鸣，那颗飞翔的心几乎要从胸腔中跳出来。看到萨阿德站在皮卡车门外，我微笑着打开了小轿厢的门，彬彬有礼地在我们下车之前转过脸去。我并没有感到自己的身体是从大约半米高的车上下来的，也没有听到我的平跟鞋敲打地面所发出的声音。我变成了一只穿着黑袍的小鸟，自言自语道：

"我像一只乌鸦。"

我不知道阿娃蒂芙是怎么听到的，只听到她说：

"是乌鸦……你把自己当成什么了？"

萨阿德关上车门，双眼仍旧注视着我们。

母亲说：

"我们要去黄金市场，你们去购物吧！别迟到了！昏礼的时候，我们在第四菜场碰头！"

母亲让我们在市场里自由自在地闲逛。我明白了这个市场为什么会在我的心中激起快乐的暖流，因为这段时间我们不受母亲的监督，身上还带着钱，可以买自己喜欢的东西，也可以独自漫步……

从晡礼到昏礼有很长一段时间，比我们匆匆花光的钱要长得多，也比我们的需求要长得多。我们需要的只是面纱，那种轻薄的面纱，宛如一块薄薄的黑纱，许多女孩去上学或逛街的时候，都会戴上它。她们微笑的时候，会露出洁白的牙齿；当面纱飘离长袍薄薄的下摆，或者她们想提起那根几乎每五分钟就会滑落一次的书包背带时，就会露出她们的脖颈。一门心思梦想着结婚的阿娃蒂芙，只想看看透明的睡衣和镂空的胸罩，还有衬在衣服里面可以防透的内衣。她想购买各种各样让自己既能保持清洁又能香气四溢的东西，比如说香皂、香油、香粉、脱毛膏。最近，她已经开始购买牙刷和牙膏了。

“我们到艾塔姆娜商店去看看吧？”我对阿娃蒂芙说。

“你的意思是，去看看你的心上人吧？”

“不是的，不是的！”我对阿娃蒂芙说着。

“小傻瓜，那里的价格也更便宜。这次就为了我吧！”

我勉强答应了。我们走进了艾塔姆娜商店，色彩缤纷的新衣服映入眼帘。我看到了伊萨，一个肤色浅灰的英俊青年。他穿着一身雪白的衣服，头上戴着浆洗过的红色头巾，正优雅地站在柜台后面，忙着接待两位女士。两位女士从各自的长袍下伸出雪白的手掌，充满诱惑地活动着。两人手上都佩戴着好几枚镶嵌着彩色宝石的高档黄金戒指，而且还涂着指甲油。两人的臀部都很肥硕，透过她俩短袍下面若隐若现的衣服就能看得出来。这些好像都在告诉大家，她俩是富太太。她俩的面纱又薄又短，几乎没有碰到下巴，刘海也从短短的面纱下露了出来，身上的香水味充斥了整个小店。这两个人应该都已经嫁人了，因为她俩手上拿着的内衣只有结了婚的人才会穿。尽管伊萨对她俩以礼相待，可是，她俩的娇柔和欢笑都略显夸张，他们甚至还聊到了有点肉麻的话题，让人觉得她俩和伊萨好像是老相识。这让我心生醋意，因为我原以为伊萨只会看我一个女人，也应是一个很严肃的男人，除我以外，不会和任何女人调笑。阿娃蒂芙直接朝着“珠尔希娅”内衣专柜走去，我便和她一起假装翻看内衣。那两个女人刚离开伊萨的店铺，我就转向他这里，隔着玻璃柜台站在他的面前。伊萨的心也像是玻璃做的，干净明亮，却很冷。我对着他微微一笑，他透过薄薄的面纱看到了我的牙齿，却没有看到我内心的渴望。“下午好！”这句问候语，除了我父亲以外，在我的一生中，我从未对任何男人说过。

伊萨笑了笑。

“你认识我吗？”

伊萨耸了耸肩。他应该认识我，每个月来市场的时候，我都会经过他的店铺。可是，他却不知道我是谁。我真是一个笨女孩！我的妒意驱动了我内心的鲁莽，我对伊萨说：

“我叫阿琦扎。”

伊萨好像第一次听到我的名字，笑着对我说：

“你好！真的非常荣幸！”

我想掩饰自己的尴尬，冷冷地说道：

“你们的装潢变了？”

他故作礼貌地回答道：

“没有，还是老样子！”

伊萨感到我在漫无目的地乱说着什么，为了掩饰我的尴尬，也为了安慰我，他对我说：

“小妹，别见外，我的店就是你的店。”

我不知道伊萨是怎么想的，不过，我知道我对他的热情和他对我的冷漠之间的差距是显而易见的。许多风流的女人环绕在他的周围，所以，像我这样的小姑娘经过他的身边，只是对他笑一笑，平平淡淡地和他交谈，是不会让他激动的。

阿娃蒂芙对伊萨店里的商品毫无兴趣，而且觉得价格也很贵。对我来说，店里的这些内衣超出了我单纯的想象。我俩两手空空地走了出来。伊萨那颗冷漠的心已将我淡忘，转而关注其他女性买主，这让我更加失望、更加厌烦。

走出伊萨的店，阿娃蒂芙开始责备起我来：

“你爱那个哈达拉毛人什么呢？你疯了吗？”

“是我的心做出了这样的选择，我拿它怎么办？他肯定有什么出众之处，才会敲响我的心门。”

“你是自讨苦吃！无望的爱！他绝不会娶你的……”

这时，我们听到了一个跟踪我们的陌生男青年的声音。他说的话，我没听明白。可是，他一直跟在我们后面，不停地念叨着：

“甜心何时可怜我呀？”

听到这句话，我笑了起来，想到了苏阿德·胡斯尼在遇到男青年想与她当街调情时是如何应对的。我决定如法炮制，若无其事地继续往前走，并没有把这样一个来到市场只是为了寻欢作乐的小青年放在眼里。可是，阿娃蒂芙却愤怒极了，一把抓住了我的手，攥得紧紧的。我感到了她的紧张，也知道她会像往常一样，如果有哪个年轻人尾随我们，她一定会把那个家伙臭骂一顿，用她那短促而尖利的声音开骂：

“不要脸的东西，痛死你的心！”

阿娃蒂芙刚想骂出这番话，就发现她的身后有一个怒气冲冲的青年冲了过来，他的肩膀撞到了她的肩膀，倒向了我这边，差点被我们撞倒在地。

那个青年穿着短衫，戴着头巾。只见他冲向那个小流氓，一把抓住小流氓的衣领，厉声说道：

“不要脸的东西！你个没有教养的家伙，竟敢调戏良家女子！”

两人扭打在一起，头巾掉落在地上。现场有几个男人跑了过来，伊萨也从他的店里走出来拉架。

阿娃蒂芙突然叫了起来：

“我的主啊，那是萨阿德吗？”

她拉着我的手，一起离开了。

昏礼的召祷声已经响彻整个市场。我看到我母亲和萨阿德的母亲已经在那里等着。想到刚才发生的事情，阿娃蒂芙惊恐地哆嗦了一下，我也试图忘记此事，打量着周围店铺的橱窗，发现有的店铺老板已经用一块布遮盖了橱窗，有的正在关闭玻璃门，准备去做礼拜。有个志愿者在人群中一边奔跑，一边叫喊着："快去礼拜吧！快去礼拜吧！愿真主赐予你们正道！"不过，有几个也门来的小商贩却故意磨磨蹭蹭，看到志愿者走过去之后，从烟盒里掏出香烟，叼在嘴上，开始吞云吐雾，接着急匆匆地找了个地方将自己藏起来，直到昏礼结束。

萨阿德出现了，样子有点狼狈。他的上衣兜破了，头巾也落在了肩上，他愤怒地斜视着我们这个方向。不过，他只是盯着我俩当中的一个人，确切地说就是阿娃蒂芙。

"你怎么了？谁把你弄成这个样子？"萨阿德妈妈这样询问着她的儿子。

阿娃蒂芙在发抖，紧贴着我母亲。我也突然感到恐惧，因为我第一次看到萨阿德生气，祈求真主让他保持沉默，以免两位母亲知道刚才所发生的事情，更要避免传到我父亲那里。幸运的是，萨阿德什么也没说，只是说：

"没什么！上车吧！上车吧！"

回家的路完全不像来时的路。萨阿德默不作声地开着车，既没有打开车载音响，也没有像往常一样暗送秋波。萨阿德妈妈也很生气，当我们坐在皮卡车上的时候，她就不停地责怪萨阿德：

“老是惹麻烦，你想人家把你关起来吗？”

来时的路上，希望在跳动，梦想在滋生。可是，回家的路上，阿娃蒂芙却始终用手捂着脸，不停地说：

“真主保佑！真主保佑！”

第五章

早晨，瓦德哈做完晨礼，诵读了“开端章”[1]。她只会背诵这一章，也曾想过多背几章《古兰经》，但是，她期盼自己消除一切怨恨的纯洁心灵和常念真主、赞颂真主的伶俐口齿已经让她得到了补偿。她叫醒了三个女儿，又让儿子米特阿卜去取面包和蚕豆。等米特阿卜拿回面包和蚕豆，穆兹娜已经把奶壶放在了盘子里。孩子们吃着早饭，眼中洋溢着快乐。他们对母亲微笑，在生活中，他们只认识她，也只相信她。她赐予了他们这种全新的生活，一种比他们曾经被饥饿和寂寞折磨的荒野生活更加优越的生活。他们觉得自己就像她的故事中的孩子，当他们睁开眼睛、发现自己身处一片荒漠之中的时候，她化身为一只强壮的白色母狼，喂养他们，保护他们免受猛禽和野兽的攻击。瓦德哈没有对他们投入太多情感，却为他

① “开端章”是《古兰经》的第一章，共计七节经文。——译者注

们提供食物、保护和安全。在他们眼中，瓦德哈不是女人，而是她的故事中的英雄。每当他们想到她，总觉得她就像跨上骏马的骑士。因此，他们从未想到她也会有许多伤心的事，其中之一就是她是一个没有男人的单身女人，因为她在他们心目中不同于其他女人。

吃完早餐，瓦德哈就和她的女儿们一起走向校车车站。她们上车之后，瓦德哈也将头伸进了校车，对着校车司机问道：

"小伙子，能不能行个方便，顺道把我带到妇女用品市场？"

校车司机艾布·玛纳希上下打量着瓦德哈，觉得她让他想起了一个熟人。两只小眼睛，一身长袍，朴素、微黑的衣服，看上去应该和他一样，也是穷人。

"您好，阿姨！妇女用品市场顺道，您上车吧！"

瓦德哈抓住校车门上的铁杆，费力地上了车，仿佛是在爬山。她打量着校车长长的车头。这是她第一次进入这样的汽车。车里一张张绿色皮椅彼此相邻，一群女孩子非常安全地和一个陌生的男人同乘一辆车，女孩子们还在玩耍嬉戏。瓦德哈看到司机旁边有一个座位，就坐了上去。她注视着方向盘后面的那个男人，大约三十岁，脏兮兮、紧巴巴的便帽下面，一缕浓密的毛发垂挂在宽宽的额头上。两只小眼睛间距很宽，有明显的斜视，尖细的鼻子下面留着浓密的小胡子，不过，络腮胡却刮得很干净，头巾也始终挂在肩头。他一边看着路，一边吹着口哨，有时也会对路上的一些车辆抱怨地评论几句。像许多城里的女人一样，瓦德哈并没有缄默不语，她时而询问校车司机家人的情况，时而向他提及一些历史名人的名字，时而还为他吟诵一些奈伯特[①]知名诗人的诗句。司机笑了笑，意识到自己遇到了无价的宝藏，转头看了看她，说：

"阿姨，您让我想起了我的母亲，她和您一样会背诗，也会讲先人的故事。"

"小伙子，先人的故事是精神食粮，可是，喜欢这些故事的人，今天你上哪儿去找呢？"

校车司机艾布·玛纳希和瓦德哈之间的谈话还在继续，就像彼此交织、相互取暖的葡萄藤一样。就这样，艾布·玛纳希认识了瓦德哈，喜欢和她聊天，每天都会自告奋勇地送她去妇女用品市场，在转向多所学校的集中地和一所女子师范学院的所在地——达伊拉市场之前将她放在街角。

瓦德哈下了校车，走了很长一段路之后，来到了抹着白石灰的市场的土墙下，然后进入一个古老的市场。市场的顶棚很高，地面满是灰尘和污垢。

市场的一侧是敞开的，连接着一个巨大的广场，广场的地上堆着许多旧货。市场被分成了多个不同区块，既有笼中的鸟，也有

① 奈伯特原是古代阿拉伯半岛的游牧部落，主要活动在今阿拉伯半岛西北部，毗邻叙利亚的约旦境内。约公元前 6 世纪末，奈伯特人向西侵入约旦西南部死海与亚喀巴湾之间的埃多姆地区，并占领西亚重镇皮特拉，后定为王都。——译者注

无鸟的笼。市场后面还有一个廉价的二手货和旧货市场。在这里，很多人都在争相淘货，男人和女人混杂在一起，一大群买主和漫无目的的观光客挤在一起。每逢周末假期，这里就会人山人海，拥挤不堪，比瓦德哈新生活中的萨基里纳街区还要大，还要喧嚣嘈杂，充满了生机活力和赚钱的冲动。这里人声鼎沸，正如其中的鸽子发出的咕咕声，也像母鸡发出的咯咯声。当沙漠的荒芜、孤独的恐惧和生活的艰辛都渐行渐远时，瓦德哈的心也开始向这里以及这里的人们敞开，她稍加思考，就知道如何为自己在其中找到一块立足之地。

绝望，就是你没有任何选择，发现条条道路都已在自己的眼前消失，你直挺挺地坐着，没有任何期待，心中也没有任何期望。

但是，瓦德哈却在妇女用品市场找到了多条道路和一种动力。这种动力使得她不停地思考，细细地思量，寻找着自己的道路。她闻着市场里的各种气味，听着市场里的各种声音。她拐进一条狭窄的弄堂，那里的地上堆放着各种各样的商品，一群女人坐在商品后面，身体被黑色的长袍包裹着，脸部隐藏在面纱下面，只留下可以露出眼睛的宽大洞孔，额头上垂着闪闪发光的黑色丝巾。女人们的长袍下面隐隐露出了衬衣的颜色，露出了上装中的几个宽大开口，因市场里炎热难耐、人头攒动而流下的汗珠也在她们的脖颈上闪闪发光。每个女人都坐在自己那些摆放在地上或层层堆积的货物后面，手里还拿着一根竹棍。这根竹棍可以用来摆脱小孩子的捣乱，因为他们没付钱，就把手伸向了货物；同时，竹棍还可以用来拍打小伙子的脏手，因为他们总觉得自己手脚轻快，有能力抢点东西，就逃之夭夭。女人们所坐的摊位里时常弥漫着咖啡、小豆蔻、生姜和丁香的味道，和好多种调味品和指甲花的味道混在一起。瓦德哈向她们挥了挥手，高声问候道：

“姑娘们，早上好！”

乌姆·嘉扎阿转身看向瓦德哈，冲着她说：

“早上好，瓦德哈！过来喝点咖啡吧！”

乌姆·嘉扎阿是妇女用品市场的老大，熟知这里的各种门道。她一直在利雅得生活，确切地说是在这个市场里生活。她十三岁的时候就嫁给了艾布·嘉扎阿，走出达瓦西尔谷地来到了这里。刚开始的时候，她和她老公一起在这里卖小五金和旧家具，后来她来到这里自立门户，技艺和收入都要超过她老公。她经常到名人家里串门，知道许多宫里的故事，还因此出了名。她去过好多城市，塔伊夫、麦加、艾卜哈[①]。这些地方，市场的那些女性小伙伴们都没有去过。

乌姆·嘉扎阿和很多人有交情，也有分歧。她的生意由于她为众多的利雅得名人家庭所知而越做越大。她给这些名人送去香料

---

①艾卜哈（Abha）位于红海沿岸的最南端，是阿西尔省的首府，是沙特的避暑胜地，被誉为“红海岸边的夏都”。——译者注

和香水，成为一些女人和商人的中介。她认识很多人家，也认识很多女人，这让她有能力为那些寻找处女、寡妇、离婚妇女的男人介绍对象。在许多家庭和男人当中，她是出了名的媒婆，凭直觉就能知道谁适合谁，谁想得到谁。她知道，有些女人结婚只是为了遮丑或合法生子，有的人是想得到名利；她也知道，什么男人想要温顺、柔弱的女人，什么男人想要妩媚风骚、娇声娇气的女人，什么男人需要丰胸、细腰、媚眼、肥臀的女人，什么男人只想娶敬畏真主的姑娘为妻，什么男人只想找个臀部肥硕到可以稳稳地放上一只茶杯的女人。她的直觉帮助她很好地了解了女人，她的经验也帮助她更好地了解了男人。有些商人欠了她不少人情，也有些商人在离婚的时候祈求真主让她不得好报。

在市场里的女人们当中，乌姆·嘉扎阿犹如肤色偏棕的公主，恰似火上烧煮的咖啡。在她们当中，她的话总是一言九鼎，她的同情和友爱也慷慨无度。随着时间的推移，一批生意亏损的女人离开了市场，又一批贪婪的女人进入了市场，可是，乌姆·嘉扎阿却始终屹立不倒，成为一个发号施令的女人。她给需要用钱的男男女女提供附加定期利息的贷款，虽然有人把它称为非法高利贷，却对此无可奈何。也有人认为，她的这种行为只是为他们提供了有些男人不愿意提供的帮助。她因为提供这种贷款而出了名，也因此获得了一种权势。

可是，就在一天一夜之间，乌姆·嘉扎阿的身边忽然出现了一个如影随形的女孩，名叫阿塔娃。她和乌姆·嘉扎阿形影不离，就像是她的闺女，两人再也没有分开过。后来，乌姆·嘉扎阿说，阿塔娃是她的外甥女，从她的老家达瓦西尔谷地来看她。她坐在乌姆·嘉扎阿的摊位里帮忙，有时也为她搬搬箱子。人们已经不记得是从什么时候开始见到这个女孩的，却都已习惯她总是和乌姆·嘉扎阿在一起，不再追问她是谁。要不是乌姆·嘉扎阿已经年迈，他们会以为阿塔娃就是她的闺女。

瓦德哈卖完鸡蛋和小鸡之类的东西，就经过乌姆·嘉扎阿的摊位附近，和她打声招呼，开开心心地给她讲些故事和诗歌，没有什么比说唱诗歌更能让她开心的了。瓦德哈诵读了一首诗的开篇部分之后，就开始用萨米拉[①]曲调吟唱，当唱到乌姆·嘉扎阿也会的诗句时，乌姆·嘉扎阿便会跟着她一起唱。过路人看到，这两个女人面对面，竟然忘了地上还堆着对于她俩来说显得多余的货物，于是微笑着注视着她俩。乌姆·嘉扎阿拍打着自己的手掌，就像拍打萨米拉手鼓一样。当瓦德哈开始吟诵诗歌开篇的时候，她就跟着她吟唱，同时左右摇晃着身体：

你抓住我的心，

① 萨米拉（Samirah）是一种源于奈伯特诗歌的民间说唱艺术，在沙特有悠久的历史。——译者注

恰似柔软的枝条将我缠绕，

好比洪水裹挟着酸枣树的枝条。[1]

她俩忘情地唱完同一首萨米拉歌曲，情不自禁地哈哈大笑起来，然后用手掩住藏在面纱背后的嘴巴。过了一会儿，乌姆·嘉扎阿开始不停地念叨："瓦德哈啊，愿主佑助！"这时，小女孩阿塔娃也注视着她俩，忍不住笑出声来。

乌姆·嘉扎阿发现，瓦德哈是一个充满仁爱的好伙伴，也是孤独时聊以慰藉的好朋友。瓦德哈让她恢复了对逝去青春的回忆，找回了与艾布·嘉扎阿离婚后离她远去的快乐。艾布·嘉扎阿带走了她的孩子，以此来惩罚她提出离婚的要求。有人说，他回到了达瓦西尔谷地；也有人说，他在塔伊夫的一家老市场卖旧家具。乌姆·嘉扎阿发现，瓦德哈和市场里的其他女人不一样，倒是和她自己有几分相像。她坚毅果断，用表面的痛苦和毫不做作的睿智来掩藏自己的欢愉与快乐。瓦德哈也同情乌姆·嘉扎阿的孤独无依，因为强者总是可以发现自己无依无靠并遭人嫉妒、受人诅咒的处境。瓦德哈手中略有盈余、不再满足温饱的时候，就开始接近乌姆·嘉

① 这是沙特著名歌手穆罕默德·阿卜杜胡（Muhammad Abduhu）演唱的一首歌，歌名《你抓住我的心》，歌词出自沙特著名诗人达赫拉·拉·本·马尔迪·达吉玛·阿德亚尼·沃泰比的同名诗作。——译者注

扎阿，毫不在意其他女人的嫉恨或者规矩，刻意和乌姆·嘉扎阿坐在一起，为她送去共用的午餐和上好的咖啡。于是，市场里的女人开始窃窃私语起来：

“乌姆·嘉扎阿在这个穷女人身上能得到什么呢？她贪图乌姆·嘉扎阿的利益，好像对她施了魔法，用谎言蒙蔽了她的眼睛。”

不过，乌姆·嘉扎阿凭着自己敏锐的感觉，能够分辨出谁贪图她的利益或欺骗她，谁喜欢她而不需要她付出。她觉得，瓦德哈属于后者，因此，她接纳了瓦德哈。她欣赏瓦德哈的性格，瓦德哈也自力更生，不祈求乌姆·嘉扎阿的帮助和服务，也不向她索取报酬。所以，乌姆·嘉扎阿非常信任瓦德哈，让她成为自己的左膀右臂，成为自己不在市场时的代言人，甚至将海量的生意秘诀都告诉了她。这使得瓦德哈从一个在白天几个小时内倾尽所能也只能赚得薄利的卖蛋小贩，十年后摇身一变，成为妇女用品市场的“大姐大”。在乌姆·嘉扎阿的帮助下，瓦德哈拓展了自己的生意。她购买了一批调料，研磨成粉，配制成一种独特的调料组合，并以她自己的名字而命名。她还购买了一些草药，这些草药是产后、经期、月经不调和性冷淡的妇女所需要的。她利用破损的布匹，制作陶罐和木桶的把手。后来，她又在自己的摊位上增添了男士成衣，如白色短裤和长裤、背心，还向女士销售黑色丝巾、长袍和价格低廉的化妆品。再后来，她又买进了金银项链和戒指。

当夏天的热风吹向鸽子市场，商贩们普遍感到身体有点麻木的时候，瓦德哈往自己的垫单上洒了一些凉水，然后将它像帐篷一样搭在乌姆·嘉扎阿的头顶上。这样一来，热风穿过垫单吹到乌姆·嘉扎阿头上时，就会带来一丝凉意。乌姆·嘉扎阿不停地为她祈求多财多福，让她为她俩各倒了一杯咖啡。瓦德哈打开一只彩罐，从中取出一颗熟透的椰枣。椰枣黄色的那一半溢着蜜糖，闪着金光，流向椰枣的四周。

乌姆·嘉扎阿和瓦德哈坐在一起喝着咖啡。这时，一个男人站在了乌姆·嘉扎阿的面前，向她打了声招呼：

“乌姆·嘉扎阿，你好！”

“你好，法拉吉！你好吗？”

“听我的姨妈绥特说，你明天要去塔伊夫？”

乌姆·嘉扎阿回答道：

“没错！我做完晡礼就来找你！”

乌姆·嘉扎阿站起身来，对瓦德哈说：

“你跟我一起去吧！”

瓦德哈让阿塔娃照看一下她的摊位，便和乌姆·嘉扎阿一起，朝着离她俩很近的老地毯市场方向走去。乌姆·嘉扎阿身材丰满而魁梧，好像是参战男兵的身材。她任由自己的长袍从前面敞开，镶着紫色花朵的葡萄色内衣露出了她干瘪的胸部和丰满的肚腩。几只金戒指排列在她的三根手指上，右边的手腕上戴着一只价格不菲的“雷达”牌手表，金色圆形宝石串成的项链在面纱下的脖颈上闪闪发光。走在她身旁的瓦德哈身材中等，身体干瘦，看上去像是一头因长途跋涉而精疲力竭的骆驼。她穿着一件画着蓝黄圆圈的绿色衣服，手上没戴戒指，手臂上也没有珠宝，手腕上更没有什么奢侈的名表。她的一袭长袍固定在头顶，披在身后，前胸处有个开口，露出了长袍里的衣服，一副垂到胸部的面纱遮住了她的脸庞。

两人在正午灼热的阳光下走着。瓦德哈手搭凉棚，像游牧民中的旅行者一样挡住阳光，和乌姆·嘉扎阿一起站在了老地毯市场对面的街道上。市场里到处都是男人，只有少数几个女人散布在商贩与店铺之间。路边坐着一个女人，背靠着市场外的立柱，一边卖着冰水，一边给那个小手已经伸到她的衣服里面的女婴喂着奶，她的身旁还站着一个年约六岁的小男孩。乌姆·嘉扎阿主动和她打起招呼：

“努维拉，你好吗？你的孩子都好吗？愿他们一切安好！”

正在卖饮料的努维拉一边说着“你好，乌姆·嘉扎阿”，一边追着她。努维拉认识她，也认识这个陌生的女人，她特别好奇这个陌生的女人怎么会成为乌姆·嘉扎阿的朋友。

乌姆·嘉扎阿和瓦德哈站在马路边，想等到路上没车的时候穿过马路。可是，出租车一辆接着一辆地转弯，刚好停在她俩附近。从出租车上下来几名乘客，接着又有另外几名乘客上了车。如果出租车是空车的话，就会故意放慢速度，寻找乘客。乌姆·嘉扎阿决定穿过马路，便抓住瓦德哈的手，拉着她一起走，用自己的身躯开路，挡住一辆又一辆汽车。最终，绿色的别克车也停了下来，等待行人穿过马路。乌姆·嘉扎阿和瓦德哈穿行到马路对面，来到一条破破烂烂、坑坑洼洼的人行道。她俩围着一根高高的电线杆转了一圈。这时，一个男人从她俩面前经过，身上的长袍就像老鹰的一对翅膀飞扬在身后，她俩赶紧给他让开了路。接着，她俩继续顺着墙根往前走，而男人却大摇大摆地走在马路当中。她俩经过几家商店，其中一家在销售一种镶有金色丝线的闪闪发光的男士长袍。接着，她俩又走进一条狭窄的胡同，在这里，左右两侧又分出好几条胡同。她俩向右转弯，朝着道路尽头的一家商店走去，很快就感到店里的那台“沙漠”牌空调传出的阵阵凉风扑面而来。一个瘦削的老人坐在店里，已年逾古稀，戴着一副咖啡色镜框的近视眼镜，短短的须髯染得黝黑，手中拿着一台皮封的小收音机，正不停地播报着沙特电台的节目。

“艾布·穆海欣，您好！”

“乌姆·嘉扎阿，你好！请进，请进！休息一下，休息一下！”

艾布·穆海欣看了一眼那个穿着白色衬衫和黑色马甲、没戴头巾的青年，对他说：

“欧麦尔，给我们来几杯咖啡！”

乌姆·嘉扎阿和瓦德哈喝完咖啡，露出染有指甲花的双手，摇了摇手中的咖啡杯，示意不再续杯。

空调机形似一扇小窗，伴随着其中的铁片在舞动，送来阵阵凉风，吹得她俩的面纱从两侧飞扬起来，露出了乌姆·嘉扎阿的太阳穴，她赶紧用手抓住了面纱。

“艾布·穆海欣，这位是瓦德哈，我妹妹，我最亲的妹妹。我不在的时候，她就代表我了。”

艾布·穆海欣问道：

“乌姆·嘉扎阿，你干嘛要走啊？想去哪儿呀？”

“艾布·穆海欣，愿您一切安好！我要和谢赫绥特一起去塔伊夫。”

“愿你一切顺利！乌姆·嘉扎阿，别忘了给我们寄点巴尔舒米[1]牌的无花果！”

艾布·穆海欣和乌姆·嘉扎阿都笑了起来，只听后者说道：

“您都没牙吃无花果了，干嘛要用它来磨破您的双手呢？”

“愿主佑助！”

“我给您来点葡萄和石榴？”

艾布·穆海欣笑着说：

“愿主祝福你！”

随后他说道：“好的，结账吧。”

“瓦德哈正在为您结账呢，她的和我的一点不分家。”

---

① 巴尔舒米（barshoumy）是沙特塔伊夫著名的无花果，也称夏季水果之王。——译者注

“乌姆·嘉扎阿，你有事就吩咐吧！”

乌姆·嘉扎阿要带她的外甥女阿塔娃一起去塔伊夫，瓦德哈为她们送了行。从此，瓦德哈就取代了乌姆·嘉扎阿在妇女用品市场的位置。

宵礼过后，瓦德哈回到了家中，她让嘉琪给她准备了一份简餐，就登上了天台。她已经在考虑让米特阿卜也去买一台“沙漠”牌空调，就像她在艾布·穆海欣的店里看到的那台空调一样，把它安装在顶楼的会客室里。这样的话，天气炎热的夜晚，她就可以睡在空调机的对面了。

瓦德哈向女儿穆兹娜询问米特阿卜回来了没有。

“妈，他还没回来。”穆兹娜回答道。

就在这时，她俩听到了米特阿卜走进家门的声音，他像往常一样喊道：

“家里人都在吗？”

接着，他开始模仿狼的叫声，开心地叫道：

“嗷嗷……”

瓦德哈听到米特阿卜一边登上楼梯的台阶，一边喊着她的名字：

“瓦德哈，瓦德哈！”

他来到天台，看到母亲正躺在穆兹娜的怀里，便问道：

“博学多才的瓦德哈是不是累了？”

他走近瓦德哈，双手按在她的背上，一边为她推拿，一边说：

“艾布·穆斯塔法的店铺正在出售。”

“艾布·穆斯塔法的店铺是卖什么的，木桶还是杯具？”

“妈，都不是，是磁带。”

接着，他就一边用舌头模仿乌德琴[①]的声音，一边唱着“噔噔噔……帅哥身材真美妙，但愿生活乐陶陶”。

瓦德哈问道：

“孩子，大家现在都可以在电视和电台上免费听歌了，怎么会花钱买磁带呢？”

“这家店肯定能赚大钱！”

米特阿卜一边用力按着瓦德哈后背上的肌肉，一边问道：

“妈，您看我们要买下这家店吗？”

“看看再说吧！”

她想提醒自己的孩子不要忘记过去几年那些差点饿死的艰难岁月，当时他们连一块面包都没有，穿的衣服也破破烂烂。可是，他们已经忘了那段日子，从自己的记忆中抹去了那些悲惨的岁月。孩子们不愿记住痛苦的过去，生活的激情一直推着他们向前走，让他们去追求快乐。然而，大人却总是在往昔中挖掘痛苦的回忆，为

① 乌德琴是北非、西亚和中亚等地区的传统拨弦乐器，有“中东乐器之王”之称，被认为是中国琵琶、欧洲鲁特琴的前身。——译者注

之哭泣，或者为了那些已经逝去且无法追回的种种回忆而痛苦，沦为往昔的俘虏，丧失为清晨的阳光和可口的美食而快乐的能力，埋怨匆匆流逝的岁月，埋怨岁月亏待了他们。不知道岁月是否听到我们一直在埋怨它。它永远也不会听到。瓦德哈总是这样说。

米特阿卜买下了老市场街对面的那家卡式磁带商店，他复制、销售塔希尔·阿哈萨伊[①]、希贾卜[②]、塔立格·阿卜杜·哈基姆[③]、法奇·马哈孙[④]等著名歌手和两位当红青年歌手穆罕默德·阿卜杜胡和塔拉勒·玛达哈的歌曲磁带。许多在婚宴上唱歌的女人因此而时常光顾他的商店，一来是和他打趣嬉戏，二来是奢望他能提供按揭付款服务。米特阿卜为她们复制歌曲，一直到晚上九点才打烊。晨礼之前，他回到店里，一直睡到中午才起来工作。

看到儿子米特阿卜会赚钱，也会给她分红，瓦德哈心里甭提多高兴了。这就是说，米特阿卜已经长大成人，有些事可以和她一起拿主意了。米特阿卜想买一台新的刻录机，就来找瓦德哈，征询

---

① 塔希尔·哈萨伊（Taher Al-Ahsai，1929-2014），原名塔希尔·古泰非，因生于沙特的哈萨县（Al-Ahsa）而得名，沙特著名艺术家。——译者注

② 全名希贾卜·本·纳希特（Hijab bin Nahit，1944-2018），沙特著名诗人、民间艺术家。——译者注

③ 塔立格·阿卜杜·哈基姆（Tariq Abdul Hakim，1918-2012），沙特著名艺术家、音乐家，沙特国歌的作曲者。——译者注

④ 法奇·马哈孙（Fawzy Mahson，1925-1988），沙特歌唱家、作曲家，生于吉达，是沙特希贾兹音乐的代表人物。——译者注

她的意见，他知道，这笔开销会花光他将来所赚的钱，甚至有可能还会透支。这台刻录机的价格很高，所以，瓦德哈不同意米特阿卜这样挥霍钱财，她最清楚一旦亏了会有什么样的后果。可是，米特阿卜执意要买，瓦德哈并不指望他会相信自己所说的话，不过，她还是想最后再劝他一次。

“为什么要全额付款？以按揭方式购买，用利润来付款，或者买一台二手刻录机，不是也行吗？”

米特阿卜看着瓦德哈，叫出了声：

“天啊，我的妈呀，你天生就是做生意的料！”

看到母亲开怀大笑，米特阿卜向她伸出了一只手，说道：

“妈，让我亲一下你的额头吧！”

第六章

落日之下，余晖渐散，薄暮初降。我们街区的人们出于喜爱，将这一时分称作“傍晚”。尽管此时的天空尚有余晖，但毫无疑问，挂在天空的已是西下的夕阳。太阳藏身天际，拖来一床黑色的被子，盖在自己头上，留下半轮明月高挂在天空。这时，乌姆·阿祖兹开始点亮那盏挂在她家屋檐下的黄灯。昏暗的灯光射出去，几乎只能照亮街道的一小块地方，却聚焦在她家的大门上。那是一扇油漆已经剥落、点缀着许多黑点的大门。这些黑点是敲门的小孩或一直等不来应门之声的人用石子敲打在门上而留下来的。那天晚上，男孩们聚集在微弱的灯光下，开心地玩耍着。好多人家都在等待夜幕降临，等待那些悬挂在各家门上的小小灯盏从装饰门楣的石膏棚顶下射出光线。这时，女裁缝苏莱娅为我母亲做的长裙已经送到了。母亲兴奋地将裙子在自己的眼前翻来翻去，不无炫耀地抚摸着裙子上的红色衣领。她试了试裙子上的拉链，打开又合上，好像对裙子的柔软质地非常满意。她走进自己的房间，穿好裙子，走出来向我们展示了一番。母亲穿上新的长裙，显得非常合身。她举起两只袖子，露出手腕上的那块新的“雷达”牌手表。父亲上下打量着母亲，对她的身材步态非常满意，觉得她比原来更年轻了，便对她说：

“努拉，见到你的人都会说，你比你的女儿还年轻啊！”

这是我第一次听到父亲提到母亲的真名，因为她平时总是被叫作“乌姆·易卜拉欣”。今天我才发现，母亲也和我们一样，拥有一个非常女性化的名字，一个很美的名字——努拉。我很兴奋，也有点怀疑这是不是母亲的名字，便试着叫她这个名字：

“努拉，老爸说得真的很对啊！”

父亲笑了起来，母亲嗔怒地看了我一眼，说道：

“快去让阿娃蒂芙打扮一下，我们今晚要去参加哈达拉毛人的婚礼。”

我们的邻家女儿胡赛娜今晚要嫁人。她的父母家就在这条街的尽头，和我们家隔着四户人家。除了“哈达拉毛人”之外，他们还有一个名字，可惜我们都忘了，因为我们是通过那些来自哈达拉毛的邻居才认识他们的。不过，我们是不会当着他们的面这么叫的。

胡赛娜常常和街区里的女邻居来看我们，她的怪腔怪调让她显得有点与众不同。她将词尾字母念成了开口符，而利雅得人却会念成合口符。不过，她也是我母亲的邻居中最有文化、最有知识的女人，因为在她们当中，只有她会谈论巴勒斯坦、萨达特和以色列签订的协议、也门政变后伊玛目遭驱逐、贩奴团伙的频频攻击等重大新闻。她还说，她的母亲就是被贩卖的女奴之一。除此之外，胡赛娜还有一个特点，那就是她知道最新的黄金款式，因为她丈夫麦斯欧德在黄金市场里拥有一家商店，而且他经常站在店里。如果她的女性朋友去找他，就会看到他在照顾她们的邻居，告诉她们黄金的真实价格，为她们确定买卖黄金的合适时机。所以，她的女邻居在决定买卖黄金之前，都会去找胡赛娜，向她咨询当天的价格是否合适，再由她去问问她那位光彩照人的老公。他开着整个街区里最新款的轿车——黑色别克，穿的衣服上也镶着几粒金钮扣。他特别喜欢抽烟。我每次看到他经过我们街区时，都会注意到他的手上夹着一根香烟，然后，就会祈求真主为他指引正道，让他改掉这个坏毛病。但是，让胡赛娜生气的可不是她老公抽烟的事儿，而是他喜欢萨米拉·陶菲克[1]。这总是让胡赛娜伤心不已。每每在女邻居面前谈及此事，她都会对她们说，萨米拉·陶菲克偷走了她老公的心，因为他的钱包里总是装着一张萨米拉的照片。他的侄子有一次从他手里夺过萨米拉的照片，只是亲了一下，就引发了他俩之间的激烈争执。他扑向他的侄子，拽住他的衣服口袋，将他一把推向墙

---

① 萨米拉·陶菲克（Samira Tawfik，1935- ），黎巴嫩著名歌手，常以游牧民方言演唱歌曲，在阿拉伯世界享有盛名。来自黎巴嫩、叙利亚和约旦的多位诗人和作曲家曾为她作词作曲。——译者注

头，口中骂道：

“狗日的，滚！”

当萨米拉·陶菲克出现在电视上，唱着“请倒点咖啡，还要多加点小豆蔻”的时候，他会让全家人都不要出声，然后放大电视机的音量，聆听她的歌声，让自己沉醉在相思之苦中。萨米拉拿出自己的招牌动作，抛出媚眼，电视镜头又在此时推向了她那带着一颗黑痣的白皙面颊，洁白的牙齿间露着媚笑，这让他的心快乐得几乎要飞起来了。胡赛娜还说，他竟然会亲昵地称她“萨米拉，我的心肝”，甚至还对胡赛娜说“但愿你的家人当初给你起的名字也叫萨米拉”。

那天晚上，我站在自己房间里的镜子前，束紧彩条白裙上的腰带后，就和阿娃蒂芙、阿莱娅和阿法芙一起出门了。母亲走在我们前面。我们踩着高跟鞋，穿着新衣服，款款地走向邻居家。邻居家已经在街道上拉起了两排彩灯，从他们家一直延伸到街道对面的人家。我们走进去的时候，竟然发现里面坐着好几排女人，她们和我们完全不一样。她们的着装和我们差别很大，而且，她们的脖子上和头发里还挂着茉莉花，头上佩戴着彩色丝巾，指甲花显露在手上和脚上，而不像我们总是将指甲花藏在里面。其中的几个女孩甚至还修剪了发梢和眉毛，这使得她们的眉毛也长出了粗粗的毛发。或许是因为婚礼现场使用的香料有点别致，所以，婚礼现场的味道闻着有点怪。新娘坐在会客室的一群女人中间，有几个女人围坐成一圈，手上拿着手鼓和锣鼓，卖力地敲打着绷紧的鼓面，几个小姑娘伴着鼓点的节奏翩翩起舞。她们先将双手背在身后，接着又像孪生姐妹一样靠近彼此，来来回回地舞动着。胡赛娜转身看了我一眼，对我说：

"阿琦扎，走，咱们去跳舞吧！"

我一下子将头埋在了母亲的肩膀上，非常腼腆地对她说：

"我不想跳，有点怯场。"

当时，我只是觉得她们的舞姿有点怪异。可是，母亲却推了我一下，对我说：

"别扭扭捏捏的！为了胡赛娜，去跳个舞吧！"

我推了一下在我前面的阿娃蒂芙，和她一起站在了会客室中间的舞池里。那些敲打手鼓的女人见我们不是熟人，就为我们唱了一首穆罕默德·阿卜杜胡的名曲。听到这首歌，阿娃蒂芙忍不住扭起了臀部，兴奋地跳起舞来。我紧随其后，开始模仿她的动作。

女人们为我们鼓掌，姑娘们好奇地注视着我们，看着我们这两个舞姿怪异的姑娘。

晚餐过后，有些女人，包括我母亲在内，开始与新娘的母亲道别。可是，胡赛娜却对我们说，晚会还没有结束。她不停地发着重誓，一再挽留我们，恳求我们等到晚会结束之后再走，因为他们会在她家的天台上放电影。不过，我母亲还是执意要回家，胡赛娜就抓住了我和阿娃蒂芙的手，希望我俩留下来别走。

母亲同意我俩留下来，让我们稍后和弟弟法瓦兹一起回家。他正和几个男青年围着新郎，一起坐在大街上。

我们爬上了胡赛娜家的天台。那里一片漆黑，没有一丝光亮。不过，街上彩灯发出的光却很强，照出了一个个身影。这些人影开始在天台上聚集，坐在一张张沿着三堵矮墙排列的塑料凳子上。我听到另一侧传来许多男人和男青年的声音，其中有我弟弟法瓦兹的声音。不过，我们都裹着长袍，戴着面纱，所以，他是认不出我们来的。姑娘们在等待电影开映，无法掩藏内心的喜悦，有的甚至轻轻地发出兴奋的叫声。天台仍旧漆黑一片，麦斯欧德让他的两个儿子关掉了外面的彩灯。我不明白他们为什么要把天台搞得这么黑，直到看到一块亮斑出现在矮墙上，才恍然大悟。这块亮斑有点像电视屏幕，上面有好多人在走动。不过，它只是一块亮斑，只要有人在它前面经过，就会被遮挡。在此之前我从未见过完全相似的东西。我的心为之一动，阿娃蒂芙也紧紧抓住了我的裙子。

克里玛·穆赫塔尔原本是一个比较腼腆的女演员，却在电视剧《漫漫长夜》中饰演了乌卡夏大叔的妻子。她头上裹了一条毛巾，身上也只是裹了一条浴巾，裸露着肩膀和膝盖，就从浴室里走了出来。我的心为之一沉，热血上涌，感觉像是自己的隐私被人窥探了一样，赶紧用手捂住阿娃蒂芙的眼睛，对她说：

“愿主不让我们蒙羞！”

我听到坐在另一侧的好几个男青年都在哈哈大笑，鼓掌叫好，也听到我们的邻居大烟枪麦斯欧德在咳嗽。女人们却保持沉默，好奇地看着电影。这时，阿娃蒂芙拉了一下我的肩膀，对我说：

"我们走吧！"

我推开了她的手，对她说：

"你别毁了我们的这部电影！"

时间过得很快。突然，我看到阿法芙朝我们这里跑了过来，对我们说：

"爸爸在下面等着呢，说让你们快点过去！"

时间有点晚了，父亲亲自过来接我们了。我们和他一起走着回家，而法瓦兹却一直待到电影散场。在我的人生中，我第一次希望自己是个男孩，能像法瓦兹一样不需要在电影结束前就必须回家。而且，也是从那一天起，我知道了我喜欢的埃及电影在电视上和在影院里观看是完全不一样的。电影恰似人生，也有两面性，正如克里玛·穆赫塔尔有时保守、有时暴露一样。从此，我开始探寻人生赤裸的那一面。

第七章

做完晡礼，父亲走出家门，准备去开车。车还没发动，他就发现，原来安装车载音响的地方空荡荡的，于是，他下了车回到家中。母亲告诉他，车载音响被人偷了。父亲去艾尔萨街区警局报了警，有两个人跟着他一块回来，其中一人穿着警服，另一个穿着便装。我已经在短暂的午休后醒来，看到穆兹娜朝我这里跑来，对我说街上到处都是人，其中还有两名警察。我听到父亲在告诫母亲不要走近门口，然后就走出了家门。

我拉着穆兹娜的手，对她说：

“我们去看看吧！”

我们家的天台上有几个用石膏网覆盖的可以俯视街区的小壁孔。除此之外，楼梯间的墙壁上也有一扇开放的小窗，这扇小窗用木盒遮盖，涂有咖啡色涂料，上面打了多个圆形洞孔，人眼可以从这里向外张望。我和穆兹娜将瘦小的肩膀挤进了这扇小窗，各自透过一个洞孔向外看。看到父亲愤怒、疾走的样子，我们感到了一丝恐惧，这是我第一次看到他这个样子，街区里的男人也和他一起关注着事态的进展。只见那两个警察走到街区很远的地方，然后把整个街区从头到尾搜查了一遍。不久，街区里出现了两个少年，一个是棕色皮肤，另一个的皮肤呈小麦色。两人骑着一辆自行车，手上拿着冰激凌，车架上挂着他俩刚刚购买的东西。警察叫住他俩，询问了几个问题，坐在骑车人后面的少年承认了他俩偷了车载音响。警察让我父亲过去确认一下，然后就将两名小偷带走了。穆兹娜比我更早认出了其中的一个人，因为那人正是她的弟弟塔利。他骑着自行车，陪着达哈米，尽管米特阿卜早就警告过他和达哈米混在一起不会有好下场。穆兹娜从我们家跑了出去，没戴头巾就在街区里一路狂奔，但是没人注意到她。她跑回了自己的家，可家里只有她的妹妹嘉琪。她转身就想往外跑，可是，嘉琪却提醒她说：

“疯子，你想不穿长袍就出门呀？”

穆兹娜夺过妹妹的长袍，跑向妇女用品市场，去找她的母亲瓦德哈。见瓦德哈正忙着做生意，穆兹娜就坐在她身边，用力拉着她的长袍一角。瓦德哈甩开了她的手，对她说：

“等一下！”

正和瓦德哈讨价还价的男人看了穆兹娜一眼，说：

“多漂亮的女孩啊！你闺女？”

瓦德哈没有回答他的问题。

男人走了。穆兹娜倒在母亲的怀里，哭了起来。

“塔利被警察抓起来了！”

塔利走出了看守所，责怪母亲和哥哥米特阿卜对他不闻不问，害得他在看守所里和窃贼、走私犯一起关了五天。他把米特阿卜拉到轿车旁边，对他说：

“我什么也没偷，都是达哈米干的！”

可是，米特阿卜还是非常严厉地对他说：

“与贼为伍便是贼，背着破罐一身水。”

两人走进了家门。塔利看到瓦德哈的时候，内心的愤怒早就不见了，取而代之的是内疚。瓦德哈什么也没说，只是问他：

“吃了吗？”

塔利没有回答。他原以为母亲会像过去一样，一旦他犯了错，就会打他一顿。她要是这么做了，他的心里倒会好受一些，或许还有机会和她谈谈自己的梦想，而且是在她说个不停的时候：

“我多么希望可以逃离这个家，让自己放松一下！”

就在塔利这样浮想联翩的时候，米特阿卜突然以命令的口吻对他说：

“吃好饭，就跟我一起去做礼拜！”

可是，塔利不想跟着任何人。他坐在家里，吃完饭就独自出门了。他见到了自己的小伙伴们。小伙伴们一见到他，就询问他在看守所里的事儿。他装出一副勇敢的样子，给他们讲述其他囚犯的故事。这些囚犯当中，有两个也门人因为制造假酒、偷盗黑钢而被捕入狱；还有一个人是被另一个人在自己的家里抓住的，前者声称他来后者的家中是为了偷盗，但实际上，他是来和后者的老婆幽会。他之所以不敢坦白这一点，是为了维护后者老婆的声誉。因此，后者对此也比较满意，起码这样不会让他蒙羞。

塔利和这些囚犯坐在一起，听他们讲述自己的故事，讲述自己在等待法官判决时的种种恐惧。他们有的人很开心，有的人完全一副无所谓的样子，没有人像他一样伤心、恐惧。当然，塔利并没有把这些事讲给他的小伙伴们听，只是告诉他们发生在这些囚犯身上的奇闻异事以及他们之间的聊天谈话，还说他们很勇敢，甚至说他们的心已经死了，永远也不会知道什么是恐惧。

塔利的一个朋友问道：

“你害怕吗？”

“不害怕！不过，吃的太差了，睡在地上真让人受不了。”塔利兴奋地答道。

塔利一下子成了小伙伴们眼中的英雄，成了他们追随的对象。坐牢的这段经历，反倒让他在他们面前有了一种优越感，因为他经历了他们未曾了解的事情，那就是远离自己的家人，在外面度过好几个夜晚。

为了显示自己的优越感，塔利主动带着他的小伙伴哈米迪去了杂货店，冲着那位哈达拉毛来的店主问道：

“有烟吗？”

塔利快到家的时候，从口袋里取出了烟盒，在大门的右角挖了个洞，把烟盒藏在洞里，才走进了家门。米特阿卜走近他，问道：

“去哪儿了？”

“散步去了。”塔利局促不安地答道。

可是，烟味还是从他的衣服里散发出来。米特阿卜抓住了塔利的手，抬向自己的鼻子，质问道：

“小黑脸，你抽烟了？”

米特阿卜抓住了塔利的衣服下摆，将他推倒在地，用脚踢他。接着，又拿起一只鞋，开始抽他。

瓦德哈抱着毛毯，到天台上去了。她知道，塔利需要一个男人来教训他，而不是一个收拾不了他的女人。

女孩们都去上学了，米特阿卜到自己的店里去了，瓦德哈也去了妇女用品市场。可是，塔利还没有起床。从那天起，他的内心装满了怨恨。米特阿卜和瓦德哈还没有下班回家，没有发现他逃课。他什么也没吃，就走出家门。在家门口，他扒开了那个洞，取出烟盒就走了。

五天之后，米特阿卜见到了塔利的老师。老师来到米特阿卜的店里，询问塔利为什么没来上课。老师在店里买了一盘塔拉勒·玛达哈的磁带，米特阿卜没收他的钱。不过，回到家中的时候，他已经火冒三丈、怒火中烧了。

米特阿卜走进家门，看到嘉琪在做面包、烧晚饭，穆兹娜在洗衣服，瓦德哈正侧躺着，便问道：

“妈，塔利呢？”

“孩子，忍忍吧！他还小。”

塔利在家门口听到了他俩的对话，心中一惊，取出烟盒藏了起来，才走进家门。他用手推动敞开的大门，刚跨进一条腿，还没来得及迈进另一条腿，就被米特阿卜一把抓住了衣领，拖进了家门。米特阿卜口中说道：

“你是不是觉得谁也奈何不了你了？”

这次，塔利学会了自我防卫。他将双手放在米特阿卜的胸口，想把他推开。可是，米特阿卜比他强壮，一把就把他抱住，摔倒在地，用脚踏在他的胸口。瓦德哈走开了，嘉琪哭着跑过来，哀求米特阿卜放塔利一马，说他还小，不太懂事。

米特阿卜受不了嘉琪的哭泣和哀求，没再打塔利。他一边放手，一边说：

“自己不想做男子汉，就没人能帮得了你，亲朋好友也帮不了你！你个傻瓜，听明白了吗？”

第二天，塔利去上学了。坐在教室里，他感到和同学们在一起的感觉有点怪。他觉得自己已经长大了，比以前更强壮了，学校已经不再适合像他这样的人了。他想等到这个学年结束就自己退学。这时，老师在教室里让塔利交作业，塔利却说自己缺课交不出来。于是，老师把他送到了校长那里。校长一边打开塔利的档案，一边说：

"塔利，你不做作业，还逃学。你还是回去吧！要想回来，就和你父亲一起来吧！"

塔利倒觉得这是他不用再次回到学校的理由，因为他没有可能把他的父亲叫过来为他开脱。校长的这番话刺痛了他的伤口，只要有人触碰这个伤口，就会让他勃然大怒，让他有一种冲动去摧毁这个与他格格不入的世界。

塔利知道失去父亲意味着什么。当他的小伙伴去参加节庆、婚礼或宴会的时候，一进场就会直接走向自己的亲人，因为亲人已经为他留好了座位。如果举办宴会的人是某个小伙伴的父亲，那么，这个小伙伴就会得到同伴们的青睐；过节的时候，每个有父亲的小伙伴都会得到他的父亲或者他父亲的友人所给的零钱，然后拿着这些零钱出去玩耍。当然，小伙伴们要想得到这些，就得在家里听从父亲的命令，包括什么时候回家、应该结交什么样的朋友，甚至还包括他们可以吃什么、喝什么，这让他们的生活变得简单明了。可是，家里只有母亲的孩子却只能感受到她的怜恤，她隐形的刚强只能流动在她的头脑里和舌尖上。塔利只认识这样一位为了他们而长期劳作的母亲，感到自己无力为她分担什么，这种感觉让他心力交瘁。米特阿卜只知道追随母亲，塔利却不想追随女人，不管这个女人是谁。因为男人是不一样的，男人粗犷强壮，不应该顺从任何人，而且知道如何在家里制定规矩。不过，他觉得自己还小，又没钱，上学只会让他觉得自己更加渺小。因此，当米特阿卜让他到他的店里一起干活的时候，他觉得自己找到了一条新路，一条会让家里乃至整个街区都变得更加强大的新路。

整个漫长的暑假，塔利一直被米特阿卜拖着去他的店里干活，接受长时间的培训。直到此时，他才变得开心起来，因为他很快就学会了如何经营这家商店。

他站在店里，执行着米特阿卜的命令，帮助那个也门青年阿里。阿里比他大两岁，虽然跛脚，却很强壮，一直笑呵呵的，刻录磁带的活儿他干得特别在行。塔利非常满意自己在店里的角色，渐渐地，他也开始对阿里发号施令起来：

“阿里，去给我拿杯茶来！阿里，把这盘磁带刻录一下！”

塔利站在柜台后面，来店里的如果是男青年，他就能判断出他们喜欢听哪一类的歌曲。有时来店里的是戴面纱的女孩，她们和他聊上一会儿，就会笑出声来。

有一天，米特阿卜一边关着店门，一边对塔利说：

“加油干，这个店就是你的了！”

塔利对这个提议颇有兴趣，却不知道如何落实。

一天晚上，米塔阿卜有事先离开了店里。趁此机会，塔利走近木制的收银箱，伸手抓起一把现钞，匆匆放进了自己的口袋。米特阿卜刚回到店里，塔利就对他说自己想出去一会儿，到附近的杂货店为他买些果汁。然而，塔利却迟迟未归。米特阿卜就关上店门回家了，口口声声地说要惩罚塔利。可是一直等到深夜，米特阿卜还是没有见到塔利回家，而他自己却在大门旁边睡着了。瓦德哈早晨醒来时，得知塔利一夜未归。尽管无法接受，但她还是让米特阿卜出去找一找，并跟他解释说，塔利和他不一样，是城里孩子，别到自己常去的地方找，找到他后，一定要对他温柔一点。然而，米特阿卜却回答得非常干脆，他说一定会把塔利好好地教训一顿。

一大早，米特阿卜就走出家门，到处寻找塔利，终于，他在自己商店附近的一家咖啡馆门前停下了脚步。他看到了塔利正独自坐在一张桌子旁边吃东西。塔利竟然会在这里，他感到非常奇怪。米特阿卜又累又热，走到塔利身边坐了下来。塔利抬眼看到了米特阿卜，惊恐地跳了起来。不过，米特阿卜看着他的时候所显露出的一副屈服的模样，倒让他感到羞愧难当。塔利坐了下来，掩藏着内心的恐惧，装出一副勇敢的样子，期望米特阿卜并没有听到他恐惧的心跳。

米特阿卜问道：

“吃什么呢？”

“蚕豆。”塔利咽下一口饭后说道。

“那给我也来一份吧！”米特阿卜对他说。

一盘蚕豆端了上来，米特阿卜吃了一口，对塔利说：

“塔利，这是我第一次进咖啡馆吃一盘蚕豆。你知道吗？在咖啡馆里吃东西，按照我们的习俗，这是一种耻辱，你明白什么叫耻辱吗？”

塔利苦涩地笑了笑，说道：

“进咖啡馆的人都会点蚕豆，你干嘛要亏待自己？”

米特阿卜知道，塔利绝不会像他一样做个生活节俭的游牧民。他从小就来到城市，成了城里的孩子，早早就学会了如何玩耍，身后没有一大早就等着他去放牧的羊群，也没有到了晚上还在咕咕叫的饥肠。

* * *

米特阿卜决定和萨菲彦合伙开一家婚庆饭店，便将歌曲磁带销售店交给了塔利。塔利已经长大了，可以自食其力。他没有完成学业，不过，瓦德哈原来就没指望她的孩子都能接受教育。在她看来，男人就是要辛勤劳作，结婚生子，照顾家人。所以，她并不理解米特阿卜在得知塔利没有参加中考时为什么要责怪他。

“为了养活你们，我一个人倒霉还不够吗？”

“那就让我跟你一起倒霉吧！又会怎么样呢？”

塔利又补上了一句：

“我们店赚的钱已经够我们用了。”

塔利非常喜欢和他的助手阿里一起坐在店里，喜欢那个名叫瓦尔黛身材丰满的女孩来到店里的那段时光，她的女伴巴纳夫萨姬会陪着她一起来。一首首歌曲在他和她之间唱出了一条相思相悦之路。他后来才知道，瓦尔黛和她的女伴都在做女子婚庆歌手。所以，她每次进店的时候，塔利都会大声叫道：

“阿里，给我们拿些冷饮来！”

瓦尔黛不停地询问塔利她要找歌曲，可是，塔利却更想问问她的个人情况，问问她萨勒玛、玛波芦卡以及合唱队其他成员的情况。于是，瓦尔黛给塔利讲述了他以前一无所知的另一个世界的故事。有一次，塔利告诉瓦尔黛，他想创建一个只属于她的婚庆之家，可以让她像乌姆·库勒苏姆一样去唱歌，而且只在她自己的婚庆之家唱，不找任何人。瓦尔黛咯咯地笑了很久，才对他说：

“谁会来呢？”

“就我一个人，不够吗？”塔利说道。

瓦尔黛喜欢他开这样的玩笑，所以，她每隔两天就会经过他的小店，拿走她想要的磁带，却不需要支付任何东西，只要留下欢声笑语就可以了。有时，她会把自己的一只手温柔地放在木制柜台上，索取塔利的慷慨大方。塔利的手会悄悄地蠕动过去，放在她的手上，感受她的手在他手掌下的悸动，好像有一颗心在唉声叹气。

第八章

阿塔娃跟随乌姆·嘉扎阿从塔伊夫回到利雅得之后，就来到了妇女用品市场的商店，见到了穆兹娜。穆兹娜比她年龄稍大一点，身材比她略高一点，声音比她更大胆，同时，也比她更敢闯敢说。生活在妇女用品市场的穆兹娜只比阿塔娃大了几个月，然而，她的超凡脱俗却引起了阿塔娃的好奇，使得阿塔娃特别喜欢和她在一起。穆兹娜喜欢和她在市场遇见的男人放放电、发发嗲，还让阿塔娃陪着她到市场外面去转转，阿塔娃总是立马答应。

她俩走在向北穿过妇女用品市场的一条小路上，不一会儿拐了个弯，就转进了南面的几家银器商店。这是一条通往主街的捷径，从这里经过，她们就不需要从市场前面绕上一圈，再经过市场的所有摊位。走这条捷径，可以避开市场里拥挤的鸟笼和商贩嘈杂的叫卖声。穆兹娜伸出手，抓住了阿塔娃。可是，阿塔娃刚碰到穆兹娜热乎乎、软绵绵的手，就粗鲁地把自己的手抽了回去，因为她还没有适应与其他女孩的身体有亲密接触。不过，她还是和穆兹娜保持并肩同行，这样可以让自己有一种安全感。阿塔娃的身体还在慢慢适应被抚摸的感觉，她不习惯这种毫无遮掩的公开接触。穆兹娜虽然感到阿塔娃离自己很近，但是，她仍在不停地寻找阿塔娃的手，想再次抓住它，把它握在自己的手中。与阿塔娃截然相反，穆兹娜已经从她母亲那里懂得了女性朋友之间的亲密关系，这种关系不能只是听听声音，还应包括抚摸身体，感受身体的热度和手掌的柔软，不带任何欲望，却饱含深爱，因为抚摸可以催生姐妹友情。但是，她并没有注意到阿塔娃在心理上厌恶这种抚摸，也没有注意到她的身体非常僵硬。所以，当她一把拉住阿塔娃，像许多女人在热情问候之后互吻脸颊并发出激情相吻的响声的时候，阿塔娃只是用力将自己的脸颊凑过来，似乎是在撞击穆兹娜的脸庞。有时，穆兹娜甚至会感到阿塔娃的颧骨撞到了她的脸上，让她感到一丝丝的疼痛。穆兹娜伸出手，再次拉住了阿塔娃的手。不过，仅仅过了几秒钟，阿塔娃就再次把自己的手抽了回去。

她俩一直往前走，来到了一条名街。这里的许多商店都在销售汽车饰品以及钢笔、念珠、皮鞋和运动衫等男士用品，塔利的小店也在其中。这时，几个男青年正围在塔利身旁，抽着香烟，开着玩笑，还不时地大声笑着。

穆兹娜知道，塔利一旦见到有女孩陪着自己，就会控制住情绪。所以，她带阿塔娃来他的小店，就像是来贿赂他，好让他消消气，同时也可以满足阿琦扎的要求，帮她搞到萨拉玛·阿卜杜拉[1]和塔拉勒·玛达哈的歌曲磁带。

看到穆兹娜和阿塔娃走过来，塔利掐掉了手中的香烟，走进自己的小店，让他的那些朋友以为他来了两位客人，而不会发觉其中一位是他的妹妹。

塔利默不作声地站在柜台后面，看着柜台。穆兹娜揭开了面纱，阿塔娃也跟着她揭开了面纱。塔利看着这位新来的客人，发现她和那些普普通通的女孩一样，皮肤偏棕色，脸上长着一双小小的黑眼睛、一只细小的鼻子，连微露的牙齿都是细小的。不过，她笑起来的时候，脸颊上露出两个深深的酒窝，这让她的脸庞一下子靓丽起来。她双眉紧蹙的神情或许会吓跑某个小伙子，却深得塔利的喜爱，他的内心甚至感受到一种挑战，一种他与许多女孩交往以来就非常喜爱的挑战。

穆兹娜帮阿琦扎拿到了两盘磁带，又问阿塔娃有没有自己想要的东西。阿塔娃耸了耸肩，装作没听懂。不过，塔利还是递给了她一盘磁带，对她说：

“这盘磁带你拿着吧！本店赠品！”

阿塔娃微微一笑，竟然忘了感谢。穆兹娜把磁带放进了包里，

---

① 萨拉玛·阿卜杜拉（Salamah Al-Abdullah，1945- ），来自哈伊勒地区的沙特艺术家，20 世纪 60 年代末到 70 年代红极一时。——译者注

阿塔娃却只能把磁带拿在手上。不过，她已经想好了，下次来的时候，一定要买一只磁带专用包，还要像穆兹娜和其他女孩一样，也买一支口红。

和其他女孩一样，阿塔娃也学会了听歌。可是，对于那种为了远去的心上人而号啕痛哭、彻夜不眠之类的歌，她倒是不太理解。她只喜欢节奏强劲的歌，还要有欢快喧嚣的鼓声伴奏，因为这样的鼓声会在她的血液和肺里注入喜悦的激流，让她的双腿灌满奇怪的能量，激起她翩翩起舞的冲动。这种节奏的鼓声让她想起了她曾在遥远的夜晚听过的村歌，想起了那些曾经陪伴过她的脚步声。她记得有一天，她和姨妈绥特的客人一起去参加婚礼，看到一群女孩在跳舞，从此就爱上了她们的舞蹈。她独自一人待在乌姆·嘉扎阿家的时候，也会跳这种舞蹈。后来，她和姑娘们在宫殿里聚会，又学会了在她们面前跳舞，没有丝毫的羞涩。

塔利欢迎穆兹娜经常来他的小店转转，对她装出了一副委曲求全的样子，甚至带着她去听刚到货的新歌。后来，他让穆兹娜带着她的女友阿塔娃一起来。她们第三次来店里的时候，他特意为阿塔娃准备了一盘磁带，上面写着小店的电话号码和他的名字。

穆兹娜带着阿塔娃来店里的时候，塔利执意将磁带放在了阿塔娃的手里，还对她说：

“这些歌是我亲自挑选的，但愿你喜欢！”

阿塔娃感到塔利话中有话，于是露出了双眉紧蹙的冷酷神情。

而她的这种神情既深得塔利的喜爱，也为她增添了魅力。当她拿走塔利手中的磁带时，塔利摸了一下她的手，这让她一下子叫出了声：

“痛！”

对阿塔娃来说，一个陌生的男青年抚摸了她的手指，这让她感到比继父贾哈姆的鞭打还要疼痛，身体不由得为之颤抖。她对这种感觉厌恶至极，内心萌生了一种莫名的冲动，就像她在口中说着“痛”的时候竟然会在自己的言词中也听到了“痛”。

塔利笑了，他知道他之前见到的女孩也会有这种反应。但是对他来说，这种反应只是意味着她明白了他的意思，其他就什么也算不上了。

“爱上她的双颊和双眸”“无爱的孤独之夜”……实际上，塔利为阿塔娃所选的歌已经唱出了他想要说的话。可是，阿塔娃并不明白塔利为什么要给她留这些号码。当她得知塔利想和她在电话里交谈的时候，颇感讶异。既然她去市场时会顺道看看他，电话交谈还有什么必要呢？对她来说，与人交谈是她心中的一种潜能，只是她还没有学会。

入夜时，当磁带上的海绵静静擦去歌曲尾音的时候，女性的意识在阿塔娃的体内苏醒了，灼热的回忆在她的心中如暴雨般倾盆而下。她想起了不久前她还是一个名叫阿迪亚的假小子，想起了那段渐行渐远的岁月并没有给她时间去理解塔利这样的小子对她倾注的感情。他呼唤着她的名字“阿塔娃”，一个她几乎已经忘记的名字。

阿塔娃不记得她从什么时候开始就像她们村的小伙子们一样，穿上了衬衫、围裙，戴上了白布缠头巾，可是，她发现自己和继父贾哈姆在市场里的时候也是这身打扮。她只记得自己小时候曾经拥有女孩子的服装。只要她在石榴果园里玩耍被树枝刮破了衣服，继父就会打她，把她在那棵树上绑上两天。她一直哭个不停，害怕远处的风声和树叶的沙沙声，这些声响在她的耳旁奏起了赞歌，她不明白这些赞歌到底意味着什么。当她在夜间被大腿间温热的尿液惊醒的时候，她听到了一个声音，好像是她母亲在给她讲一个女孩的故事。女孩躲藏在树干中间，和她的白马王子一起飞翔。接着，她又听到了她那个还在哺乳期的弟弟发出的咿咿呀呀的声音，他的两片小嘴唇还在吐着泡泡。后来，她又睡着了，做起了一个又一个梦。从那天起，阿塔娃知道，她的母亲和她那个新生的弟弟已经随风而去、随树而飞，丢下她不管了。她越来越恨自己的母亲，恨她把自己扔给了继父贾哈姆，那个身材瘦小、长着一嘴黑牙的男人，那个只让她吃韭菜和大饼的男人。

村里的男人们翻过一座座黑漆漆的山去打猎，其中有的人携带着必需品，满怀希望，挺进了穆特拉夫城的腹地。他们从大山中走出来的时候，有的人背着一网网猎物和装满鱼的水桶。鱼的味道很难闻，但那都是他们没有吃过的。阿塔娃还听说，这些大山的背后有一片海，还有许多开往远方的车。不过，在她所认识的人当中，没有人去过那片海，也没有人将他的所见所闻告诉她。在这个村子里，她认识的男人只有她的继父贾哈姆。

从清晨到日落，阿塔娃都在村里的开放集市和她的继父一起干活。天还没亮，他就醒来，然后伴着晨礼的宣礼声走出家门。做完晨礼回到家，他就用脚一边踢着阿塔娃，一边说：

“阿迪亚，你个乡下人！”

在这段人生经历中，她所了解的只有村里那个集市。在去集市的路上，她看到男男女女、老老少少或走向田野去干活，或走进大山去采石。她看到放着混合饲料和大包苜蓿的驴车，看到集市里的小伙计正在将商品堆放在店铺的前面和四周。这时，许多工匠也纷纷出现在开放的大路上，有的在敲打锅底和桶底，研磨着上面的铜丝，有的在敲打长刀和短刀。大路上还零零星星地出现了几个女人，她们有的在编织篮子、草袋、棕榈帽，有的坐在装满调料、指甲花、桂皮和榛子的篮子前面，有的在卖衣服和皮货。卖动物的人把动物关在小笼子或箱子里，或者用短绳子把动物拴在他们聚集的地方。集市里所有的人都叫她阿迪亚，只有集市里的“大姐大”萨阿达叫她阿塔娃。萨阿达给了她几片干面包以及一些无花果和石榴之类的干果。萨阿达住在离这里很远的田野旁边，这些干果就是她从那里带过来的。

阿塔娃的继父贾哈姆坐在轮子上，用陶土制作水壶和水罐。在他制作这些东西的时候，阿塔娃要给他运送干燥的陶土。这种陶土经受雨水浸泡之后，再经过阳光的暴晒，就会膨胀开来。为了弄到这种陶土，阿塔娃走进山麓，穿过园中的道路，走在延伸在道路两旁的牙刷树和酸枣树下。她吃过酸枣树上掉落下来的酸枣，也曾在遮挡灼热阳光的树荫下纳凉。有的酸枣满怀眷恋地依附着树枝，仿佛只想向她问个好，看着她从树下走过。阿塔娃安于自己的生活，欢快地在树间蹦着、跳着，将陶土放进自己的草袋里，然后头顶着草袋，一直走到集市，将陶土倒进盆内，浇上水后存放几天。

阿塔娃将陶土送到的时候，她的继父并没有管她，而是忙着做自己的事。他朝着遮天蔽日却不高也不低的大山走去，想去采集那些残留的、干枯的椰枣树干。这些树干随着山谷里的洪水漂浮，或被狂风裹挟到这里，在阳光暴晒下逐渐被掏空。背着这些枯木回来之后，他把它们扔进了砖窑。然后，瘦小的阿塔娃爬进砖窑，将晒干的陶罐放进砖窑内。贾哈姆回来之后，给砖窑点上火。砖窑内的陶罐就被火焰包围，逐渐被炽热的红色火焰吞没。没过多久，砖窑内就露出了坚硬的陶罐，冲着阿塔娃微笑。阿塔娃拂去陶罐上的灰尘，好像是刚刚从战场上凯旋一样。

贾哈姆曾经想教阿塔娃坐在圆形轮子上浇注陶土，可是，她的小脚够不着地面。当她设法让脚够得着地面的时候，她的手又碰不到浇注陶土的台面了。因此，贾哈姆只能让阿塔娃去搬运陶土、码放陶罐。不过，每过两个月，他就会量一量她那双小脚的长度，等到阿塔娃九岁的时候，他就开始让她站在轮子上，指导她如何用双手跟着陶土模具转动。阿塔娃用脚踩着轮子，陶坯在她的手中渐渐地有了形，开始变长。陶坯从她的手中滑落的时候，贾哈姆就用皮鞭抽打她的小脚。随着陶坯的温度升到最高点，陶土从阿塔娃的双手间掉落下来。渐渐地，阿塔娃习惯了陶坯不离手，习惯了和她钟爱的陶土舞蹈保持默契。陶坯成了她的新玩具，成了她在漫长一天中唯一的惊喜。黎明时分，睡意阵阵袭来的时候，她飞快地踩着轮子，尽力让自己保持清醒。渐渐地，她踩轮子的速度慢了下来，两块眼皮在集市嘈杂的声音中也合了起来。这时，她听到了贾哈姆鞭打她的两只小脚的声音。

贾哈姆每天正午去做礼拜前，总会给阿塔娃留下几块干面包和干椰枣，她就靠着这点东西过活。不过，萨阿达总是叫她过去，为她打开一罐新鲜的椰枣，给她喂些凉奶。萨阿达还把凉奶倒进乳酪罐子里，自制黄油。如果没有萨阿达的椰枣和羊奶，阿塔娃可能早就饿死了。每天日落之前，阿塔娃还会拿走一些从萨阿达家的石磨盘间掉落下来的粮食，揣进自己的衣兜里，在回家路上吃，吃到肚子鼓起来，不再咕咕叫了，才安心地入睡。

阿塔娃家新来的女人并不喜欢她，走进这个家的时候，压根儿就不看阿塔娃，好像没有见到她一样。当女人朝着家里唯一的卧室走去的时候，阿塔娃的双眼盯着她的后背。那是一个中等身材、两肩宽厚的女人。她的头上顶着一个篮子，走进了这个家，篮子里装着她所有的嫁妆。她将篮子放在那间唯一的卧室里，就一只手掐着腰走出了家门，在庭院里转悠了一圈，终于转到了阿塔娃的面前。两个人都大胆地盯着对方，好像在测试对方和自己对峙的勇气。阿塔娃凝视着女人的四方脸和大板牙，注意到她的眼距很窄，好像还有点斜视，她还看到那个女人长着稀疏的牙齿、厚厚的双唇和向前突出的牙龈。突然，这个古怪的女人踢了阿塔娃一脚，骂道：

“你个母猴子，滚开！”

听到她这样说话，阿塔娃大吃一惊，怒火中烧，心想：“假如我默认了，那她绝不会就此罢休。”阿塔娃便扑了过去，一把抓住她的脖子，将她推倒在地。贾哈姆走进家门的时候，看到阿塔娃正压在他的新老婆身上，咬着她的脖子。见此情景，贾哈姆立马拿起鞭子，抽打着阿塔娃的后背和大腿。阿塔娃感到一团火焰穿破她的皮肤，灼痛了她的身体。她立马跳起来，向外跑去。那个夜晚，她躲在了艾布·法拉吉果园里的葡萄架下，离自己的家远远的，直到贾哈姆入睡，不再发出任何声响，她才敢回家。

后来，每天拂晓时分，阿塔娃就出门，这样就看不到继父贾哈姆的新老婆。那个女人听不到继父叫阿塔娃的名字，也没有对阿塔娃讲过她叫什么名字，因为她俩的相识是从扭打在一起开始的。当然，阿塔娃也不知道那个女人在她和继父不在家的时候都在做些什么。不过，她回到家里，就闻到了从家里散发出来的面包和洋葱的香味。贾哈姆走进自己的房间，那个女人就给他送去饭菜。吃完饭，贾哈姆就睡觉去了。阿塔娃睡在屋檐下用树枝和棕榈叶搭起来的小棚子里。饿醒的时候，就爬向由矮墙砌成的、向庭院开放的灶台，闻到了锅里的洋葱烙饼残渣散发出来的香味。黑暗中，她将手放在锅的中间，摩擦着锅的四周，将指缝间的烙饼残渣放进口中，闻着它的香味，夹杂着烙饼的口水流进了她的嘴里，肚子也因为这顿罕见的美食而咕咕叫了起来。

阿塔娃在集市里学会了如何制作陶罐和陶器。贾哈姆就在她的头顶上方，手中拿着鞭子，观察着她双手的动作。一旦她的动作慢了下来，或者陶坯稍稍偏了点，贾哈姆就会用鞭子抽打她。然而，阿塔娃却异常兴奋地睁大双眼，目不转睛地注视着渐渐拉长的陶坯，然后沿着陶坯的腰部方向轻轻按压，陶坯变得越来越大，最终变成了一个细腰、肥臀和丰胸的洋娃娃陶罐。看着阿塔娃用双手雕刻出各式各种的陶土工艺品，贾哈姆知道，阿塔娃就是从天而降的奇迹，是他可以依靠的奇迹。结婚之后，他的骨头开始僵硬了，加上他的新老婆每天夜里都要吸取他的精血，提出各种要求，搞得他筋疲力尽。她每天都想吃面包和羊肉，希望他能为她从集市带回指甲花和香料，过节的时候还要买棉质的衣服，到邻居家串门的时候还要送去黄色的床单。可是，他从出生起，就不知道怎样掏出一分钱送给别人，也不明白这个笨婆娘怎么会舍得花钱在集市上买香料和指甲花。阿塔娃和他在一起生活了九年，从来没有花过他一分钱。她穿着别人施舍的衣服，压根儿就不知道什么是女孩的衣服和玩具，而且，自从她穿上男孩的衣服，就再也不需要这些东西了。

贾哈姆总想让阿塔娃变成男孩，也祈求真主让他那个强壮的老婆在日日夜夜折腾他之后能够给他生个男孩，好让阿塔娃恢复她的女孩本色，伺候他老婆，成为她的帮手。阿塔娃在白天制作的陶罐和砂锅的数量常常是贾哈姆所做的一倍。有时，他对阿塔娃稍不留神，就发现她已经制作了好多奇形怪状的东西，要么供她自己玩耍，要么卖给小孩。后来，阿塔娃开始仿制她在集市里看到的东西，特意选择了某种陶土，用来制作平盘、水壶、香炉、杵臼，还把它们卖给妇女。同时，在贾哈姆离开的时候，阿塔娃开始在自己的衣兜里私藏一些零钱，可是，她不敢用它去买任何东西，因为贾哈姆一旦发现她手中有钱而不给他，就会把她痛打一顿。

有时候，阿塔娃坐在萨阿达的身旁，看着她自制酸奶和奶干，看着她的双手翻动着指甲花、酸枣树和月桂树的叶子，闻着各种装有调料的彩色器皿，竟然打起了喷嚏。当阿塔娃摘掉那块棉布包头巾的时候，只有萨阿达把她当作女孩，把她拉到自己的怀里，为她梳梳头发，唱上一首老歌，赞美姑娘的长发，诉说情郎如何偷窥自己的心上人，只是为了看到她发缝里的金色番红花，也为了闻到她辫子里的指甲花和玫瑰花的香味。阿塔娃既没有在她的头发里放番红花和指甲花，也没有放玫瑰花，因为只要她的头发长了，贾哈姆就会把它剪掉。可是，当她坐在萨阿达的怀里，闻着鼻子旁边的这些香味，她会觉得，这些香味不是从萨阿达那些打开的花篮里传出来的，而是从她自己的头发里散发出来的。

贾哈姆的老婆经常打阿塔娃的小手，但是，萨阿达却不会这样。阿塔娃将手伸进萨阿达的椰枣瓶，瓶盖微微打开，露出闪闪发光的一颗颗椰枣，这时，萨阿达不但不会打阿塔娃的小手，还会让她吃几颗瓶中的椰枣，甚至会拿几块她正在卖的酸奶干给她吃。

和萨阿达在一起度过的时间日渐增多，阿塔娃原本憔悴苍白的双颊也开始闪耀出生命的光芒。但是，当贾哈姆在集市外销售陶罐转了好几圈才回来的时候，一旦在店里没有看到阿塔娃，就会大声喊叫起来："阿迪亚，阿迪亚，但愿幽灵把你掠走！"阿塔娃听到这样的喊叫声，总是吓得浑身发抖。

阿塔娃已经十岁了，但她还是一个穿着男孩衣服的女孩。所以，集市里的伙伴们都不记得她原来的名字，而"阿迪亚"这个外号总是与她如影随形，甚至在她的家里也不例外。村里的女孩都已经忘了她们还有一个小邻居，名字叫阿塔娃。

贾哈姆的老婆阿芙拉生了两个儿子之后，就一直没让这两个孩子离开过自己的怀抱，这让贾哈姆心生嫉妒，或许让他烦躁的是阿芙拉只为两个孩子的事情操心。她只管喂养这两个孩子，给他们洗屁股，跟在他们后面跑，唯恐他们掉到井里淹死。于是，贾哈姆每次回家，在锅里都找不到自己的晚饭。面包是冷冰冰的，没有任何香味，因为阿芙拉到邻家串门去了，还在邻家吃了椰枣羹加面粉和黄油，也给两个孩子喝了她从邻家串好门回家时随身携带的羊奶。所以，每当贾哈姆带着阿迪亚走进家门，发现锅里空无一物的时候，就会大声叫喊阿芙拉的名字。阿芙拉在隔壁房间里听到他的叫喊声，就会急匆匆地跑到他的面前。当被问及午饭在哪里的时候，她就会说：

"我们没有做饭，面粉吃完了，奶也给孩子喝光了。"

听到她这样说，贾哈姆恨不得追上去，打她一顿。可是，她却放下了手中的两个孩子，想要逃跑。贾哈姆还是逮住了她，揪着她的辫子。她用两只胳膊抱住自己的头，就像敬畏自己命运的苍鹭一样。尽管如此，贾哈姆还是抡起了两个巴掌，疯狂地击打着她的手和头，然后弯下腰来，从脚上脱下鞋子，对她又是一阵痛打，打到自己的两只手都有点累了。阿芙拉乘机跑开了，丢下了两个哇哇大哭的孩子。

这时，贾哈姆转过身来，看了阿塔娃一眼，对她说：

"到天台铺床去！"

贾哈姆说完这番话就走了。过了一会儿，他又回来了，带着羊奶和椰枣，独自一人吃了起来。阿塔娃登上小房间的天台，往天台的地面洒了些水，还把阿芙拉和贾哈姆的大床也铺好了。接着，她在邻近的天台上为自己和两个小男孩也铺好了床。她低着头，闻着两个小男孩的尿骚味和她自己喝的羊奶味，竟然觉得这就是她那新生弟弟的味道。

那个晚上，阿塔娃在昏暗的月光下看到了贾哈姆和阿芙拉的身体在缠斗。贾哈姆想压在阿芙拉的身上，却被阿芙拉一把推开。

于是，他不停地抽打她的耳光，又揪住她的辫子，用力拉扯她，也让自己慢慢地滑向她。在地上蹂躏了她一番之后，他从她的身上爬了起来，放了个响屁，头枕着双手睡着了。

好多次，阿塔娃和贾哈姆从集市回家的时候，既没有闻到面包香，也没有看到阿芙拉。不过这次，阿芙拉却一直没有露面。贾哈姆等了她好几天，也没见她回家，就去她在邻村的娘家找到了她。但是，她不愿和他一起回家，除非他当着她兄弟的面发誓不再打她，还得给她送来面粉和五只母鸡，让她有鸡可养，孩子也有鸡蛋可吃。没过多久，阿芙拉就接受了贾哈姆的承诺。她知道，如果她在自己的娘家住久了，她的几个兄弟会在一怒之下把她遣送回去，这会害得她连一只鸡也捞不到。况且，她和她娘家的兄弟、孩子挤在一间小房子里，也让她觉得自己好像掉进了地狱，度日如年。因此，她也渴望离开这里，回到自己的丈夫家，哪怕饿着肚子也行。

阿芙拉回家了，只带了四只鸡，作为安抚自己的代价。家里开始洋溢着新的味道，一种阿塔娃第一次闻到的味道，那是煮鸡蛋的味道。四只母鸡也给阿塔娃带来了新的食物。如果早上她最先醒来，她就偷一只生鸡蛋，悄悄地塞进自己的衣兜里，然后放进蒸煮陶罐的炉子里煮熟了吃。

阿塔娃和她的两个弟弟在一起玩得很开心，但是，阿芙拉却不让她这样做，甚至会故意阻挠，因为她无法忍受阿塔娃穿着男孩子的衣服，也无法忍受萨阿达给阿塔娃的头发涂抹香油的味道。阿芙拉知道阿塔娃不是贾哈姆的亲生女儿，而是他已故前妻的女儿。所以，阿芙拉无法容忍她，也不想抚养别人的女儿，甚至说阿塔娃是“妖怪的女儿”。阿芙拉讨厌她，讨厌她一直和贾哈姆在一起，就像他的儿子一样。她梦想着自己的两个儿子能够快快长大，取代阿塔娃；梦想着阿塔娃恢复女孩本色，能够伺候她，为她烧饭，帮她照看孩子。可是，贾哈姆还是一如既往地抓阿塔娃的差，只留阿芙拉独自一人在家，无人帮她。所以后来，阿芙拉绞尽脑汁，一直想着如何摆脱阿塔娃这个累赘，希望她遭受更多的生活磨难，看到她嫁给一个像贾哈姆一样的男人，让她继续挨饿挨打。

阿塔娃听到阿芙拉每天都和贾哈姆谈话，每天都围着他转，提醒他自己的孩子已经长大，应该和他一起去集市。阿芙拉总是怪罪贾哈姆，提醒他应该让阿塔娃脱掉男孩的服装，让她待在家里，或者给她找个婆家。她还提醒贾哈姆，阿塔娃不是男孩子，这让贾哈姆心里很烦。想到阿塔娃可能不会在集市里帮他的忙，他对阿芙拉就大为光火，痛骂她是受魔鬼的驱使才想出这样的馊主意，因为她总是在他面前念叨，不停地唠叨这一痛苦的事实。当她一再强调阿塔娃会长大嫁人、迟早会离开的时候，贾哈姆就会一边打她的嘴，一边说：

“你个疯女人！愿主保佑我们远离你的邪恶！”

阿塔娃已经忘了所有这些闲言碎语，因为她正在准备陶土模具。在她的手中，这些模具竟然能够制作成各种各样的小人儿，时而变大，时而缩小。她甚至可以制作一个用来冷却水的大陶罐，大到需要她站起来才能够到它的顶部，这让贾哈姆感到十分意外。贾哈姆笑了，这是阿塔娃第一次见到他笑。贾哈姆非常佩服她的手艺，甚至希望她是自己的儿子，也希望阿芙拉不要再告诉他阿塔娃只是一个穿着男孩衣服的小姑娘。

清晨，阿塔娃和萨阿达一起吃椰枣、喝咖啡的时候，她对萨阿达诉说了阿芙拉的为人，也对阿芙拉打算把她关在家里的新计划深表不满。没等阿塔娃缠好头巾，萨阿达就一边给她的辫子抹椰子油，一边说道：

“不管你是阿迪亚的时间有多长，你总要变成阿塔娃。我的闺女啊，千万别违背了真主的天性！”

阿塔娃第一次听到有人向她提及真主，告诉她违背主愿可能会引发他的愤怒。她想到了自己对真主一无所知，因为她既没有上过学，也没有学过《古兰经》。她突然产生了一个奇怪的想法，觉得真主会出现在认识他的人面前，和他们交谈，但真主却忽视了她，因为她没有读过《古兰经》，也没有像大家一样做过礼拜。她多么希望自己的亲生母亲仍然活着，好教她怎样做礼拜。

一天早晨，贾哈姆让阿塔娃待在家里不要出门，因为有客人会在晡礼过后来接她。但是，把阿塔娃留在家里而独自出门，这并不是贾哈姆的习惯。

阿芙拉爬上土梯，看到了她家的女邻居，一边招呼她过去做客，一边说：

“阿塔娃今天要嫁给我的侄儿了。”

阿芙拉终于得偿所愿了，因为阿塔娃也会像她一样嫁给一个让她挨饿、让她挨打的男人，一个夜间强拉她的小手、蹂躏她的肉体的男人。

这时，一位肤色微黑的女人从阿芙拉的女邻居家中走了出来，询问阿芙拉新娘是否已经洗浴。接着，她走向一只巨大的铜壶，把铜壶灌满了水，然后一边拍手，一边唱道：“新娘子，快来啊！”

听到叫声，阿塔娃从自家土宅的梯子上跳进了邻宅，因为两宅之间连一堵墙也没有，所以，邻宅完全暴露在她的面前。接着，她又向下跑，跑到一块西瓜地的中央。穿过西瓜地之后，她又跑进了果园围墙之间的一条狭窄胡同。她拼命地奔跑，不时地听到阿芙拉在身后追赶着，叫喊着：

“阿迪亚，回来！以真主起誓，贾哈姆一定会宰了你！”

阿塔娃翻过一堵矮墙，跳进了一片果园。她不停地跑，跑到果园里最后一个葡萄架的下面。她在葡萄架下慢慢地爬行，心怦怦地跳着，气喘吁吁。阿塔娃坐在葡萄架中间，整个晚上都在想着自己的事儿。

对于这个世界，阿塔娃所知道的只是散布在村子里的五个果园和几条狭窄的道路，有的道路通向一大片葡萄架和小石榴树。她听说，横亘在村子东边的那座石山背后是一片大海，海里有鲸鱼，也有其他的鱼。她看见几个进入集市的男人都背着渔网，腰间缠着围裙，头上裹着头巾，面色微黑，看上去宽容大度、言语亲切，而且满面笑容。这让阿塔娃觉得，这座大山背后的世界并不可怕。她常去集市，在那里认识的男人要比女人多。所以，她更加清楚如何和男人打交道，她的话语词典中只有“好的”“您好”以及一些表示服从、同意的字眼。可是，她今天却惧怕贾哈姆在阿芙拉的撮合下向她抛来的可怕的命运。和他俩在一起生活已经非常悲惨了，但是，阿塔娃觉得，如果她嫁给像贾哈姆这样的男人，那她的生活一定会更加悲惨。

那天夜里，阿塔娃听到贾哈姆在呼喊她，祈求真主把她带走，然后又威胁说要剥了她的皮，把她吊在树上。她还听到了女人衣服的沙沙声，她们已经四处出动，打着灯笼到处找她，口中不停地叫喊着：

“阿迪亚，别让精灵收了你！快回来吧！”

阿塔娃并不惧怕精灵，因为萨阿达已经教会她如何通过念咒、唱歌与精灵相伴，还教会她如何手持木棒在经过每棵树的时候轻轻拍打一下树梢或树枝，吓跑那些寄生其中的精灵，因为精灵知道在强者路过他们的领地时要躲藏起来。所以，阿塔娃穿过村里的葡萄园、榅桲园和石榴园的时候，就如法炮制，大笑出声。她大笑着，想象着精灵因为惧怕她而销声匿迹。其实，阿塔娃倒是希望有一个精灵跳出来，那样她就可以和它聊聊天，也能帮她散散心。她希望树干充了气，带着她飞起来，就像萨阿达的故事里所讲的那样。当初，她听到自己的母亲一边给孩子喂奶一边唱歌的时候，眼泪情不自禁地流了下来。可是，现在她一个人独自坐在这里，听不到母亲的声音，只能任凭黑夜将她俩阻隔开来。满腔的怒火再次在她的心中升腾。她下定决心一定要离开这个留着母亲的音容笑貌的地方，远离贾哈姆、阿芙拉以及他们的两个孩子。她希望自己在天亮之前能够经过那两个孩子的身边，将他俩闷死，让阿芙拉饱受折磨、伤心痛哭。

阿塔娃像一头小野兽，摆脱了羁绊。她在瘦弱的腰间系了一条蓝色围裙，在头上缠了一条像缠头巾一样的白布毛巾。她感到自己已经重获自由，却不知道要走向何方。她决定要像野兽一样随性而为，信马由缰。

旭日未升时，阿塔娃已匍匐前行，爬出了葡萄园。她穿过几块田地，来到了那片西瓜地，因为她将自己的小陶罐埋在了紧挨着她家墙根的地方。突然，一只小老鼠从墙洞里冒了出来。阿塔娃注视着这只坦然前行的小老鼠，羡慕它虽只拥有一个洞穴却很安然。阿塔娃挖开了那块地，取出了小陶罐，她双手抱着，离开了那里。

村子的尽头，有一个每逢周六才会出现的集市，几辆小卡车和两辆大卡车停在那里，车主们正在推销自己的商品。阿塔娃看到了几个和她年龄相仿的男孩子正站在几辆卡车前面，喊着几个远方城市的名字——塔伊夫、利雅得、麦地那。她第一次听到这几个地名。她绕着那几辆卡车转了一圈，注视着那几个陌生男人的脸，发现他们和她在集市里看到的那些人不一样。相比之下，他们的胡须更长，衣服也更长。他们没有系围裙，却穿着白色和黄色的衣服。她看到其中一个男人嘴里含着一根刷牙棍，从嘴巴的右侧往外吐了一口痰。他还没有开口说话，就用怀疑和警惕的目光打量着阿塔娃。阿塔娃心中一惊，抓着陶罐的手也被吓得冰凉。于是，她避开了那个男人的目光，朝着其他方向看去。

阿塔娃继续绕着卡车转来转去，仿佛是在等待命运指引自己的方向。她看到了几个妇女和孩子，就跟在他们后面，朝着那辆红色卡车的车箱走去。她插在他们中间，立刻感到很多身体推着她往前走，迫使她在温暖的人潮中随波逐流。她感到自己的身体因恐惧而僵硬，但是，有一只手却伸向了她，把她拉进了卡车。那是一个男孩的手，他正站在卡车敞开的大门边，帮着小孩和老人爬上车厢。阿塔娃发现自己已经坐在了一块长条木板上，这块木板将卡车的车厢一分为二，它的下面趴着一群山羊，妇女和孩子则坐在它上面敞开的部分，背靠着干草垛和新鲜的饲料，和他们相伴的还有一只只皮包和铁箱。

第九章

我们聚在一个房间里，在那里吃饭、睡觉，还启用了电动壁炉。母亲给铜制的咖啡壶抹了油，抛了光，让它再现昔日闪闪的金光。她还擦了擦彩色茶壶的内胆，把茶壶重新摆放在冬季火炉架的上方。接着，她又给长方形的铜制炉膛添加了燃烧的木炭，然后坐下来给她自己和我父亲做起了咖啡来。

母亲邀请了她的女邻居来家里做客，她们一起围着冬季的火炉，喝着咖啡，享受着火炉里的木炭散发出来的热气和香味，因为女邻居来家里做客的时候，母亲总会在木炭里投进一块香料，好让家里飘散着独特的香味。当然，只有在家里有了客人或者周四晚上在父亲房间的时候，母亲才会让我们闻到这样的香味。这种香味让我们为之陶醉。

冬夜晚会过后，我总是熄灭家里的最后一盏灯，然后像往常一样，让大门口的那盏白灯一直亮着。听到有人在敲铁门的时候，我想到法瓦兹还没有回来，也想到自己已经关了铁门。可是，敲门声是那么有力、那么大胆，不像是法瓦兹的做派，因为法瓦兹总是轻轻地敲门，唯恐有人知道他很晚才回家。

我走近铁门，小心翼翼地把耳朵贴在大门背后，边听边问：

“谁呀？”

一个年轻人满心欢喜的声音传了过来：

“易卜拉欣！”

他又用埃及方言继续说道：

“丫头，开门！”

我打开门，勾住了易卜拉欣的脖子，亲了他一下，说：

“易卜拉欣，我的好弟弟！”

易卜拉欣也亲了我一下，笑着问我道：

“爸爸呢？他睡了？”

我们听到了门被迅速打开的声音，只见父亲从屋子里冲了出来，问道：

“是谁啊？”

父亲看到了一个清瘦的青年，穿着长裤和衬衫，浑身散发着一种迷人的味道，但不是柠檬的味道。我看到父亲的眼中闪过一丝光芒，于是回答道：

“是易卜拉欣！”

父亲冲着母亲喊道：

“努拉，易卜拉欣回来了！”

这个周五的早晨是与众不同的，因为阿拉丁坐在了我们中间，他乘着飞毯来到了我们中间，仿佛从天而降。我们不知道怎么会这样，他刚刚还在这个房间和我们道别，转瞬之间，我们又在同一个房间迎接他的归来。我们不知道他是怎么走的，也不知道他在哪里隐身了一年，又是乘坐什么回来的。

我们听到易卜拉欣给父亲讲述他乘坐的飞机、留学的学院、逛过的埃及街道、遇到的裁缝，还有像他一样在埃及留学的、为数不多的外国学生。他打开大皮包，送给父亲一件带有金色内衬的、闪闪发光的灰色大衣，送给母亲一块印着红玫瑰、蓝玫瑰和绿色根茎的布料，这和法蒂妮·哈玛玛、杏德·露丝图姆[①]的服装极为相似。他还满足了法瓦兹的要求，送给他一件印有他所在球队名字的足球背心和一本世界足球明星画册。他给我的几个小妹也各送了一件新衣服。接着，他把一只虎皮花纹的软皮包递给了阿娃蒂芙，又从皮包中取出了最后一件礼物——一双金色高跟鞋，鞋子里粘着一小块布，上面用阿拉伯语写着“埃及制造”。

他微笑着将鞋递给了我。

我激动得快要哭出来了。我非常清楚，这种鞋特别像苏阿

---

① 杏德·露丝图姆（Hind Rostom，1931-2011），埃及著名女演员，埃及电影黄金时代的杰出代表，有“东方的玛丽莲·梦露”的美誉。——译者注

德·胡斯尼穿过的鞋，鞋跟是软木的，前尖后宽。我就缺这样一双鞋。尽管我穿得像苏阿德·胡斯尼，把自己的脸也染成了她的颜色，可是，只有穿上这双鞋，我才会是她。现在，我真的完全像她了。这双鞋就是一个显著的标志，可以把我和其他女孩区别开来。她们没法穿上埃及制造的鞋，可是，苏阿德·胡斯尼却可以穿上。我将双脚穿进鞋里，感到非常惊讶：怎么会这么合脚？易卜拉欣怎么会知道我的尺码？有生以来第一次，我看着自己的双脚。我原来一直以为，脚只是用来走路的，所以，就从来没有特别关注过自己的脚，觉得它们仅仅是两块踏板，可以带着我去我想去的地方。可是，当我把双脚穿进鞋子，却突然发现自己的脚还真的很漂亮。这让我觉得自己好像是穷人家里被人遗忘的美女，突然被一位王子发现，竟然成了公主。这种幻觉引导着我，让我想起了一件对我来说非常重要的事情，那就是大家都叫苏阿德·胡斯尼是“阿拉伯荧屏的灰姑娘”，今天，我也成了穿着一双金色新鞋的灰姑娘。

回家一周后的一天，易卜拉欣走了进来，要求母亲和我的姐妹为男人们让出一条道来。母亲带着我们一起进了厨房，在那里挤作一团。

父亲和法瓦兹以及余下的几个小孩一起围着一个政府职员以及他带来的工作人员。

那名工作人员问道：

“电话安装在哪里？”

“男士会客室吧！”父亲答道。

于是，两个工作人员走进了靠近大门的男士会客室，装好了电话线，留下了一部电话机和一本黄页，还在电话机上粘贴了一块印着五个数字的丝带。

那两个人刚离开我们家，我和阿娃蒂芙就奔向了那台新设备，想去摸一下。那是一部带有转盘的灰色电话机，可以拨从 0 到 9 的十个数字。我拿起听筒，放在耳边，说道：

“以你的生命起誓，请给我接埃及！”

易卜拉欣说：

“你们原来没有电话，到底是怎么活的呀？”

后来很长一段时间，电话成了我们家的一个陌生客人。我们在男士会客室里接待它，不过，总是让它独自坐在那里，以高度甚至是过度的敬意对待它。电话的铃声很少响起，只有男人们知道如何使用。母亲总是避开电话，就像避开陌生的男人一样。她也不让我们去接电话，担心来电话的人是父亲的某个男性朋友，担心他们会听到我们戴着面纱的声音。因此，即便意外地听到会客室里难得的电话铃声，率先奔过去接电话的还是男孩子们。不过有一天，不幸的事情还是发生了，就像斧头落到了我的头上。那一天，电话铃响了，我刚好和同班女友努埃曼聊完，就顺手拿起了听筒，听到了父亲的朋友艾布·法赫德的声音。他问我父亲在不在，接着又和我彼此问候了好长时间。他问我是不是艾布·易卜拉欣的女儿，我告诉他，我叫阿琦扎；他又问我学校的情况怎么样，我是不是像我的父亲所夸赞的那样既机灵又聪明，我对他说："是的。"他哈哈大笑，随后又问我父亲在不在，我对他说父亲不在家。这时，母亲经过我的身边，问道：

"谁呀？"

艾布·法赫德还在电话里和我交谈，我便对母亲说：

"艾布·法赫德。"

母亲惊恐地抓着自己的头，问我：

"你接他的电话了？还和他聊了这么久？"

"妈，以真主起誓，我不知道来电话的是艾布·法赫德叔叔！"

从那天起，母亲对待我的方式就不一样了，好像我是一个声音已经失去贞洁的女孩一样，而我也让她习惯了我就是她那个不再为接电话而感到害羞的女儿。虽然我做错了事，但是，我的错却让我摆脱了戴面纱的女孩不能接电话的禁锢。我不明白这是为什么，便对母亲说：

"妈，以真主起誓，他是我叔叔，就跟我爸一模一样啊！"

家里那部唯一的电话机远远地坐在男士会客室里，响铃是极为罕见的事儿，因为除了我的朋友努埃曼和艾布·法赫德，没人给我们打电话。我们的生活并没有因为电话而发生很多变化，但阿娃蒂芙却从中受益最大。萨阿德的父亲不认识电话局里的人，所以，他们家就还没有装上电话。不过，萨阿德知道我们家装了电话，就和阿娃蒂芙说好，每个星期四他都会去那个已经装了电话的朋友家，十点之后从他家里给她打电话。为了确认阿娃蒂芙守在电话机旁，萨阿德会在电话铃响一下之后就挂掉，然后再次拨号，好让阿娃蒂芙在第一声铃响还没完的时候就拿起听筒，这样的话，就不会有人注意到电话铃响过了，也不会让大家知道来电话的人是谁。

一年半之后，电话成了每个家庭的必备成员，我们使用电话的次数也比过去多了。很多人家里都装了电话，我们的邻居茅蒂、母亲的好友胡赛娜，甚至萨阿德的母亲乌薇莎，她们的家里都有了电话。母亲已经习惯每天早晨和她们在电话里交谈，而不是去串门。所以，我们把电话机移到了父亲的房间，这样，电话离我们更近了。接着，我们又把电话机移到了我们的起居室，再后来又移到了我们各自的房间。于是，白天的时候，我们每个人都有一段时间可以通过电话聊天来打发。谁想打电话，就把电话线拔下来，拖到自己的房间，然后安心地打电话，不会被其他人打断。母亲不再害怕接电话了，也会害羞地回复父亲的朋友艾布·法赫德和艾布·贾斯尔的电话问候。父亲的其他朋友她虽然从未见过，但出于好奇，她也很想听听他们的声音。父亲回家的时候，她就会对他说：

“艾布·法赫德给你打过电话。”

接着她问道：

“艾布·法赫德有几个孩子？”

父亲漫不经心地回答着她的问题，有时也会对她说：

“不知道。”

晚上的时候，易卜拉欣和我们坐在一起。母亲准备好了柠檬姜茶，充满慈爱地给我们沏好茶，然后又在木炭上放上几粒栗子，我们很快就听到了栗子壳在炉灰中噼噼啪啪爆裂的声音。父亲要回自己房间睡觉的时候，易卜拉欣给他使了个眼色，从“新秀丽”牌皮包里拿出了一张肤色白皙的美女照片。她不像苏阿德·胡斯尼，倒和萨法·艾布·苏欧德[①]有点像。易卜拉欣微笑着对母亲说：

“您看！这是我的女朋友！”

母亲看了看照片，哈哈大笑起来，然后对易卜拉欣说：

“你骗我，这是女演员的照片吧！”

我从母亲的手中抢过照片，凝神细看。那是一位身材修长的女孩，身穿灰色长裤、红色衬衫，一头栗色的秀发。我问道：

“易卜拉欣，你的女友好漂亮，你会和她结婚吗？”

看到母亲不相信，易卜拉欣又拿出了一张照片。照片里，他和那个女孩坐在桌旁，两人面前都放着一杯果汁，看上去就像电视连续剧《漫漫长夜》里乌卡夏大叔的女儿努尔和她的男友。母亲看了看照片，扔到了易卜拉欣的怀里，说道：

“如蒙主愿，不会的！我儿子易卜拉欣有头脑，只会娶本国女孩！”

---

① 萨法·艾布·苏欧德（Safa Abu Al-Saud，1950- ），埃及著名歌手、演员、记者。——译者注

易卜拉欣把照片放回了包里，然后笑着说：

“如果你们为我找个像她一样的美女，我是不会反对的！”

易卜拉欣的假期结束了，他又回到了埃及。我们也聚在一起，睡在了冬季居住的房间里。

在冬天爬上天台是要遭人怀疑的，因为没人会在季风劲吹、寒冷刺骨的日子登上天台。但是，每个星期五的正午时分，我们都要登上天台，晾晒洗好的衣物。我和阿娃蒂芙每天正午的时候都会悄悄地溜到天台上，观察她那只鸟儿的绿色翅膀是否落在了那堵日渐疏远的矮墙之上。那天正午，我独自爬上天台，看到了那块绿色的礼拜垫。我扯动了礼拜垫的一角，又快速地拽了一下，然后对萨阿德说“等一下”。我奔下天台，悄悄地让阿娃蒂芙到天台上去，然后，我和母亲坐在一起，分散她的注意力，还要做到有求必应，以免她发现阿娃蒂芙不在家。我看到阿娃蒂芙登上天台之前，拿起一块礼拜垫裹住了自己的头。我问她为什么这样，她说萨阿德让她蒙上自己的脸，因为露脸是禁忌。

我不禁扪心自问：“莱依拉是否也蒙上了自己的脸，不愿让盖斯看到呢？”[①]

---

① 莱依拉和盖斯的爱情故事在阿拉伯世界家喻户晓。这是阿拉伯历史上一对青梅竹马的恋人因部落习俗不同而无法结合并因爱而痴狂的故事。埃及著名作家邵基曾根据这一故事创作了诗剧《莱依拉的痴情人》。——译者注

阿娃蒂芙从天台上回来了，一副心烦意乱的样子，她拒绝回答任何问题，想以此来掩饰自己的眼泪。

阿娃蒂芙惴惴不安地对我说，萨阿德变了，不再是原先那个活泼开朗的青年了。他要求阿娃蒂芙把我们家里的画像都扔掉，好让天使进入我们家；还要求她不要再听音乐，以免真主在她的耳朵里灌入铁水。我问阿娃蒂芙，萨阿德为什么会变成这样？她对我说，他和萨基里纳街区的一群人走得很近，向他们学习正统宗教，并告诉她：我们正在经历一场大动荡，已经陷入明显的迷误之中，安拉很快就会惩罚我们。

阿娃蒂芙感到了萨阿德的不安情绪。尽管如此，她还是答应和他结婚之后会完全如他所愿，不再听歌。但是，这对她来说有点困难，尤其是在我们家，因为我父亲喜欢听收音机，收音机里随时都会播放各种歌曲，她本人也喜欢听小娜嘉的歌，阿琦扎喜爱听萨巴赫[①]的歌。我纠正了她的说法：

“小傻瓜，我喜欢的是阿卜杜·哈利姆·哈菲兹[②]！”

阿娃蒂芙没有听到我说的话。她的话题似乎比我认为的还要

---

① 萨巴赫（Sabah，1927-2014），原名珍妮特·格雷斯·法厄里（Janet Gerges Feghali），黎巴嫩著名歌手、演员。——译者注

② 阿卜杜·哈利姆·哈菲兹（Abdel Halim Hafez，1929-1977），埃及著名歌手、电影演员，20 世纪五六十年代最有影响力的埃及明星之一，埃及音乐黄金时代的四大传奇人物之一。——译者注

重要，因为她还在一门心思地自言自语。她和我说话的时候声音很大，根本就听不到我所说的话。

她仿佛是在自言自语：

“只是几首歌，听听又何妨？”

没等我回答，她又继续说道：

“既然他想这样，我不听又何妨？只是几首歌嘛！”

接下来一周的正午时分，我偷偷钻进楼梯间，登上了天台。我看到那块绿色地毯在两堵矮墙之间铺开了。我轻轻拉了一下，暗示我已经收到暗号。这时，萨阿德就扔过来一封信，还对我说：

“我做礼拜来不及了。”

说完，他就走了。

我小心翼翼地钻回楼梯间，慢慢地下了楼，看到阿娃蒂芙已经打开了一半的房门，头上还顶着一块礼拜垫，在等待我的手势。但是，我向她投去了无奈的目光。她明白了，萨阿德没有来。

走进房间，我拉起阿娃蒂芙的手，把那封信交到了她的手上。她读完信就哭了起来。

她将信递给了我，说道：

“你也读读吧！萨阿德真是让人想不到！”

阿娃蒂芙失去了原有的活泼，频频地做起了礼拜。她不但希望真主对她满意，也希望萨阿德对她满意。她不再和我们一起分享晚上看电视所带来的快乐，而是在昏礼之后就开始收看宗教节目。

两天后，萨阿德妈妈来到我们家串门，坐在了我母亲的身边。母亲给阿娃蒂芙派了个活，让她站在火炉的后面，因为母亲很喜欢在别人面前炫耀自己的女儿是家务方面的行家里手。她对萨阿德妈妈说：

“女孩子不擅长家务，就没啥希望。谁愿意娶一个只会读书写字的女孩呢？”

于是，萨阿德妈妈转而夸奖阿娃蒂芙：

“愿主守护她，祝福她！阿娃蒂芙是个无人能比的好女孩！”

阿娃蒂芙用心制作咖啡，为萨阿德妈妈和我母亲各倒了一杯。与此同时，我正躲在附近的角落里，打开了一本浪漫的爱情小说，关注着小说主人公如何为爱拼搏，时而听听她们聊天，时而读读小说。

我第一次注意到萨阿德妈妈和萨阿德有点相像。萨阿德妈妈是我母亲最亲密的邻居，名叫乌薇莎，但是，大家都叫她萨阿德妈妈。她一只眼睛的瞳仁上有个白点，这使她的目光变成了忧郁的幽灵，仿佛一直在等待着逃跑。她的脸上还有生天花而留下的旧斑块。她很少微笑或大笑。她想笑的时候，会用手捂着嘴，羞涩地低着头，祈求真主的宽恕。她的笑声有个独特的尾音，就像手掌摩擦玻璃发出的声音。她似乎很少说话，她自己也能感觉到自己的缄默。她身材修长，但脖子却总是垂到胸部。起初，我以为那是因为她腼腆羞涩，后来，我才渐渐感到那是因为她的生活能力不强，甚至在表达高傲、好奇或快乐的时候都没有力气抬起自己的脖子。但是，她的智力却仿佛深不见底，落入其中的东西没有任何回声，就消失得无影无踪。她没有什么可以让自己开心的事，至少看上去是这样的。她只有一个儿子，就是萨阿德。她的老公在老市场卖菜，为了求子结过四次婚，直到萨阿德妈妈为他生下了萨阿德，他才就此打住，不再寻找配偶。尽管他知道原因在他，不在他老婆，但是，他老婆却几十年来一直都在寻医问药，增强自己这块田地的肥力，好让自己能够再次怀孕。后来，不止一个医生告诉她，她没有这方面的毛病，但是，她的其他毛病却接连不断地来了，有时血压偏低，有时心跳过速，有时还会偏头痛。

因此，萨阿德妈妈每次来看我们的时候，都是刚从诊所回来。有时，她说自己的心脏虚弱；有时，说她的肾上长了结石；有时，又说自己的头痛得厉害。萨阿德妈妈似乎总是在围着病痛的世界打转，而且全是身体上的病痛。在我母亲因为某件家务事而起身离开、只有我在旁边的时候，她也会和我聊起她的病。出于礼貌，我也和她聊聊我的头痛。当她发现有人跟她一样，也患有各种疾病的时候，终于释然了。但是我发现，我和她之间似乎只有疾病这一个话题。接着，萨阿德妈妈又发现，一扇痛苦的大门已经向她打开。她开心地对我说，萨阿德在男士会客室里放了一台电视机，却用礼拜垫盖了起来，就不再有人看电视了。她还说，萨阿德有时听到她打开收音机，传来歌曲的声音，如果她忘了关掉收音机，就会遭到他喋喋不休的指责。

萨阿德妈妈遵从了萨阿德的教导，好像他是她的主人。她这样做，不是因为她相信他说的话是对的，而是因为他的教导给她带来了更多的折磨，而她却喜欢自我折磨，喜欢将自己想象成孱弱不堪、无能为力的受害者，总是赞美温顺的女人不辩不争。我记得，阿娃蒂芙和萨阿德妈妈长得有点像，或许正是因为这一点，萨阿德才爱上了她。可是，我也注意到，残存在我姐姐阿娃蒂芙性格中的开朗活泼渐渐被萨阿德给扼杀了。萨阿德妈妈对此总有一种负罪感，一种她未曾犯下的罪过，却是一种如果她不听话、不顺从，就有可能陷入其中的罪过。当我问她那是什么样的罪过或潜在危险的时候，她只是对我说“不知道”，但是，我们应该谨防未来可能发生的动乱。

萨阿德妈妈愿意保持这份警惕，放任它在自己的脑子里作祟，这让她一直提心吊胆，惧怕一切可能发生的事情，她内心的宁静也因此被偷走了。

那天晚上，萨阿德妈妈久久地注视着阿娃蒂芙，用心观察着她，仿佛是第一次见到她。阿娃蒂芙意识到萨阿德妈妈投向她的目光，也因此而变得更加羞涩腼腆。

萨阿德妈妈转向我母亲，对她说：

“我们想为萨阿德向阿娃蒂芙求婚。”

阿娃蒂芙放下手中的咖啡壶，站起身，害羞地低着头走了。

但是，我没有去追她，而是坐着等待母亲的回话。这通常是我的任务，因为忠诚的士兵在艰难的时刻是不会离开自己的哨所的。

母亲感到茫然和意外，低头沉默片刻后说道：

“她爸爸最了解她！”

父亲回家了，与往常一样坐在火炉旁，一边用着晚餐，一边观看小娜嘉在大舞台上唱歌，坐在她对面的都是埃及的要人。她每唱完一首歌，他们都为她鼓掌叫好。

母亲坐在父亲身旁，微笑着说：

“当然喽，心上人登台，我们就一文不值了！”

父亲笑眯眯地注视着母亲，满心怜爱地消解她心中的醋意：

“对我来说，你就是四十个娜嘉！”

我看着母亲，发现她正在示意阿娃蒂芙出去一下。我担心母亲也让我回避，便躺在电视机前，头枕着靠垫，假装睡着了。阿娃蒂芙出去了。母亲注视着父亲，说道：

“萨阿德妈妈今天来向阿娃蒂芙求婚了。”

父亲笑了笑，说道：

“小伙子还小，既没文凭，又没工作，谁来养活他们？是他爸吗？”

“这个小伙子我们都认识，他的家人我们也认识。”

“愿主赐给她比他更好的人！”

我听到母亲顺从地嘟囔了一句：

“你是她爸，你最了解她！”

父亲站了起来，母亲也跟在他的身后站了起来，然后走近我，站在我的面前，对我说：

“起来吧，阿琦扎！到床上去睡吧！”

我假装被叫醒，回到了我们的房间。阿娃蒂芙在房间里转来转去，用牙咬着下嘴唇。她睁大眼睛看着我，想读懂我的面部表情。

我摇了摇头。

阿娃蒂芙瘫倒在床上，脸埋在枕头里，哭了起来。

“想个法子吧！”我劝她说。

阿娃蒂芙却大声叫道：

“难道我要亲口说我在追求萨阿德吗？小傻瓜，我能丢这个人吗？死也不能丢这个人啊！”

“别紧张，我的法蒂妮·哈玛玛！”

说着这番话，我仿佛在想象着电影中的场景：

“阿娃蒂芙，你们干什么不私奔呢？”

阿娃蒂芙叫道：

“够了，够了，阿琦扎！别烦我了！”

那天夜里，阿娃蒂芙没有看到任何被解救的可能，感到了彻底的绝望。我听到了她的一声声叹息。

我对她说，就像在给影片的结尾配上一段结束语：

“所有的爱都是一种折磨，邻居的爱，店主的爱。这个萨阿德也变成了伊萨，遥不可及！”

第十章

夏天的风又吹了起来，可是，这次没有了萨阿德，也没有了阿娃蒂芙短促的笑声。阿娃蒂芙一次又一次地看向天台，然而，那块绿色地毯永远不会出现了。阿娃蒂芙在想，或许会有某种强大的力量，让她坚信自己能够让萨阿德恢复最初的纯真，能够像去年夏天一样爱着她。萨阿德妈妈家已经安装了电话，但是，萨阿德只和她通过两次电话，短暂而且冷淡，就匆匆挂断了，还留下一句话：愿我们今后一切安好！你我虽有各自的愿望，但真主却自有安排。

萨阿德看起来一下子就比他的实际年龄大了许多。对阿娃蒂芙来说，他看上去甚至比她父亲的年龄还要大，只见他眉头紧锁，一脸严肃，装出一副少年老成的样子。后来的几个晚上，阿娃蒂芙又给他打了几次电话，他都没有接。

母亲向萨阿德妈妈抱怨过好几次，说他们家的电话一直没人接。萨阿德妈妈说，萨阿德打完电话后就把电话线给拔了，所以，经常看到插头已经被移位。

有一天，萨阿德不见了，没有回家。萨阿德妈妈说，他和一帮人住在一间土坯房子里，那里没有电，也没通电话，完全模仿贤良的先人。

阿娃蒂芙回到了天台上的舞台，默默地观看着。她想忘记自己和萨阿德在天台上度过的日子，安心准备女子师范学院的考试。再过一个月，她就要成为一名小学教师了。她原本打算像母亲期望的那样，结婚之后再完成学业。如今，在她求学的最后一个月，母亲的愿望终于实现了。一天，拉希德和他的父母还有他那个正处在青春期的妹妹希莎来我们家做客，在我们家住了两天。希莎和我们一起睡在我们的房间里。我发现她说话不多，总是非常好奇地看着我们。当我和阿娃蒂芙进入一个话题的时候，她就像个白痴一样盯着我们。我想让她也谈谈电视和电视节目，却发现她不太明白。我问她：

“你看电视吗？”

“我们没有电视。”她说。

我打开了我们的衣橱，向她展示了我的金色皮鞋。她看到了我的皮鞋，非常惊讶，对我说：

“这是什么？”

“鞋啊！”我对她说。

“那怎么穿呢？”她又问我。

我穿上鞋，站起身，模仿着苏阿德·胡斯尼的样子，在希莎面前一边走一边唱："男孩啊，酷哥啊，你令我疯狂！"希莎笑了，用手掩着嘴。我注意到，她笑的时候，嘴巴向左斜，面部右侧的肌肉却保持不动，只有面部左侧的肌肉在动。

"我可以试试鞋吗？"她问道。

我把鞋递给了她，她却不知道怎么穿在自己的脚上。我帮她把鞋穿上，她站了起来，身体有点倾斜。她靠在我的肩上，对我说她可能会摔倒。我抓住她的右手，跟着她一起走。她走得很开心，对我说：

"我感到自己是走在山上。"

可是，当我放手的时候，她却一下子摔倒在了地上。我们都笑了，不过，这次她没有用手掩住嘴，而是仰面躺在地上，捂着肚子，踢着双脚，笑得非常疯狂，小腿都从衣服里露了出来。

星期四早晨，我们要去市场。不过，这次带我们去市场的是拉希德。阿娃蒂芙会有机会细心打量我们的这位亲戚，这位年轻的堂哥，因为我、阿娃蒂芙、我的母亲、希莎还有拉希德的母亲，都会一起乘坐他的车去市场。拉希德身材丰满，脸如圆盘，两只小眯眯眼和他母亲的眼睛极为相像。他的鼻翼也是圆圆的，小嘴的周围长着小胡子和圆形的络腮胡。我给他起了个诨名叫"圆球"，阿娃蒂芙踢了我一下，唯恐被他妹妹希莎听见。这时，她正好奇地关注着我们的一举一动。

我们乘坐的是皮卡车。刚在车里坐定，我们就看到另一辆皮卡车迎面开了过来，车主正是两年前载着我们去市场的萨阿德。萨阿德的皮卡停在了他家门口，阿娃蒂芙的两只眼睛一直盯着他，我也惊奇地看着他。萨阿德下了车。他的模样变了，脸也变了，眼里充满了忧郁和愤怒，与我们见过的他和在市场里调戏我们的青年打架时的样子颇有几分相像。他的络腮胡子已经长长了，未加任何修剪；穿的短衫超过了膝盖，甚至快到小腿中部了。看到我们，他低下了头，转过身背对着我们，避开了我们的视线。在走进他的父母家之前，他匆匆地抬头扫了一眼我们这些坐在拉希德车里的姑娘们，好像是在寻找他已经忘记的阿娃蒂芙。不过，这是他第一次看到拉希德的车。

我们走进了市场里带有顶棚的柱廊。一阵清爽的风从凉棚吹来，闪闪的金光从巨大的拱门喷薄而出。一只只金手镯排列在商店橱窗的长管之中，摆放在紧锁的玻璃陈列盒中的一块块金锭熠熠闪光，黄色的灯光照射在金锭上，让金锭更加璀璨夺目，摄人心魄。这一刻，整个市场都幻化成了一场金色婚礼，让徜徉在商店中的女人为之疯狂。她们内心的购买欲望被点燃起来，以不同乡村方言讨价还价的热情也随之高涨，并被阵阵笑声所打断。我们站在拉希德的母亲和我母亲的身后。我母亲先向店家询问了今天的金价，然后把自己的手镯递给了他，让他估一下售价。她想换一个新手镯。

店家对我母亲说：

“选一个你喜欢的吧！我们绝不还价！”

他给我母亲拿来了一只新手镯，其中的纹饰和鸽子的爪印很像。他介绍说：“这是瓦德哈和伊本·阿吉兰的工艺。”

这时，我母亲看着身后，叫我们过去，想征询我们的意见。我们都带着满意的口吻应声说道：“漂亮！”

希莎好奇地低下头，看着手镯，不过，她没有发表任何评论。

拉希德的母亲也让店家给她看了看三环套戒。她把戒指戴在自己的手指上，让店家给她加工一下。

我母亲也把她的手放在了金店的桌子上。店家拿来一把剪刀，没有触碰我母亲的手，只是剪了一下手腕上的金手镯，就将手镯脱了下来。接着，他将我母亲的手又套进了一只尼龙袋，在她的手上喷了一些香波。那只新金手镯就滑进了她的手腕。然后，店家向上抽掉了尼龙袋，金手镯就完美地戴好了，这让我们都感到非常惊讶。希莎拼命地挤到我们中间，好奇地看着。当我母亲买好手镯，拉希德的母亲也买好套戒的时候，我请求母亲让我们去买我们想要的东西，因为昏礼的召祷声即将响起，而我们却还没开始逛呢。

母亲对我们说：

“带上希莎吧！”

我们离开了我母亲和拉希德的母亲，朝着成衣市场走去。这时，我注意到希莎一边走，一边用手胆怯地抓着我的衣角，便对她说：

“你怎么啦？”

“我怕他们把我抢走。”

“他们是谁呀？”

“那些陌生的男人。你看，他们盯着我们看呢！”

接着，她又惊恐地问我：

“我妈去哪儿了？”

“在妇女用品市场逛着呢。我们现在是在少女用品市场。”

听到这话，希莎是又惊又喜。她时而莫名其妙地哈哈大笑，时而又盯着路人的脸看来看去，嘲笑那些小孩，时而又紧挨着我，对我说：

“你看那些男人的胡子多长啊，就像精灵一样！”

她贪婪地注视着琳琅满目的商品，好像第一次看到这样的世界。我们站在一家仿真首饰店的前面，里面销售着仿真戒指、耳环和手镯等。

“你想买吗？”我对希莎说。

她看着那些首饰，拿在手中翻来覆去地看了一会儿，然后又还了回去，摇了摇头。

我们经过了伊萨的商店，看了看阿娃蒂芙，手放在了脖子上，做了一个“如果我做了，她就会杀了我”的手势。

我们走过伊萨的商店时，我自言自语道：“好的，不是现在。希莎这么笨，一定会让我们丢丑的，可是，我却在同情她。她挺可怜的，以前从来没见过利雅得的市场。伊萨是这个市场里的开心果，应该让她去见识一下！我们干嘛不进他的店呢？”看到阿娃蒂芙正在附近一家商店的橱窗前逛着，我悄悄地拉了一下希莎的手。

伊萨原先一直坐着，看到我们走过来，就站了起来。我拉着希莎的手，朝着伊萨走去，对他说：

“下午好！”

“下午好！”伊萨看到希莎用长袍紧紧地围着自己的脖颈，快要让自己窒息的样子，便对她说：

“您请吩咐！”

“希莎，你想要什么？”我问希莎。

希莎仍然盯着伊萨的脸，冲我做了一个“不要、不要”的手势。伊萨好像没有看到希莎的手势，我便拿起一件内衣，在她面前晃了晃，问她：“是这件吗？”她还是盯着伊萨的脸，做着“不要、不要”的手势。阿娃蒂芙走到了我们的面前，看到我们这个样子，就一把抓住了希莎的手，用力拉着她，走出了伊萨的商店。伊萨笑着问我：

“和你在一起的那位是谁呀？”

“一位客人。”我对他说。

他笑着问我：

“好像是从乡下来的？”

“她就是个乡下人。”我笑着回答道。

伊萨说希莎是乡下人，这让我感到非常高兴。这既显出了我的与众不同，也让自信在我的心中不断滋生，因为他这么说，意味着我是一个开化的人。不过，我的快乐并没有持续多久，就被走进伊萨店里的两个女人给打断了，其中一个女人在店门口就提高了嗓门：

“伊萨，你好吗？”

伊萨注视着那两个女人，和往常一样笑了笑。

“请进！”伊萨说道。

两个女人走进了店里，我知道伊萨接待我的时间也结束了，便离开了伊萨的小店，去找阿娃蒂芙和希莎。我看到她俩正在对面的商店里，就走了过去，与她俩一起站着，翻看着各种各样的商品，直到昏礼的召祷声响起，才走出了那家商店。

我们回到了家里。希莎奔向了我母亲，去翻看她买回来的东西，然后像个孩子一样地问她道：

“你给我买东西了吗？”

我母亲粗暴地把她推开，对她说道：

“走开！这是女人的事！”

希莎向后退了退，然后，看着我这边。注意到我在观察她，她羞愧地低下了头。

拉希德妈妈与我母亲不同，她的举止和相貌都非常粗野，很少微笑，一笑起来，嘴巴还会偏向左侧。词语在她的嘴巴里转动的时候，就好像她在咀嚼着什么东西。她显得很笨，经常问我母亲她周围的一些东西以及所有她觉得奇怪的东西。对于这些东西的怪异之处，她总是用一句可怕的话来评论：“妹妹，这是清算日临近的标志啊！铁盒[1]发出了声响，女人上了电视，安拉让我们更加顺从了。”

翌日，父亲举办宴会，准备大宴宾客，给左邻右舍都发出了邀请。大清早，男男女女的邻居都来了，家里到处涌动着人潮。瓦德哈带着她的女儿也来了。她的头上顶着一口大锅，锅里装着一只已经宰杀的羊。接着，我看到她拎着羊的两只脚，往羊肉上抹着番红花，已经切好了洋葱和番茄。锅里的水开始沸腾的时候，母亲让我们都离开厨房，因为厨房里容纳不下这么多人。母亲让我们去给女宾们倒咖啡、沏茶水。穆兹娜和嘉琪继续待在厨房里，给母亲打下手。瓦德哈站在大锅的上面，将羊肉翻来翻去，添加着调料，就像给两个人做一顿简餐一样。她让两个女儿去淘半袋米，又从肉汤里取出羊肉，再次抹上番红花，然后将淘好的米倒进了肉汤。米饭晾干之后，她又将羊肉放在米饭的上面。

当男宾们都已离开的时候，母亲和瓦德哈也开始休息，和女宾们坐在一起。而我们这些女孩子则开始洗盘子。洗好盘子，我们将肥皂水倒在厨房的地砖上，把厨房打扫得干干净净，然后在地砖上滑起了旱冰。太阳落山的时候，我们都累得筋疲力尽，便爬上天台，铺好床，继续聊天，分享着各自的快乐和秘密，和天空中的飞鸽也交起了朋友。

阿娃蒂芙突然感到瞬间的迷茫，游离在我们的欢乐之外。她

---

① 这里指电视机或收音机之类的东西。——译者注

木然地注视着艾布·萨阿德家的那面墙，低头不语，沉浸在短暂的哀愁之中。我满怀同情，摸着她的头，用埃及方言对她说："那人让你魂不守舍了。"阿娃蒂芙笑了，姑娘们也和我们一起笑了。希莎虽然听不懂埃及方言，但她也跟着我们一起笑了起来。穆兹娜、嘉琪、茅蒂和欧姆兰的女儿法蒂玛都加入了我们熟知的床单游戏。我开始准备演出我的招牌话剧。我先将床单挂在了晾衣绳上，把我自己和观众分隔开来，然后给穆兹娜和茅蒂也分配了几个小角色。我想让希莎也加入进来，可是，她搞不明白，我只好让她和那些观众一起坐在帘子前面，还提醒她说：

"你只要坐好看戏就可以了！"

我注意到，希莎觉得模仿伊斯玛仪·亚辛的动作非常好笑。所以，我放弃了模仿伊塔卜和苏阿德·胡斯尼的想法，只想模仿一下伊斯玛仪·亚辛。当希莎看到别的女孩都笑起来的时候，她也跟着她们一起笑了。可是，她又突然默不作声，久久地注视着她们，目不转睛地看着她们的头发、衣服和首饰，然后用手抓着自己的衣服，害羞地捏着。

星期五的晌午时分，我们要和赫拉吉[①]的客人——拉希德妈妈和希莎——道别。希莎亲了亲我，把我的头朝她的方向拉了过去，

① 赫拉吉（Al-Kharj）是位于利雅得东南方的绿洲，靠近首都利雅得，为沙特主要农业区之一，20世纪80年代开始建市。——译者注

让我痛得不得了。她看着我，眼泪汪汪的样子，和我们道别之后就走了。我听到她被她母亲推着往前走的时候，还在哭个不停。希莎坐在皮卡车的货厢里，而拉希德和他的父母坐在了轿厢里。

清理完宴会现场，我们便躺在了电视机前。

我知道，拉希德向阿娃蒂芙求婚了，婚后，他会把她接到赫拉吉去住。我看着她的思绪像湖面上的浮萍一样漂泊不定，便希望母亲能让她在家里多住几天，做完祈善拜[①]再走。

接下来整整一周的时间，阿娃蒂芙都在不停地礼拜，对母亲说她还没有求得稳定。一天，父亲坐在自己的房间里，叫阿娃蒂芙过去一趟。父亲和她就命运和缘份这个话题聊了很长时间。父亲对她说，女孩子在自己的丈夫家住得时间久了，就会找到自我，而且会发现，子嗣只是今生的点缀。

阿娃蒂芙回答道：

“爸，您说了算！”

父亲的一席话，足以让阿娃蒂芙成为一个温和顺从、唯唯诺诺的女孩，让她在父亲催促她认命的一席话中找到了安全感。她走出父亲的房间后，我问她：

---

① 祈善拜（istikhara）是伊斯兰教法术语，指穆斯林在婚姻、生意、旅行等方面感到迷茫困惑、无法预测祸福之时，为寻求善佑、祈愿顺遂而进行的礼拜。——译者注

“你同意了？”

“爸爸什么都知道。他告诉我，拉希德为人正派，是我们的堂兄，对于我的金贵，他也很清楚。”

“那你会住在赫拉吉吗？”我又问她。

她哭了。

我向阿娃蒂芙提出的这些问题，让她感到了危险。但是，她并没有因为不知如何回答而迷惑不解，而是哭了起来。我问她为什么哭，她说她不知道该如何回答。

事实上，假如我处在阿娃蒂芙的位置，我也不知道该如何回答，因为这些问题是我突然想到的，我也没有答案，这让我也迷惑不解。迷惑不解就意味着，这些事情并不完全让我开心，同样，阿娃蒂芙离开我们家、远嫁到赫拉吉，也让我感到很不开心。

结婚前一个星期，阿娃蒂芙一大早就乐呵呵地出现在我们面前。

“昨天我做了个梦。”

看到阿娃蒂芙笑了，母亲开心地说道：

“以真主的名义起誓，愿一切安好！”

阿娃蒂芙说：

“我的梦里出现了一个红光满面的男人。我看不清他的面容，只看到他的脸上闪着光。他拉着我的手，推开一扇木门，走进一座老宅。进入老宅后，我只看到一个墙壁已经倒塌的房间，出现在眼前的是花园和椰枣林。我听到了水车汲水灌溉的声音，却没有看到水车，不过，水车的声音却清晰可闻。我的心曾经非常快乐，却因为这座破旧的老宅而感到寂寞。”

母亲说：

“闺女啊，这个梦预示着一切安好。那个娶你的男人就是拉希德，他的脸上闪着光；那座老宅就是赫拉吉；花园和水车都是美好和吉祥的象征。这是祈善拜给出的答案，真主对你说：你的道路都会与吉祥相伴。”

听了母亲这番话，阿娃蒂芙非常高兴，她感到真主已经为她给出了答案，尽管这是在她同意这门婚事后迟迟给出的答案，但至少是令她安心的答案，能够让她坦然接受这门婚事的答案。梦给她带来了她原本无法理解的信息，然而，母亲为她进行了诠释。现在，阿娃蒂芙知道，她的婚事已经敲定。她一直在祈善拜中寻找答案，最终找到了。从那天起，阿娃蒂芙变了，变得非常幸福和安心。

父亲为阿娃蒂芙举办了婚礼，邀请了所有的邻居。拉希德的家人是在那天晌午时赶到的，希莎也穿着高跟鞋和新衣服，跟着他们一起来的，她笑起来的时候还是用手掩着嘴。她向我打听穆兹娜、嘉琪、茅蒂和法蒂玛，但是，我也变了，变得讨厌她，总觉得她很烦人，像个白痴。因此，我不再和她过多地交谈，把自己的衣柜也锁了起来，不让她看到阿娃蒂芙的婚纱和我的衣服。阿娃蒂芙的婚礼是分在两个地方举行的，女人们去我们家的天台，男人们则要去街角的那块空地。

易卜拉欣从埃及回来参加了婚礼，法瓦兹请来了他们整个球队来协助我父亲，瓦德哈的儿子米特阿卜也从我父亲那里领到了任务：在他刚刚在达伊拉开张的新厨房和他承办晚会的小店里为婚礼准备晚宴。他还弄来了一辆大型厢式货车，上面装着地毯和长梯。他请来了几个也门工人，运来了一块点缀着彩色纹饰的地毯，还有许多用天鹅绒编织而成的带有树枝和群鸟图案的红色靠垫。工人们将地毯铺在了我们家最大的天台上，将靠垫摆放在天台的矮墙边，然后前往街区，在我们家到街道对面的艾布·阿祖兹家之间拉起了两道彩灯拱门，最后又将另一块地毯铺在了街角的空地上，男宾们将会坐在那里。在这片空地的周围，他们搭起了几道彩灯拱门。同时，一群黑人搭起了一个火炉，火炉中的干柴在日落时分开始点燃，火炭周围形成了一个巨大的舞池。火炉旁边摆放着许多咖啡壶。接着，又来了一群人，他们穿着宽袖的民族服装，手里拿着铃鼓，腰间系着皮带，法瓦兹也在其中。他敲起铃鼓，和几个少年一起跳起舞来。父亲告诉他别再敲铃鼓，让他跟着他们一起去做宵礼，因为宵礼之后，婚礼马上就开始。

阿娃蒂芙已经穿上婚纱，我和母亲也为她的箱子打了包，其中有她自己购买的透明内衣。那原先是为她和萨阿德结婚而准备的，但是，萨阿德弃她而去，不仅在她心中留下了对爱情的恐惧，还使她对那些她不能再欣赏的歌曲感到恐惧。阿娃蒂芙穿着白色婚纱，坐在母亲的房间里，等着她的新郎在晚餐之后走进她的新房。

宵礼之后，在我们家的天台上，铃鼓伴着歌声，为一对新人及其家人送上祝福。在乐队演奏的间隙，街区的女人中走出一个人，塞给歌女们一些钱，还将她家人的名字告诉她们。于是，歌女们开始伴着铃鼓的节奏，唱起了她家男孩和女孩的名字，给予他们幸福的承诺以及对勇敢和慷慨的赞美。她们演唱的婚礼歌曲中，小伙子变成了骑士，姑娘们变成了美女，每个人都在追求她们的爱。勇士们竞相向姑娘们求爱，姑娘们争相在女人当中翩翩起舞。希莎一直没有离开过舞池，尽管她并不擅长跳舞，但婚礼期间她却一直站着，和姑娘们挤在一起，用类似原始舞蹈的动作模仿着她们的行为举止。我想把希莎推到舞池外面，对她推搡法蒂玛、阿塔娃、伊姆提萨勒及其姐妹们的行为，我早就失去了耐心，便对她说道：

“离开那些正在跳舞的女孩！她们付了钱，该轮到她们了！”

希莎却采用和她母亲如出一辙的粗野方式回应了我：

“这是我哥的婚礼，你管不着！”

说完，她还向我伸了伸舌头。

在伴着铃鼓节奏的歌舞声中，瓦德哈走上前来。母亲会心地笑了，因为在她的推搡和鼓动之下瓦德哈才迈出了这一步。瓦德哈塞给歌女们二十里亚尔[①]，还大声地报上她那几个子女的名字：米

---

① 里亚尔是沙特的货币单位。——译者注

特阿卜、塔利、穆兹娜、嘉琪。听到她们在歌声中将米特阿卜说成骑士，将嘉琪说成美人中的美人，自豪和激动之情在瓦德哈的心中沸腾。她用手提着长袍的一角，蒙着面纱，晃动着身体，依次向大家屈膝鞠躬，兴奋地向左右两侧点头示意。她又将长袍的一角用手举过头顶，向左右两侧挥手致意，然后将长袍的一角放在自己的头上，低下头，兴奋地晃动着。女人们惊讶地注视着瓦德哈。她们第一次看到她穿着新衣服，手腕上还戴着一只金镯子。她们的目光都集中在了她的身上，因为她们不敢相信，她竟然是她们多年前认识的那个贫穷悲惨的女人，她们都以为她因为悲惨的境遇和倔强的性格而不会跳舞。瓦德哈如痴如醉，跟着歌女们重复着赞美诗的最后一段。穆兹娜和嘉琪也跟着她冲进了舞池，和她一起翩翩起舞。美丽的嘉琪甩动着她的秀发，穆兹娜模仿着她的动作。两人面对着让她们敬佩不已的魔术师妈妈笑了。看到瓦德哈已经跳下战马，跳起舞来，她们的内心被浓浓的幸福浸润着，因为她们第一次看到母亲穿着女性服装，不仅化了妆，而且还在跳着舞。我也是第一次看到幸福的光影在瓦德哈和她的女儿身上浮动着，并和她们完美地融为一体。

第十一章

冬天的风再次吹来，太阳难得露面，清晨也不再温暖，母亲在起居室的火炉里又烧起了木炭。在靠椅旁的架子上，一只只有序摆放着的铜壶闪闪发光，铜壶里的水开始沸腾起来，不断地流向姜汁奶壶、咖啡壶或薄荷茶壶。

星期五的时候，瓦德哈来到了我们家。父亲一大早就喝起了咖啡。我和母亲将衣服拧干，放进了洗衣盆。诵念《古兰经》的声音从父亲的收音机里传了出来，在家中回荡。母亲热情接待了那个曾经询问我父亲在不在家的瓦德哈。瓦德哈向父亲问了声好，就坐下了。父亲让法瓦兹给她冲了一杯咖啡，而我则一会儿进来，一会儿又出去。我听到她对父亲说，萨阿德妈妈昨天为她的儿子萨阿德向嘉琪求婚了，她不知道该说什么，所以来听听我父亲的意见。父亲沉默片刻，笑着说：

“听听嘉琪的想法吧！她本人得同意才行啊。”

接着，父亲又问道：

“她哥哥米特阿卜有什么想法呢？”

瓦德哈笑着回答道：

“米特阿卜不喜欢留着大胡子的男人，可是，萨阿德敬畏真主，敬畏真主的人不应该受到亏待。”

我提着洗衣篮，走上天台去晾衣服。突如其来的消息让我的双手一下子僵住了。我的手是那样的冰冷无力，几乎提不动装满衣服的篮子，我的心也和衣服拧在了一起，衣服里的水滴就像我的泪水一样滴落下来。我看着对面萨阿德家的天台，想着嘉琪的事儿。嘉琪是街区里最漂亮的女孩，和美女演员杏德·露丝图姆有几分相像，只不过嘉琪一头黑发，脸庞白皙，笑的时候，腮帮子就会鼓起来。她长着细小的鼻翼，两只大眼睛涂满深黑色的眼影，脸颊的右侧有一颗美人痣，说起话来一副娇滴滴的样子。她要嫁人了？嫁给谁？竟然要嫁给阿娃蒂芙的梦中情人？这是多么奇怪的事啊！现在，萨阿德也变得很奇怪了，我不明白他到底是怎么回事。可是，我感到的痛苦却无法言表，我的大脑受到了极大的冲击，变得无法思考。不过，如果我是嘉琪的话，是不会同意嫁给萨阿德的。

一周过后，萨阿德妈妈来看我们。她说萨阿德和嘉琪的婚礼将在一个月后举办，希望我们都能参加新婚之夜的活动。然后，她好像对他们的喜事简办表示出了一点歉意，告诉我们，婚礼只是规模较大的晚餐，没有铃鼓，晚上也没有舞会，因为萨阿德想这样。

冬天，街区的生活极为平静，所有的天台上都没有女孩，也没有爱，天台上的爱情故事也没有一个在今年结出什么果实。每个故事都进入了别人的路径，而不是它期望进入的轨道。阿娃蒂芙找了拉希德，嘉琪找了萨阿德，连嘉琪自己都对我说，她的梦中情人不是萨阿德，而是优素福，那个在隔壁天台上放飞鸽子的英俊青年。可是，她还没有和他说上一句话，就匆匆逃走了。嘉琪嫁给了萨阿德，虽然让米特阿卜很不开心，却让他家和街区居民之间的关系得到了进一步加强，也掩饰了他们在这个街区曾经是异乡人的背景，使他们在这里得以形成新的亲戚关系，与整个街区的其他家庭融为一体，维系在一起。他们的境况虽然有所改善，收入也有所提高，但是，整个街区的人并没有忘记，这个小家庭刚来的时候曾经是靠着他们的施舍生活的。他们的贫困已经消失，却仍是他们生活中的一块伤疤。因此，嘉琪嫁给萨阿德，会让他们一家得到整个街区的认可，跻身名门望族的行列。

嘉琪住进了萨阿德及其父母的家里，成了我们的邻居。所以，我在星期五早晨登上天台晾衣服的时候，听到了她宛如鸽子鸣啭般的歌声。她没有唱出歌词，只是轻哼着曲调，歌词在她的嘴巴里含糊不清地滚动着。我将木箱放在了矮墙上，朝着嘉琪的方向看去，只见她深红色的秀发在阳光下闪闪发亮，迷人的芳香四处弥漫，脸上的黑痣宛如一颗香甜可口的黑色香菜籽，璀璨夺目。我悄悄地对嘉琪说：

“嘉琪，你真漂亮！”

她朝我这里跑过来，跨过了她的洗衣篮。

我问她萨阿德近况如何。她说，萨阿德正和他的母亲坐在房间里，一边听她诉说自己的疾病，一边诵念《古兰经》为她驱除病魔。嘉琪还说，萨阿德要上床睡觉的时候，她才能和他团聚。

嘉琪皱着眉头，过了一会儿，又笑了起来。她指着自己的肚子说：

“我怀孕了。”

“恭喜你，嘉琪！”

她笑着说：

“如果是女孩，我就叫她舒哈德。”

“如果是男孩呢？”我问她。

她回答说：

“我不想要男孩，我想要女孩！”

突然，我们听到了萨阿德呵斥的声音：

“嘉琪！”

我迅速缩回脑袋，低下了头，但是，我站在原地没有动，只听到萨阿德说：

“你好歹也是受过教育的人，站在天台上干什么？”

嘉琪嘟嘟囔囔地说了几句，我没听清她说了什么，不过，我听到她在哭泣、呻吟，因为萨阿德在打她。

那天晌午，萨阿德妈妈独自来到我们家。母亲问她嘉琪为什么没有跟她一起过来。她说，嘉琪和萨阿德一起出去逛了。她看着我，心里一定清楚我知道她在撒谎。好像是为了向我表示歉意，或者是为了说明已经发生的那件事，她接着说：

“萨阿德，愿真主为他指引正道！”

然后，她又皱起了眉头。

法蒂妮·哈玛玛出现在电视屏幕上的时候，萨阿德妈妈就会转过身去，不看电视。看到电视上的动画片，看到汤姆和杰瑞（《猫和老鼠》）在争吵、啄木鸟伍迪在啄木头的时候，她就会说：

“这种电视会让人们神魂颠倒，摒弃自己的宗教。人类已经忘记了末世，忘记了墓地、动乱和骗人的耶稣所带来的折磨。”

我起身离开会客室，回到自己的房间。坐在镜子前，我按照杏德·露丝图姆的样子给自己描眼影，还在自己的面颊上画了个黑点，这样，我和杏德·露丝图姆就一模一样了。这时，嘉琪的脸庞出现在镜子里。我紧蹙额头，想象着自己处在她的位置会怎么样。于是，她的形象进入了我的想象之中。我在镜子前凝视着自己的脸，看到了脸颊上的那颗黑痣。我皱着眉头，紧闭双唇，气得浑身发抖，愤愤地踢了一脚，说道：

“萨阿德，愿主惩罚你！”

一个星期后，瓦德哈、嘉琪和穆兹娜来看我们。瓦德哈和街区里的几个女人坐了一会儿，便说要去一趟妇女用品市场，带着穆兹娜就走了，只留下嘉琪和我们一起坐在会客室里。这时，我给嘉琪使了个眼色，她便站起身，跟着我走进了男士会客室。我俩坐在那里聊了起来。嘉琪告诉我，她现在住在她母亲的家里，那件事发生之后，她不想再回到萨阿德的身边。

嘉琪是在萨阿德打她的那个星期五早晨回到母亲家的。当时，母亲买了一块鲜肉，刚从市场回家。穆兹娜在剥洋葱和番茄，哥哥米特阿卜正准备出门去做主麻日礼拜。看到嘉琪，瓦德哈问她今天是否和他们一起吃午饭，嘉琪没有回答，而是哭了起来。她一边给母亲看她手上的红斑，一边哭诉道：

"萨阿德打我了！"

这时，米特阿卜走进了家门，一边整理头巾，一边催促塔利快点从卫生间里出来。当他看到嘉琪露出自己的双手和双腿，给母亲看她挨打后留下的伤痕时，愤愤地问道：

"那个魔鬼为什么要打你？"

瓦德哈让米特阿卜保持冷静，远离那个魔鬼。但是，看到妹妹伤痕累累的胳膊，他不禁怒火上涌，摘下头巾，就愤然出门了。

在萨阿德走出清真寺之前，米特阿卜一直在他家门口等着，终于看到他开着皮卡车回来了。穿着短衫的萨阿德两只脚刚离开皮卡车，米特阿卜就一把抓住了他的衣服口袋，冲着他喊：

"你打我妹妹，算什么男人？"

萨阿德也大声叫道：

“我管教我老婆，关你什么事？”

萨阿德还没说完，米特阿卜就凶猛地扑了过来，一顿胖揍，把萨阿德撂倒在地。

第十二章

那天夜里，暴风裹挟着沙尘吹来，天空骤然变红。那天傍晚，阿莱娅和阿法芙帮着我一起铺床的时候，我的两只眼睛突然涌出好多液体，只要一擦掉，就会再次流出来。

天亮的时候，母亲的声音将我唤醒：

“阿琦扎，起床做礼拜去！热一下牛奶！做几块三明治！”

我想睁开眼睛，可是，眼睛与眼睑却粘在了一起。我费了好大的劲，终于睁开了眼睛，却惊恐地叫了起来：

“我看不见了！”

父亲奔了过来，抓着我的手，看着我哭哭啼啼的样子。

母亲在我的眼睛上放了一块湿敷巾，就不再管我了。父亲匆匆地吃完早饭，开车送我去公共中心医院。可是，眼科医生不在，他在休假。一名埃及护士给了我另一位眼科医生的名片，还给我介绍说：“这位医生很棒的，他的诊所就在赫赞尼大街，离这儿很近。”

我和父亲走出了医院，在大马路上寻找那位眼科医生的诊所。

我的眼睛看不清东西。父亲只好拉着我的手，为我引路。他带着我慢慢地走，担心我会跌倒。走进那个眼科医生的诊所时，我听到父亲正在和一名女护士交谈。女护士领着我们进入一间小检查室，接着，又带着我们走进另一个房间——医生的诊室。这时，一个男人的声音传来，我模模糊糊地看见了他穿的白大褂的轮廓。那个声音用埃及方言向我父亲问好。自从易卜拉欣赴埃及留学以来，父亲就喜欢上了埃及人。眼科医生非常高兴能和我父亲有这样共同的联系，便和父亲聊起了关于埃及和埃及的新闻，而且聊了很长时间。父亲告诉他易卜拉欣正在埃及留学。医生拉着我的手，让我在一张小椅子上坐下来。他让我睁开双眼，可是，每当我睁开眼睛，灯光都会让我感到不安。医生便安慰我：

“聪明的女孩，你叫什么名字？”

我对他说：

“我叫阿琦扎。”

“欢迎阿琦扎格格①！”

我微微一笑，听到了父亲在哈哈大笑。

---

①《阿琦扎格格》是1961年开始上映的埃及电影，由苏克里·萨尔罕和苏阿德·胡斯尼主演，片中的男主人公名叫艾哈迈德，是一名教员；女主人公名叫阿琦扎，是一个屠夫的妹妹。——译者注

我对着一台仪器睁开双眼。这位埃及医生开始检查我的眼睛，让我盯着那台仪器上的一只只大眼睛。然后，他在我的两只眼睛里各点了一滴液体，随后将它擦干。他的声音中仿佛混杂着多个声音，有的是我梦中的声音，有的是我在天台上所扮演的那些人物的声音。这些声音不停地和我说话，我也不停地和它们说话，这让我感到这位埃及医生和我很亲近，就好像我认识他一样。

他问我：

“你听得懂埃及话吗？”

父亲笑着说：

“她特别喜欢埃及电影。”

我感到医生正站起身来，可我却看不到他的脸，只听到他的声音在我的脑海里回荡，正如电影《周四夜话》中的那首埃及歌曲一样。我听到他在安慰我父亲：

“大叔，如蒙主愿，她的症状会减轻的。”

他用双手抓着我的头。我闻到了他身上的香水中清新的柠檬味。他用手掌托着我的脸往上抬，为我的双眼抹上了软膏，缠上了一块棉纱布，这时，我感到一股暖流涌上心头。纱布缠好之前，他用双手在我的头上压了压，然后又轻柔地拍了一下，说：

“十天后再见！”

我听到他的声音是冲着我这边来的：

“阿琦扎格格，可以吗？”

我捕捉到了他声音中所蕴含的怜爱之意。第一次，我遇见了一位细心的暖男，他在征求我的意见，聆听我的答复，轻抚我的脸庞；第一次，有一位男士问我是否听懂了他的话；第一次，我听到的话语从喉咙中迸发出力量，给我的内心注入希望，因为他对我父亲说：

“大叔，她的症状会减轻的。”

我完全相信他说的话，他的口吻是真诚的，给人以慰藉。他对我说：

“别害怕！你会好起来的！”

晡礼的召祷声响起之后，许多女人都来探望我们。在我遭遇这样的不幸时，母亲的那些女邻居也没有忘记她。她们都来安慰我们，和我们一起喝咖啡，可是，她们不想成为我们的负担。所以，到我们家来的时候，她们都会带上一壶茶或者一壶咖啡。这时，母亲会和其他邻居联系，告诉她们，我们家已经有了某某的咖啡。这次，我们那位来自哈达拉毛的邻居胡赛娜送来了咖啡。但是，母亲的那些邻居却觉得她的咖啡难以下咽，所以，她们每个人都只是勉强喝了一杯。然后，母亲燃起了火炉，夹杂着小豆蔻和番红花的咖啡香四处弥漫开来。我听到了瓦德哈的女儿穆兹娜的声音，她在向我母亲请安。她的声音让我感到，她比我眼睛看得见的时候又长大了不少，因为她的声音里没有了童年的稚气。她已经十六岁，成了她母亲的左膀右臂和忠诚卫士，是她母亲秘密的收藏者。穆兹娜说，瓦德哈——她总是这样直呼她母亲的名字——让她把我们家所有的门槛都擦一下，尤其是卫生间的门槛和天台楼梯间的门槛。她还说，她母亲下次来的时候，会告诉我们她为什么要这么做。于是，我母亲给了穆兹娜一只铜盆和一块抹布，并对她说：

“闺女，愿主保佑你！”

我双眼蒙着纱布，和母亲的邻居们坐在一起，听着她们的声音。我的心也在认真地聆听每个声音，检查每个声音，辨认每个声音的主人。我母亲的声音羞涩内敛，有时夹杂着训斥；萨阿德妈妈的声音犹如一张纸，字符在她的口中变得支离破碎；嘉琪的声音尖细干净，带有棱角，好像是在纸上滑动的铅笔尖；穆兹娜的声音活泼开朗，像是啃着饼干的小老鼠发出来的。尽管我看不到发出这些声音的主人，但是，每当我听到熟悉的声音，就能看到想象中的形象，这时，我会忍不住笑出声来。形形色色的声音成了某种惊喜，给我的心带来了欢笑。有时，我会主动评价某个对话者的声音：

“我第一次知道你的声音是这样的。”

我对穆兹娜说：

“你的声音像小老鼠的声音。”

穆兹娜笑着说：

“小老鼠有声音吗？”

“当然有，就是你在动画片里听到的那种声音。”我笑着对她说。

我变得更加快乐了，不再为蒙着纱布的眼睛而感到闷闷不乐。我模仿着与声音相伴的盲人。至少，大家都在帮我。

母亲的女邻居们看到我的双眼都缠着纱布，都表达了内心的忧虑和不安。我在她们的声音中感到了这份忧虑和不安，但是，我却笑着对她们说：

“此时此刻，只有我能够感到马基伦大婶的存在。”

“马基伦大婶，伸出你的手，拿走那杯咖啡吧！”母亲笑着说。

邻居们都笑了起来。穆兹娜端起那杯咖啡，然后抓住我的手，将咖啡杯放在了我的手上。

过了一会儿，邻居们的交谈不再忧虑不安。她们开始搬弄是非，这时的声音是截然不同的。我侧耳倾听，听到了其中夹杂着邪恶的声音，就像巫师的声音。这种声音弥漫在空气中，散发着难闻的气味。我听到了乌姆·阿祖兹的声音，她在抱怨她的小姑子，因为她在艾布·阿祖兹面前大谈美女，好像在暗示他想再娶一房太太。我还听到了我们那个来自哈达拉毛的邻居胡赛娜在说她的裁缝邻居苏莱娅如何欺骗她，谎称自己以批发价卖给她好几块布，后来，胡赛娜发现，苏莱娅的售价居然比市场价还要高。

瓦德哈来了，向大家问了声好，然后说：

“阿琦扎，好闺女，愿你一切安好！”

这是我第一次只听到瓦德哈的声音，却没有看到她的模样。瓦德哈的声音宛如宁静的夜，音符平滑，措辞精准，不掺任何杂质。

这和她的形象完全不同。在我的脑海中，从我第一次见到她那天起，她就一直面带苦色。瓦德哈对我母亲说，她知道一种治疗眼睛的偏方，而且她以前也试过，她会给我送过来。瓦德哈仿佛成了草药专家。不过，她说，在治疗眼睛之前，她必须将所有的门槛都擦一遍，这样可以避免阿琦扎给住在我们家楼下的穆斯林带来什么隐患，也可以防止阿琦扎被他们中的某个人绊倒而受伤。

次日早晨，瓦德哈敲响了我们家的门。父亲为她开了门，她给了父亲一小捆磨碎的草药，还让他向我母亲问好，然后就走了。母亲向父亲解释了一下，告诉他这是瓦德哈为了治疗我的眼疾而准备的草药粉。我听到了父亲紧张的声音。他异常气愤，咬牙切齿地说：

"荒唐！"

接着，父亲快速地走向了卫生间，把那些草药粉统统扔进了马桶。走出卫生间后，他又说了一句：

"你千万别把这玩意点到我闺女的眼睛里！"

晚上，我们坐在电视机前。我听到了父亲充满爱意和信心的声音，而母亲只是在不停地发号施令。

我问父亲眼科医生叫什么名字。父亲对我说：

"艾哈迈德。"

他叫艾哈迈德，和电影里的名字一模一样。我不知道他的脸长得怎么样，可我熟悉他的声音。他叫我阿琦扎格格的时候，声音和侯赛因·法赫米的声音像极了。我问父亲：

“为什么叫我格格？”

“格格就好比是公主的意思吧。”父亲一边回答，一边对我笑了笑。

我闭上了双眼，进入了梦乡，心里想着艾哈迈德医生。自从我遇见他之后，他一直叫我“格格”。我合上双眼，不禁自问：他长的是什么样？我的心陷入了幻爱之中。我没见过的眼科医生和我认识的名字也叫艾哈迈德的形象，仿佛都出现在了电视屏幕上，交替浮现在我的脑海里。我幻想着自己乘上了一辆巴士，看着只属于我的艾哈迈德，却发现自己不是在利雅得，而是和许多开罗人在一起，其中既有优雅的女士，也有穿着正装的男士，还有人用眼睛关注着我的艾哈迈德。

我的心难以承受如此漫长的煎熬，也不习惯和自己进行如此漫长的独白，我希望有人和我一起分担。如果阿娃蒂芙和我在一起的话，那我就会把自己的内心独白告诉她，因为我知道，心灵承载太多的秘密是件非常艰难的事，就像积蓄在小溪里的水，一旦积蓄多了，就会撞击泥墙，使之产生裂缝。

父亲扔掉了瓦德哈的那包民间偏方，可是，她的那些表层疗法却依然存在，因为母亲满怀爱心地接受了这些偏方，希望它们能够治愈我的眼疾。第二天，穆兹娜来到我们家。我听到了她在向母亲问好，然后是水倒入杯中的声音。她经过我的身边，亲了我一下。我让她坐下来，她却对我说，她要用水擦一擦门槛。过了一会儿，她又回到我这里，用抹布擦了擦卫生间的门槛和楼梯的台阶。然后，她在一只大盆里拧干了衣服，却并没有去倒水，而是坐在了我的身边。

我问她：

“你可以为我保密吗？”

她回答道：

“我是绝对信得过的！”

我对她说：

“那个医生的声音很甜美。”

“他叫什么名字？”

“艾哈迈德。”

“长什么样儿呢？当心！每个叫艾哈迈德的人都是大鼻子。”

接着，她又问我：

“你爱他吗？”

“我真心喜欢他的声音，我第一次知道声音竟然会直击心灵。他心地善良，而且……”

穆兹娜打断了我的话：

“你觉得，他会爱上一个瞎子吗？”

随之而来的是突然的沉默。穆兹娜对自己的草率感到后悔，可我却笑着对她说：

"傻瓜，我又不是瞎子。"

我把我的秘密告诉了穆兹娜，因为我很想卸掉心中的重负。我想找一颗像穆兹娜的心一样空空的心，替我承载爱情在我的想象中所注入的滔滔洪水。瓦德哈阿姨走了进来，我听到她在问穆兹娜：

"你擦过门槛了吗？"

她伸出手，抓住我的头，对我说：

"喝吧！"

我闻到了强烈的番红花的味道，同时听到她在说：

"只是一种水，融化了书写在番红花上的经文。喝吧！但愿它能治好你的病！"

母亲在我耳旁悄悄地说：

"什么也别跟你爸说！你知道的，你爸对这些事不是很明白。"

不过，十天之后，当我和父亲独自乘车的时候，我把这一切都告诉了他。父亲抓着我的手，让我上了车，还在我坐定之后将我垂在车外的衣角也放进了车内，然后关上了我这边的车门，转向了另一边。他笑着对我说："这种药没用，也没害。"他无意中调到了车载音响中的一个频道，这个频道正在播放萨拉玛·阿卜杜拉的歌，我让他留在这个频道，让我听完这首歌。萨拉玛·阿卜杜拉的歌勾起了我心中的思念，让我想到了阿娃蒂芙姐姐，也让我更爱我的父亲。父亲听完这首歌之后，对我说：

"阿琦扎，相传，有人问一个贝杜因女人，谁是你最可爱的孩子？她回答说：回家前的旅人，长大前的小孩，痊愈前的病人。你和易卜拉欣就是我现在最可爱的孩子：易卜拉欣还没有回家，你的病还没有痊愈。阿琦扎，等你长大了，有了自己的孩子，就会明白我说的话了。”

我对父亲笑了笑。对我来说，父亲的声音已经成了最可爱的声音。

我们走进了眼科大夫的诊室。女护士抓着我的手，让我坐在凳子上。我听到身后有个声音在向我父亲问好，然后转向我这里，对我说：

“阿琦扎格格，你好吗？”

他摸了摸我的头，让我再次闻到了他身上散发出的柠檬香味。他轻柔地摘掉了我眼睛上的纱布，先用一种冰凉的溶液擦了擦我的眼睛，然后在每只眼睛里都点了一滴。我聆听着他的声音，想分辨它与侯赛因·法赫米、鲁西迪·阿巴扎、苏克里·萨尔罕这些我的梦中人的声音是否相似。

我听到他在说：

“阿琦扎，睁开你的眼睛吧！”

我慢慢地睁开眼睛，看到了一束光，这束光乍一出现，倒是有点伤眼。接着，我看到了他正对着我的脸。他的两只眼睛有点往上抬，坚毅的目光中充满了自信。他戴着一副近视眼镜，每当他想抬眼往上看的时候，就会动一下鼻子。然后，我又看到了他精心梳理的乌黑秀发，最后看到了他整齐的牙齿和脸上的微笑。他的微笑犹如一扇大门，推着我的心向前走，但是，我撞上了向我走来的父亲，只好隐藏起来，害羞地看向帘子的背后。我向艾哈迈德医生投去的笑容尚未绽放，就羞涩地收敛了。我低着头，看着地面，唯恐父亲听到我剧烈的心跳声。这时，我听到医生在问我：

“你能看清楚吗？”

我笑了笑，说：

“嗯。”

医生说：

“那我们做个检查吧！你看一看这幅画！”

我开始在陌生的男士面前模仿略显害羞的女孩，甚至忘了自己内心的感觉。我抓着长袍的衣角，用嘴咬住，然后开始回答问题：

“开口向上，向下，向右。”

我低着头，默不作声。

艾哈迈德医生知道，利雅得的女孩都非常腼腆。父亲也知道，他的闺女非常腼腆，因为她第一次坐在一位陌生男士的面前。但是，我其实是在假装自己和一位名叫艾哈迈德的男人坐在一辆公交车上或是坐在考场里，仅此而已。

那天晌午，母亲的女邻居们听说我已经复明，便纷纷来到我们家。瓦德哈在去妇女用品市场之前，也顺道来我们家看我，她说：

“我跟你们说过，擦拭门槛已经消除了它们的愤怒。”

穆兹娜朝我跑过来，进了我的房间，把她自己扔在我的床上，问我道：

“你看到他了吗？胖不胖？高不高？帅不帅？他结婚了吗？留着大胡子吗？”

为了让穆兹娜明白一个纳季德女孩爱上一位埃及男士究竟意味着什么，我必须把她一直留在我的身边，向她讲述我所有的心里话。我的心真的无力承载这些心里话。但是，穆兹娜还是一张白纸，我不能随心所欲地在上面涂涂画画。我看着她，发现她正是我所期望和想象的那样。

所以，我劝穆兹娜星期四晚上来我们家玩，和我一起看看夜场电影。穆兹娜在我们家里还住了几天，瓦德哈对此并不介意。完全不同的两个人之间的爱情像传染病一样，悄悄潜入了穆兹娜的心里。穆兹娜也开始和我谈论那些说话口音与我们完全不同的男人以及她和她母亲在市场里见到的那些男人。有一次，她对我说，有个名叫利亚德的男青年给她扔过来他的电话号码，可是，她并没有理会，因为她害怕和他交谈，担心他会偷走她的心，就像艾哈迈德医生偷走了我的心一样。我和穆兹娜仍然被相似的爱情故事牵挂着，虽然所爱之人说着不同的方言，但是都毫无希望。我对穆兹娜说，小傻瓜，我们不是爱什么方言，而是爱这种方言所倾注的爱怜，尤其是当这种方言不带有任何命令式措辞的时候，便成了一种流畅的交谈，一种充满友爱和奉承的交谈。

我恢复了视力，却失去了刚刚萌芽的爱情，因为我不再有机会去看艾哈迈德医生了。我知道，陌生男人的爱情尽管持续时间短暂，却比邻家男孩的爱情更加美好，因为邻家男孩的爱情让人饱受折磨，让女人忍受各种各样的命令。这种爱情曾经戏弄了我的姐姐，然后又任由她嫁给了别人。

第十三章

穆兹娜·宾特·瓦德哈——在妇女用品市场，大家都这样叫她——带着她修长清瘦的身躯，走进了生意已经拓展的妇女用品市场。她身上裹着一件短袍，透出红色的衬衣；脸上蒙着面纱，和市场里的其他女人一样，露出两只大眼睛，眼睛周围涂着一圈浓浓的眼影，使得她的眼白更加纯净妩媚。穆兹娜带着灵动的青春气息和隐藏在肢体内的优雅姿态，款款地走进了市场。市场里那些面色苍白的女商贩都注意到了她的活泼可爱，当她从她们中间走过，她们都纷纷请求她稍作停留，品尝一下她们的咖啡。可是，穆兹娜却恭维她们说：

“你们的咖啡已经被我的眼睛喝了。”

穆兹娜来到她母亲的商店，发现她正在整理货物，一名斯里兰卡女工正在帮她卖货、搬货。女工名叫苏妮娅，家境贫寒，身体瘦弱，脖颈上垂着一条长长的辫子。她并不精通阿拉伯语，却知道如何使用手语和一些简短的用语。穆兹娜一到，瓦德哈就站起身来，把商店交给她打理，还让那名女工给她当下手。

瓦德哈走在市场的阴影里，一袭长袍像两只翅膀一样垂挂在身体的两侧。很快，她就匆匆地消失在走廊的尽头。

穆兹娜的大部分时间都是在市场里度过的。正是在这个市场，她打开了心智；也是在这个市场的院落里，她渐渐地长大，和这里的女人们结下了深厚的姐妹情谊，得到了她们的呵护。她已经出落成一个大姑娘，完成高中学习之后，就全身心地帮助母亲打理市场的业务。女人们都有意亲近她，因为她是成功的女商人瓦德哈的女儿；她也喜欢和她们亲近，因为她喜欢她们的姐妹情谊，她从小就已熟知的姐妹情谊。

瓦德哈回来的时候，穆兹娜已经坐立不安了。她掸去了身上的灰尘，站起身来，对瓦德哈说她要出去逛一逛，散散心。这么长时间一直把自己关在店里，已经让她变得烦躁不安了。阿塔娃不在店里，她和阿卜杜·阿齐兹的母亲出去旅游了。穆兹娜独自从市场对面的街道走到位于街道拐角的大清真寺，再右转进入苏维格市场。在到达古殿的大门之前，她转向了一家磁带销售店。

她看到一群男青年站在那里，塔利正和他们在一起抽着烟。

“穆兹娜，你怎么来了？”

穆兹娜对塔利的愤怒感到好笑。她知道，塔利觉得自己是城里人，妹妹出现在他的朋友面前，让他感到很难堪。这和她的大哥米特阿卜截然相反，米特阿卜总觉得自己来自瓦德哈的游牧民世界。所以，穆兹娜想，如果她现在去米特阿卜的商店，他一定会欢迎，还会让她坐在他的身边给她沏茶。当他的男性朋友进入店里的时候，他一定会骄傲地说：

“这是我妹妹穆兹娜，我愿意为她献出生命。”

为了消除塔利的怒气，穆兹娜说：

“阿琦扎想买磁带。”

穆兹娜在外面转了一圈回到店里的时候，昏礼的召祷声已经响起，紧接着，一家家商店的卷帘门发出了吱嘎滚动的声音。这时，穆兹娜感到有人在跟踪她。她相信，跟踪她的人是经常聚在市场角落里的那些青年中的某一位，他正等待着某个姑娘从那里经过，并跟踪盯梢。但是，穆兹娜对此并没有太在意，因为女孩要对她周围的一切保持视而不见，才能符合举止端庄的标准。她能听到跟踪者的衣服发出沙沙的声音，但他一直尾随在她的身后，并没有和她并排行走，也不想超到她的前面，倒是一直和她保持不变的距离，所以，那个人不在她的视力范围之内。穆兹娜后来才知道，跟踪她的那个人名叫利亚德。利亚德在第一次见到穆兹娜而且没有被她发现的情况下，就已经向她表白了。在不明白这眼伤意味着什么，也不知道这眼伤是否永远无法痊愈的时候，他已经被她的目光击中。有一天，他经过她的身边，将一盘磁带扔进她的怀里，就走了。在这盘磁带中，她听到了同样的表白。她将磁带放进录音机，听到了穆罕默德·阿卜杜胡在唱："至大的主啊！她们如何弄伤了一双双眼睛？受伤的眼睛为何永远无法痊愈？"利亚德对着穆兹娜一遍又一遍地唱着这首歌，还对她说：

"得到你，此生无憾！"

在我的心目中，穆兹娜总是和莎迪娅[①]的形象联系在一起，和那个喜爱唱歌的小巧顽皮的女孩联系在一起。她自幼来到我们街区。她跟随母亲来自旷野，虽然对旷野一无所知，但在她的兄弟姐妹中，却是最坚守游牧生活的人。她并不了解自己的根脉，却将自己的母亲瓦德哈当成了从这一根脉中长出的一棵大树，还戴上了瓦德哈曾经戴过的面纱。这种面纱让贝杜因女人在妇女用品市场的女人和其他女店主当中出了名，也让她们有别于城里的女人。穆兹娜喜欢这种面纱，因为它毫无遮拦，两只眼睛完全开放，所以并不影响视野，与利雅得城里的女人所戴的头巾有同样的效果，同时，这种面纱也将她涂抹着阿拉伯眼影的两只媚眼显露无遗。贝杜因女人认为，眼睛是女人面部魅力的集中体现。城里女孩的头巾变薄了，变得只是个头巾，甚至还露出了下巴，比过去要小了很多。和城里女孩的头巾一样，贝杜因女人的新面纱也变薄了，变得更加新潮迷人了。

---

① 莎迪娅（Shadiya，1931-2017），埃及女演员、女歌手，埃及电影史上最重要的艺术家之一，被誉为"电影的引路人"。——译者注

穆兹娜一直和她的母亲在一起，她是在妇女用品市场长大的。她酷爱这种面纱。这种面纱已经有了变化，在额头上点缀着一块精心缝制的丝绸织品，因此更加适合年轻人。穆兹娜在学校的时候就戴过这种丝绸织品，吸引了许多女同学的目光。有的同学还模仿她的样子，跟在她的身后走在街上。但是，她们在这块丝绸织品的上面添加了一条薄薄的丝巾，露出了漂亮的眼睛。嘉琪生在冬天，这让她的皮肤和心灵都被一层触手可及的寒意所覆盖。穆兹娜却和她完全相反，生在炎热的夏夜，这使得她靓丽别致，热爱生活，不会过多地纠结于无用的细节。她喜欢陪着母亲在妇女用品市场干活，享受在那里度过的时光。她心胸开阔，为人谦和，这对她和市场里的女人相处很有帮助。母亲在市场里不断提升的地位，也给她带来了不少友爱和同情，甚至还有赞誉。由于长期在市场生活，穆兹娜形成了一种世俗人格和社会人格，同时，她身上还有一种邪劲，这是柔弱顺从的嘉琪所不具备的。正因为这样，嘉琪才会成为任凭众人揉捏的一只柔软的面团。

在市场里，穆兹娜已经变成了一道移动的风景，因为她就是游牧性和现代性的复合体，游牧性体现在她的面纱和口音上，而现代性的表现，就是优雅的服饰、高高的鞋跟、鲜艳的指甲油以及让她的双眼又大又亮、充满魔力的睫毛膏。穆兹娜途经的那条路总是聚集着不少小伙子，他们有的人来这里，只是想在情场上练练兵；有的人来这里，是想满足一种喜好，一种因为忍耐而得以持久的喜好，这种喜好在后来引领着他走进爱情的世界，从他的同事们那里听说的爱情世界，凭着自己的一丝坚忍，有的年轻人也想在其中试试水。穆兹娜对自己曼妙的身材出现在市场后所产生的效果总是深感自豪，因此，她会像许多高雅的女士一样，毫不犹豫地对那些讨好她或骚扰她的男人投去最肮脏的谩骂，这让她的追求者变得越来越多。一些真心实意、意志坚定的男人，依然和她保持着纯洁的友谊。也有一些男人对她感到绝望，只能采用二选一的办法，要么弃她而去，去寻找更容易捕获、更加安全的猎物；要么去市场去找她的母亲，站在她的面前大声说：

“瓦德哈大婶，我想按照真主及其使者的法则向您的女儿穆兹娜求婚。”

瓦德哈回答说：

“她哥哥米特阿卜就在他的店里，你去找他谈吧，我肯定支持你。”

那些内心被嫉妒咬噬的女人谴责心高气傲的穆兹娜。店主乌姆·阿卜杜拉就曾对她说：

“穆兹娜，有句古话说：自抬身价者，即便身价不菲，亦终遭人弃。”

“爱我们的人，我们不愿追求；我们爱的人，命运却不能满足。”

但是，那一天，当利亚德出现在市场，站在穆兹娜面前的时候，她终于意识到了命运对她的谴责。

她觉得，这个在民间市场中看似陌生的青年，站在她的面前，却对她毫不在意，纯属偶然。但是，让她没有想到的是，那天在昏礼的召祷声响起之前，她听到了一个男青年的衣服发出沙沙的声响，而他却一直等着她在自己的地方站定，然后，又犹豫不决、茫然地来到她的面前，企图打探这个目中无人、拿着水壶走动的女人到底属于哪一类。利亚德拿起一串男人可以在手中转动的念珠，问道：

"大婶，这串念珠多少钱？"

穆兹娜抬眼看向他，他便改口道：

"对不起！我误以为你是大婶了。"

穆兹娜没有答话，却注意到他说话带着淡淡的方言口音，这让人想到了这座城市的根脉。但是，她只知道残留在纳季德式交谈中的淡淡的方言既不是也门方言，也不是埃及方言，因为她只听得懂这两种方言。

"劳驾，我想买这串念珠。"

"十个里亚尔。"穆兹娜对他说道。

利亚德将买念珠的钱递了过去，长久地注视着她的眼睛。但是，她却转过脸去，避开了他的目光，忙着接待其他顾客。

穆兹娜来看我的时候，一下子投进了我的怀抱，并对我说：

"阿琦扎，一切仰仗真主！"

她给我讲述了利亚德的故事，一个已经铭刻在她的想象中、令她每每想到就会心跳不已的青年的故事。而我却俨然以行家里手的口吻对她说：

“这个男人会以矫情始而以痴情终。”

在随后整整一周的时间里，穆兹娜痴痴地坚守在市场，直到最后一刻才迟迟地关上店门。她知道，她所看到的那个男青年并不是市场里的佼佼者，无论是他的顾客人数，还是商品销量，都无法凸显他的领先地位，因为他没有涉足老市场，也看不上那里的商品。她真心希望他能回来，好让她检验一下这种奇特的感觉。但是，这种感觉没过几天就开始减弱了，它所产生的渴望也如同日渐愈合的灼伤一样开始淡化，并随着时间的推移而消失，以至于一周之后，她几乎怀疑那灼伤的存在，甚至在看着最后一层皮脱落时，听到自己的心在说：幸亏如此！

但是，他最终还是回来了。穆兹娜看到他正朝着她母亲的商店走来。他如同在她心中蔓延的一团火，大步流星地走来，把玩着手中的念珠，面无表情地翻动着商品，然后转过头去，和站在远处的朋友聊起天来。穆兹娜走进商店的时候，他又回来了，走进了她的商店，满怀热情地注视着她，脸上挂着掩饰不住的笑容，说道：

“大婶，您好！”

这次，他笑着说出了这句问候，看得出来，他是存心这样说。

穆兹娜微微一笑，说：

“老弟，有何需求？”

“可以让我看看你们的念珠和地毯吗？”

穆兹娜一边看着他，一边指向念珠和地毯。在他不紧不慢等待的时候，另外几个顾客叫住了穆兹娜，她只好走了过去。男青年就这样一直站着，关注着穆兹娜，任凭一阵阵微风裹挟着他身上残留的香味吹向穆兹娜。他正想着有什么办法可以让穆兹娜离开她母亲的商店，以便和她进行更长时间的交谈。可惜，他并没有从穆兹娜那里得到令人鼓舞的回复。穆兹娜注意到，他从上衣口袋里取出了一支笔，在随身携带的一张纸币上写了几个字。我也注意到，他写字的时候，她在注视着他。接着，他拿起一串红色念珠，将那张纸币递到了她的手中，一边凝视着她的眼睛，一边说：

“给我打电话！”

穆兹娜将那张十里亚尔的纸币放进了包里，然后对我说：

“以真主起誓，哪怕他即将死去，我也不会给他打电话的。”

我问她：

“那你会怎么做呢？”

穆兹娜回答道：

“他必须知道，我并不像他所认识的那些女孩。”

我择时把那张纸币递给了穆兹娜，让她的内心重新燃起渴望。随后几天，她虽然浮想联翩，却因过于谨慎而扑灭了内心的希望。她告诫自己要提防那些市场猎手和及时行乐的人，因为这些人的内心根本不知道什么是爱。所以，她始终告诫自己，只能心怀这点单纯的激情，不能成为唾手可得的猎物。

十天之后，那个青年又来了，在晌午时就早早地来了。当时，穆兹娜已经打开店门，正在整理店里的货品，整个市场都显得有点冷清。他来了，脸上写着责备和失望。站在穆兹娜的面前，他一边看着店外的市场，一边说：

“我的名字叫利亚德。”

穆兹娜看着他，说：

“请问，你有什么事吗？”

“你为什么没给我打电话？”

穆兹娜感到他的问题非常过分，就当着他的面明确表达了自己的恐惧。

“你把我当成什么人了？难道所有来过市场、给我留下电话号码的人，我都得给他打电话吗？你走吧，管好你自己的事！”

利亚德笑了笑，说：

“给我打一次电话吧！你绝对不会后悔！”

穆兹娜发现，他的语气会让人想到那些不正经的青年所说的话，毫无意义，也毫无目标，或许这样反倒让她放心了。

她期待着和他交谈，但也需要他恭维的话语，或者是对她表示尊重的承诺。

穆兹娜来找我，对我说：

“我的心对我说，还是给他打电话吧！”

我对她说：

“好的，你给他打个电话！就算听了无聊的话，也没什么大不了的！”

穆兹娜拿起电话，拨了几个号码。电话铃响了很长时间，却一直无人应答。那天晚上，穆兹娜一直和我待在一起，她一再拨号，电话却始终无人接听。赞美真主，利亚德没有接她的电话，这倒没有暴露她想和他交谈的渴望。她自言自语道：“他不会知道我给他打过电话吧？”

那天晚上，穆兹娜朝着出租车站走去，准备打车回家，这时，她看到利亚德朝她走来。利亚德走近了，对她说：

“你没有给我打过电话？”

“我不会给你打电话的！你把我当成什么人了？妓女？”

“羞答答的女孩，以真主起誓，我的意念是纯净的。”

穆兹娜沉默不语，这让利亚德意识到，她快要同意自己的建议了，便对她说：

“我等你！到家后，给我打电话！”

我为穆兹娜打开了会客室的门，启动了空调，就去准备茶水。穆兹娜拿起电话听筒，拨动了号码。铃声刚在耳边响了一下，里面就传来了他的声音，这声音比他在市场时的声音还要平静，还要自信。他满心欢喜地说道：

“你好，谢赫！”

我端着茶，听到她对他说：

“快点！有话快说！”

我倒好茶，递给了穆兹娜。可是，她却将茶杯放回了托盘，不耐烦地暗示我耐心等一会儿，现在不是喝茶时间。

穆兹娜时而愤怒不已，时而又开怀大笑。可是，过了十分钟，她却伸手端起了茶杯，边喝茶边和他争辩起来，还自言自语道：“你个骗子……你当你自己是什么东西……你又不是什么谢赫。”这时我知道，穆兹娜已经开始热衷于这样的交谈了，然而，我一点也不知道，她坠入情网的时候，就像投入了毫不留情的领导权争夺战一样，变成了一名凶猛的斗士。

过了一个月，穆兹娜又来找我，对我说：

“利亚德昨天对我哥哥米特阿卜说，他要向我求婚。可是，米特阿卜却对我妈说，利亚德和我们家门不当户不对。”

我第一次注意到“利亚德”这个名字，便对穆兹娜说道：

“利亚德怎么了？他有什么缺点吗？”

“我哥说，他不是沙特血统。”

“那你妈怎么说？”

“我妈说：‘孩子啊，我们知道，只有我们国家还在意血统，每个国家都有不同的男人和部落，不会在乎什么血统的。’”

可是，米特阿卜就是不同意，因为他对那个来自远方的男人并不了解，甚至可以说对他是一无所知。

瓦德哈沉默不语，因为她知道，女孩子总能得到许多嫁人的机会，每个女孩的缘分都是一种命中注定的承诺。至于这个承诺什么时候兑现，没人能够回答这个问题。穆兹娜决定再努力一下，争取得到米特阿卜的同意。她知道，米特阿卜善良友好，非常爱她。那天晚上，穆兹娜和米特阿卜坐在一起，相互交谈着。她和嘉琪完全不同，一旦决定了什么，就绝对不会退缩让步。她对米特阿卜说：

"米特阿卜，我的哥哥啊！但愿我比你死得早！"

"穆兹娜，这个巴勒斯坦人的事儿，你就别跟我谈了！我有点烦了。"

"我只想你告诉我，真主的法律禁止我嫁给利亚德吗？"

"妹妹，教法上没有这样的禁令，可是，有些习俗在宗教之前就已经出现了。血统不能相互混杂，不同的血统自先祖阿丹时代就已保存下来。谁失去了自己的血统，就没人会嫁给他，也没人会继承他。"

"好的。如果我对你说，我现在只有他一个男人，那该怎么办？"

"穆兹娜，愿真主补偿给你一个比他更好的男人！"

弟弟塔利也注视着穆兹娜，对她说：

"走开！离我远点！否则，我真的会把你和他都宰了！"

瓦德哈缄默不语，一言不发地注视着他们，聆听着他们的谈话，但是，她担心穆兹娜会继续固执下去，那样，她就只能目不转睛地看着她的这个宝贝女儿了。自从来到这个举目无亲的城市，女儿的平安就成了她的责任。

米特阿卜想让穆兹娜和利亚德分手，便提出了自己身边有好几个年轻人想向她求婚，其中包括为他的餐厅运货的汽车司机苏斐然、在宴会厅接待台登记订单并开具发票的年轻人穆沙巴卜。但是，穆兹娜为了报复米特阿卜，就一口回绝了他，并坚持说她只认识利亚德一个男人。

在市场里，瓦德哈看到穆兹娜悄悄溜出了商店，过了一会儿就回来了。她知道，穆兹娜并没有放弃自己的计划，也没有放弃她对米特阿卜说过的话。她还爱着那个巴勒斯坦青年。但是，瓦德哈仍然希望会有一个情敌出现，取代穆兹娜固执地认为无人能比的那个巴勒斯坦青年。

穆兹娜曾经劝过她的母亲瓦德哈，她说：

“妈，我爱他！而且，他也想按照真主及其使者的法律和我结婚。”

可是，瓦德哈却对她说：

“闺女，他适合我们，可我们不适合他呀！”

“为什么？您能给我解释一下吗？”

“闺女，我没法给你解释。这些事情并不在我们的掌控之中，而是我们的祖父以及我们的祖父的祖父所决定的。闺女，谁违背了这些事情，谁就会在众人之中一文不值，甚至会失去自己的家人、舅舅和叔伯。”

可是，穆兹娜还是坚定地说：

“哪怕是自杀，我也在所不惜！”

瓦德哈用软弱无力的声音对穆兹娜说：

“闺女，愿你远离恶魔！你就是我看世界的眼睛，难道你想让我哭瞎眼睛后死去吗？”

穆兹娜一直在想，她的人生只能二选一了，要么私奔，要么死亡。她爱生活，也爱利亚德，那么，她为什么一定要去死呢？难道她只剩下另一个解决办法——私奔——了吗？

嘉琪忙着照看自己的女儿。她已经成了家庭主妇，每天搞卫生、做饭，如果还有时间的话——当然，她也难得有多余的时间——她就去做礼拜，或去诵读《古兰经》。至于米特阿卜、塔利、瓦德哈和穆兹娜这四个商人，他们每天都忙于各自的生意，直到晚上才会回家。但是，连冷漠的嘉琪也开始担心穆兹娜了，担心她的执念会随着时间的推移愈加强烈，而不是被化解。于是，嘉琪过来找我，还带着她年幼的孩子，和我母亲的女邻居们坐在一起喝咖啡。过了一会儿，她注视着我，暗示我出来一下，我明白她是想和我谈谈。昏礼的召祷声响起，女邻居们都起身去做礼拜了。嘉琪走出了会客室，去做小净。我紧随其后，一起走进了洗手间。她抓着我的手，恳求我说：

“阿琦扎，劝一劝穆兹娜，让她理智一点！她每天都在威胁我们，一会儿说要自杀，一会儿又说要私奔。”

我对嘉琪说：

“嘉琪，别害怕！穆兹娜是在用这样的话自我安慰呢！”

我突然感到身后有人拖着我的衣服，便转过身去，看到嘉琪的女儿阿伊莎正站在我的身后，对我说：

“你没有孩子吧？”

同一天晚上，穆兹娜也来找我，对我说，她已经决定要和利亚德一起私奔了。我每天都在幻想着自己收拾行囊，和艾哈迈德一起乘坐飞机，成为一名埃及太太，生活在尼罗河畔的公寓里。但是，我总是在透过猫眼看清门外的情况之后才会把门打开，唯恐我的哥哥弟弟追过来，把我给杀了，因为我也是从家里逃出来的。尽管我每天都在这样幻想，可是，当我听到“私奔”这个词的时候，它似乎比我所经历的幻想还要恐怖。我心头的热血像战鼓一样不停地上涌，我对穆兹娜说：

“你疯了吗？”

穆兹娜没有回答我，而是注视着她眼前那片开放的天际，仿佛在阅读私奔计划的制定指南。我摇了摇穆兹娜，对她说：

“穆兹娜，你在想什么呢？说给我听听！”

穆兹娜站起身，对我说：

“以后再说吧！我的事你都知道了，以后再说！”

那天夜晚，在天井——位于天台楼梯中间的房间里，穆兹娜和嘉琪还有嘉琪的女儿都假装睡着了。米特阿卜和塔利吹着“沙漠”牌空调的微风，睡在男士会客室里。瓦德哈在浓浓的黑暗中正做着礼拜，忽然听到汽车的声音，就像蟒蛇发出的嘶嘶声一样。汽车靠近大门后停了下来。车上红色和黄色的灯光透过大门的缝隙，照在门前的那块土地上。瓦德哈转过身，背靠着墙壁，凝望着大门，周围的一切都淹没在黑暗之中。她听到穆兹娜的衣服发出的沙沙声，还有她的双脚轻轻地接触地面、小心翼翼地走在地上发出的声音。穆兹娜停在了门口，将手中的棉布背包放在了地上，将罩袍的上部甩到了头顶。她站在大门旁，听到瓦德哈的声音从黑暗中传来：

“别让你的兄弟蒙羞！你告诉他，明天和证婚人一起来吧！”

穆兹娜吓得差点跌倒在地上，因为她起初并不知道是什么人在说话，也不知道这声音是从哪里传来的，以为那是黑暗中的精灵或幽灵所发出的声音。当她意识到那是她母亲的声音，意识到母亲已经知道她的事情时，她感到一团火焰喷进了自己的双眼，感到了一种无法想象的羞怯，一种背叛母亲的耻辱。因为瓦德哈在凌晨发现有人不在房间的时候，绝对没有想到那人会是穆兹娜。穆兹娜一动不动，呆呆地站在原地，只听到母亲在回去做礼拜的时候大声地说着：

“真主至大！”

晌午过后，利亚德来了，和他一起来的，有一位年迈的老人——他的父亲，还有一位身穿咖啡色长袍、手中拿着笔记本的谢赫。穆兹娜的哥哥米特阿卜默不作声地盯着地面，瓦德哈戴着面纱，坐在会客室的中间。她和利亚德以及利亚德的父亲交谈了一会儿，回答了谢赫提出的几个问题，然后就走了。米特阿卜和塔利一直绷着脸，瓦德哈却像用一根粗粗的麻绳捆住他们一样，他们小的时候，她就是这样惩罚他们的。瓦德哈做出了最后的决定，米特阿卜和塔利虽然接受了，却没有笑容，也没有恭喜利亚德。米特阿卜走进了内室，穆兹娜身穿罩袍、蒙着面纱也跟着他走了进去，战战兢兢地走到谢赫的近旁。谢赫一边注视着自己眼前的一个带有咖啡色皱裂皮封的大本子，一边问她：

“你愿意利亚德做你的丈夫吗？”

穆兹娜默默地点了点头，然而，谢赫并没有注意到她无声的回答，便又大声说道：

“闺女，我没有听到你说的话。你接受利亚德成为你的丈夫吗？”

穆兹娜回答道：“是的，谢赫。”但是，她的声音却被喉咙里夹杂的恐惧和满意的吱吱声打断了。

瓦德哈说：“下个星期四，欢迎你们来用晚餐！欢迎你们和家人一起来用晚餐，并在真主的保佑下带走你们的新娘！”

他们三人刚走，塔利听到大门被插上门闩的声音之后，就原地跳了起来，朝着穆兹娜冲了过去。穆兹娜立即起身逃跑，塔利在她的后面紧追，米特阿卜和瓦德哈也在他俩的身后追着。塔利从穆兹娜的身后抓住了她的头发，将她推倒在地，一边用双手掐住她的脖子，一边叫喊道：

“你个狗娘养的！以真主起誓，我要杀了你！”

塔利想用武器杀了穆兹娜，便奔向了厨房，提着一把刀回来了。米特阿卜见状，挡在了他的面前，抓住了他，把他的胳膊举过头顶，用力将他抵在了墙上，夺下了他手中的刀，对他说：

“你疯了吗？”

穆兹娜也说：

“你为什么要杀我？我做错什么了？我是遵循真主和先知之道嫁人的！”

米特阿卜注视着穆兹娜，对她说：

“你走吧，让我们沟通一下！”

米特阿卜和瓦德哈、塔利坐在一起。瓦德哈说：

“孩子！这是真主的旨意，是合法的，一点儿也不丢人！”

米特阿卜却向瓦德哈发问道：

“可是，妈，我们的脸还能往哪儿搁啊？”

“孩子，我们的亲人都在陆陆续续地离开，已经所剩无几了。别没事找事，给自己添堵！每个时代都会有不同的亲人和友人。再说，那个男孩也算是好人家的孩子吧！”

听到这番话，塔利愤然地离去，来到了大街上。他决定再也不回这个家了，这个家已经让他失去了荣耀和尊严。

在米特阿卜的眼中，瓦德哈才是强大的象征。但是，塔利不想像米特阿卜一样，他觉得，瓦德哈无论多么强大、睿智，始终是女流之辈。塔利想凭借一己之力和雄狮般的心去征服，去杀死那些背叛家庭传统的女人，成为他和街区青年所讲述的故事中的英雄。他不想模仿任何一个女人，哪怕是自己的母亲。但是，究竟应该成为什么样的人，他也很迷茫，因为他从未见过自己的父亲。他来到这座城市的时候，母亲对他来说既是爹又是娘，甚至几年过后，米特阿卜在家里扮演着父亲的角色，也没能博得塔利的欣赏，因为他的这个哥哥太像他母亲了。米特阿卜和善而平静，可以凭借自己的本能和睿智，不急不躁地发现井底到底藏着什么，不过，他也是一个弱小而迷茫的青年，只有回到母亲的身边，才能做出决定。可是，塔利却想效仿这座城市里的男人，想成为一个自我独立的男人，一个强大有力的男人。尽管他可能会在自己的血液里发现他所缺少的冷酷，但是，当他的妹妹穆兹娜违背了和善的母亲和哥哥的意志的时候，他却有了杀死她的强烈冲动，这时，他真真切切地感到了自己的冷酷。他想向穆兹娜证明米特阿卜没有资格保护这个家庭，向她证明他会对她这样嫁人表示抗议，向她证明这个家庭拥有高傲的男人，一个有能力杀死叛逆女性的男人。

虽然为穆兹娜和利亚德订婚的谢赫让穆兹娜得以逃避惩罚，但是，她却没能逃脱被驱逐、被抛弃的命运。塔利已经决定不允许她再进入他们的家，而且还要驱逐她的孩子，和他们脱离关系，告诉所有向他打听穆兹娜的人，说她已经死了。当穆兹娜准备和利亚德一起离开，回到利亚德家的时候，塔利对穆兹娜说：

“你完了，你已经死了，以后别想再进这个家了！”

第十四章

母亲告诉我，我们的邻居、我父亲的朋友艾布·法赫德结婚了，我们要去祝福他的新娘。母亲让我为他们送去一壶茶和一壶咖啡。我曾经两次见到艾布·法赫德走进父亲的会客室，坐在里面喝咖啡。在我还小的时候，他也曾偶然遇见我。我开始穿罩袍的时候，有好几次竟然忘记戴面纱就上街了，还有好几次，我意外地撞见了父亲的客人，他们都盯着我看，我便从他们面前匆匆地逃走了。当时，我还小，并没有引起任何人的关注。但是，我的心里总是感到害羞，而且这种感觉会让我突然跳起来。即使看见我的人是和我父亲年龄相仿的老人，也会让我变得像突然遭遇野兽的猎物一样。在我们小的时候，艾布·法赫德经常会用“姑娘，嫁给我吧”这样的话和我们开玩笑。其实，他看见小姑娘的时候，总是重复这句话，所以，我们都没把这句话当回事儿。艾布·法赫德单身了好长时间，他那个病殃殃的老婆去世的时候，我还是个小女孩。当时，我只是听说他老婆生病了，没想到，竟然真的死了，还留下了一个年仅七岁的儿子法赫德。艾布·法赫德后来把他的儿子送到了埃及的一所学校，从此，我们再也没有听到关于他的任何音讯了。电话铃声响起，我或者妹妹就会拿起听筒，如果打来电话的人是艾布·法赫德，我们就会发现，自己掉进了一个陷阱，因为艾布·法赫德不会轻易让我们逃离他的魔掌。他会喋喋不休地询问我父亲的健康状况、我母亲的健康状况，甚至整个街区所有人的健康状况。他还会询问我的学习情况，还有我们学校的女教师，然后开玩笑地说：

“你们学校的女教师当中有没有长得漂亮的？你帮我向她求婚吧。”

我笑了笑。艾布·法赫德在和女人交谈的时候，一点也不像我父亲。他常常想出各种法子，让女人留在他的视线和话题范围之内，却不敢表示反对，因为他会让她们误以为他是在以兄长或者父辈的身份和她们交谈。他留着乌黑的胡子，着装讲究，不会让人觉得他只是一个普普通通的男人。一支价格不菲的帕克金笔总是挂在他的衣兜上，白色衬衫外面还会罩上一件马甲，这使得他的着装在男人当中有了难得一见的优雅。他是一个五十岁的男人，可是，他的言行举止却像是一个魅力十足的花花公子。也许是因为他已经独自生活十年，没有一个女人会令他敞开心扉，让他去等待、去追求。

我走进了艾布·法赫德的新房，眼前所见着实让我大吃一惊。尽管欢迎宾客的熏香依然弥漫，新娘及其母亲手上的指甲花图案依然新鲜，新娘手镯上的黄金依然闪闪发光，新娘璀璨的耳环依然夺人眼球，但是，新房里却笼罩着一层悲伤的阴霾。看到我穿着罩袍、戴着面纱走进新房，艾布·法赫德一下子跳了起来。我敲了敲位于柱廊和庭院中间的木门，他转过身，让我进去，然后就走开了，但是，在他的脸上我隐约看到了与往常不同的愁容。新娘的妈妈抬起头，站起身，向我问好，还给我倒了咖啡和茶。我向她表示祝福，亲吻了她的头，告诉她，我母亲还在来这里的路上，可是，她几乎同时对我说：

“愿真主赐予你们永生！”

远处的角落里坐着一位姑娘，脸上写满了愤怒。我匆匆看了她一眼。她看到我对她微笑，就起身回到了自己的房间，只留下我尴尬地咬着双唇。

我跑着回到了母亲的身旁，告诉她，艾布·法赫德家的气氛有点怪异。可是，母亲却呵斥我，让我不要窥探他的隐私，然后将我和我的姐妹们往前推，以便快点结束这次拜访。前来贺喜的不只是我们几个人，我们的邻居胡赛娜、乌姆·阿祖兹、乌姆·法里汉、瓦德哈以及其他几个邻居的女儿们也都来了。我们几个女孩坐在一起，端详着新娘。新娘比我们也大不了几岁。过了一会儿，她的脸色变了，脾气也有点变了，不过，她一直咬着嘴唇，饱受着愤怒的折磨。我们非常期待和她说说话，但她只是不经意地偷偷看了我们几眼。她偷偷地打量着我们，我们也偷偷地打量着她。我们这位新来的邻居清瘦而修长，腰身和臀部都很丰满，一对大眼睛因眼影增添了一丝神秘，宛如一片树木交织的森林，林中潺潺的河水声既让人兴奋，也令人好奇。但是，茅蒂却捕捉到了这个小新娘偷窥我们的目光，便问她道：

“你叫什么名字？”

“菲勒娃。”她回答道。

其实，我姐姐阿娃蒂芙结婚的时候，菲勒娃和她的母亲也来参加婚礼了。当时，她的服装已经暴露出她是个外乡人，和我们的街区格格不入，因为她的服装非常新潮，造型也极其优雅，她的脸上带着美女们因神秘而愈加迷人的魅力。菲勒娃穿着镂空的皮鞋，走在我们家的天台上，脸上黑色的刘海遮住了两只叛逆的大眼睛。婚礼期间，她一直没有笑，也没有跟任何人说过话。而她母亲却和一群女人坐在一起，天南地北地神聊着。但是，在那场婚礼中，我作为新娘的妹妹，却有幸见到了菲勒娃的微笑。我走到她身边的时候，乡妹子希莎正站在舞池当中东张西望，冒冒失失地冲向正在跳舞的女孩们。我对菲勒娃说：

“你看到那个傻乎乎的女孩了吗？”

菲勒娃笑了，在她的笑声中，我得到了心理上的满足。我知道，我们在街区又多了一个新朋友。我再三询问她：

“你为什么不跳舞？”

我用力拉着她，想让她和我一起站起来，可是，她却不愿意。

这时，她母亲却推了她一把，还对她说：

“起来吧！别让这个女孩失望！这样不好！”

我拉着菲勒娃，一边朝舞池的方向走去，一边推开抿着双唇的希莎。她的两只眼睛都要弹出来了，上下打量着这个新来的女孩。菲勒娃开始跳舞，我看着她，难以抑制内心的好奇，也跟着她跳起舞来。菲勒娃的舞姿是那么宁静，静如微风。希莎也想靠近菲勒娃，像她一样跳舞。我挺身上前，不让她和希莎靠近，只想将她占为己有，不想希莎这个不速之客涉足我们的友谊，因为我当时就感到，我和菲勒娃的友谊已经萌芽，将来一定会发展成为闺蜜。

菲勒娃开始和我电话联系，邀请我们去喝茶。可是，母亲对我们和她交朋友却很不开心，她不喜欢女孩子和已婚女人交朋友，认为已婚女人比我们懂得要多，会让我们的脑子想到那些还属于禁忌的东西，因为已婚女人已经涉入单身女孩未曾涉入的禁地。菲勒娃绝对不会谈论艾布·法赫德，仿佛艾布·法赫德在她的生活中根本就不存在，这一点对我倒是挺合适。艾布·法赫德蓄着形似短剑的黑色胡须，菲勒娃在谈论他作为一名丈夫的时候，他似乎并不属于适合在结婚照中出现的丈夫，因为我一想到菲勒娃嫁人的情景，就会想到她嫁给了一位英俊青年，就像在达伊拉市场卖服装的来自哈达拉毛的伊萨那样。因此，当菲勒娃在我面前说起她想去达伊拉市场的时候，我请求她让我们跟着她一起去。不过，我对我母亲撒了个谎，说是菲勒娃请求我们跟她一起去的。母亲勉强同意了，她不想拒绝邻居的请求，但还是想阻止我和菲勒娃交朋友。阿娃蒂芙和她的丈夫离开之后，我感到非常空虚，对她的思念也让我痛苦不堪。所以，我加倍地讨好菲勒娃，想以此淡化阿娃蒂芙离开我们家给我留下的空虚。如果菲勒娃没有结婚，她一定会成为我的心灵之友。但是，我不知道她在过去二十年间是如何保持这种神秘、静默和叛逆的。而且，她母亲总是陪着她，好像她还没有嫁人一样，这也让人颇感奇怪。

我和菲勒娃前往达伊拉市场，与我们同行的还有几位母亲。不过，到了市场之后，我们就和她们分开了。我决定和菲勒娃分享的第一个秘密就是伊萨。我们走近伊萨的店铺时，我对菲勒娃说：

“过来！我让你见一下伊萨！”

她稍作停留，便解开了面罩，露出了明亮的双眸和火红的双唇。接着，她又稍稍松开罩袍，将胸部暴露出一大片，闪亮的红色蕾丝衬衣里，两只挤在一起的乳房清晰可见。她甚至还放任自己的一部分彩色衬衣稍稍钻出黑色的罩袍。我被惊呆了，不由自主地拉紧了自己的罩袍，将自己的身体严严实实地藏在罩袍里。这时，我的心告诫我，让我赶紧离开这里，收回自己的秘密。可是，为时已晚，已经没有可能了。

我们来到伊萨的店铺，里面挤满了女性顾客，她们都在翻来翻去地挑选衣服。我故意放慢了脚步，可是，菲勒娃却兴奋地推着我往前走。我像中了风似的站在柜台前，担惊受怕，局促不安，肠子都要悔青了。这时，菲勒娃竟然丢下我，去看那些挂在衣架上的衣服。她选中了一只胸罩和一件同色同料的内衣，把它们扔在伊萨的面前。伊萨匆匆地抬眼看了一下，对她说出了一个价格，我没有听清是多少。然后，伊萨将这笔钱放进了收银柜的中间，扎紧了其中的纸币，还用一根橡皮筋将纸币缠绕了起来，仿佛是在炫耀今天的收获。每当菲勒娃敞开罩袍，从蕾丝衬衣里露出红色胸罩的时候，伊萨不到万不得已都不会抬眼去看她。我们走出伊萨的店铺，菲勒娃还在不停地笑着，喋喋不休地说着。这是我第一次见到菲勒娃哈哈大笑，第一次见到她滔滔不绝地说个不停，因为她平时说起话来总是用词极其吝啬，只想表达简短的意思，有时甚至只是说“是”或“不”。那天晚上，我疲惫不堪地回到家里，觉得自己的秘密已经蒸发，我的内心也因为这个怪人的到来而被玷污，失去了往日的魔力。那一天，对我来说，连伊萨也只不过是达伊拉市场里的一个哈达拉毛小贩。我真的羞于听到菲勒娃所讲的那个故事，却开始掩饰自己的羞涩，甚至对自己说，她现在一定在嘲笑我吧。

菲勒娃宛如一朵玫瑰在艾布·法赫德的家里绽放着。她将新买的婚礼服装挂了起来，走进了厨房，一边做着饭，一边像只鸽子一样咕咕地叫着。她打扫着房间，欢快地唱着歌，就像她在电视上看到的那些电影演员一样。这让艾布·法赫德觉得，她的这只鸟儿已经倦飞了；也让菲勒娃的妈妈觉得，菲勒娃已经在自己的家安居了，犹如子宫与婴儿形成的纽带。正如所有少妇身上都发生的事情一样，菲勒娃的母亲离开了艾布·法赫德的家，回到了自己的家。我后来才知道，菲勒娃的母亲待在那里不走，是为了防止菲勒娃逃跑，因为她在新婚之夜就威胁她的丈夫说，她会逃走，丢下他不管。她的确这么干过。艾布·法赫德在和菲勒娃结婚后的第一天回家，手上抱着一只西瓜和一份报纸，却发现家里已经空无一人。太阳落山的时候，他来到她的娘家，看到她哭哭啼啼地要求离婚。菲勒娃的母亲希望他能够理解少妇的无知。他是过来人，应该知道女儿开始的时候都不太愿意接受自己的男人，因为她们离开自己的父亲家之后都会感到一丝恐惧。她还笑着说，当她嫁给"菲勒娃爸爸"的时候，也出现过同样的情况。接着，她又补充了一句：好像女孩子都会遗传母亲的性格，哪怕母亲和她们相处的时间不长。因此，她搬过来和他们一起住在艾布·法赫德的家里，好让她的女儿习惯自己的新家。

其实，菲勒娃的母亲并没有说实话，因为她的丈夫曾经威胁她说，如果他回家后看到女儿还在家里，就会把她这个当妈的也给休了，还要打断女儿的后背。没人相信她丈夫的脾气竟然如此的暴戾，因为他非常擅长在男士会客室内炫耀自己的尊严、慷慨和侠义，认为这才是男人所需要的一切。他不明白女儿为什么会在嫁给父亲为她选择的男人的第二天就回到家里。要不是菲勒娃的母亲心胸开阔、头脑聪明，女儿一定会被他棒打一顿，遣送回艾布·法赫德的家。

所以，菲勒娃的母亲打算和菲勒娃一起去艾布·法赫德的家，还在她的丈夫面前谎称她只是想去教教女儿新生活的规矩。但是，到了艾布·法赫德家之后，骗艾布·法赫德说，要给菲勒娃一点时间，让她能够接受和他一起生活。她俨然成了这对小夫妻的监护人。到了晚上，她把女儿推进艾布·法赫德的房间。白天的时候，她一直听菲勒娃在自己的怀里哭诉着她的命运是如何的不济，却只能对她说着同一句话："他怎么了？他怎么了？"

为了治愈女儿的无知，她的话说了一箩筐，却依然无济于事。在漫长的白天，女儿向她讲述许多痛苦的故事，可是，她却没能减轻女儿的痛苦。当她发现自己所做的一切不足以改变什么的时候，不得不对女儿说出了真相。那就是，菲勒娃想回到父母的家里没有一点可能，而且，一旦菲勒娃被艾布·法赫德休了，她也会被菲勒娃的父亲休掉。这时，菲勒娃感到自己好像是一个被丢弃在街头的小女孩，艾布·法赫德的家成了唯一可以接纳她的地方。她决定坐在家里，等待解决方案从天而降。她开始做起自己的梦，在梦里，她每天都杀了艾布·法赫德，让一个知道如何和她一起玩耍、一起谈话、一起唱歌的小青年取代他的位置。每当有一个男人走近她，她都会在他身上闻到她父亲的味道，让她感到自己的胃翻江倒海般地难受。当她看到伊萨的时候，她甚至觉得，他的照片也可以取代艾布·法赫德。

当菲勒娃打电话告诉我她要去市场的时候，我正准备戴上眼罩。我嗲声嗲气地问道：

“你是想让我路过情人的商店时向他问个好吗？”

她立刻做出了否定的回答。这时，嫉妒犹如猛兽的牙齿一般咬噬着我的心，联翩的浮想让我满心忧伤。我仿佛看到她在伊萨的面前用她的双手翻着那些短衣短衫，伊萨会冲着她笑，就像他和其他的胖女人一起欢笑一样。菲勒娃又来看我的时候，我问她：

“你去过伊萨的商店了？”

她迅速而坚定地对我说：

“没有。”

菲勒娃变了，后来的几个月里，她一下子苍老了许多。我给她打电话的时候，总是听到急促的忙音，我知道，她正在和另一个人通话。

一个月后，菲勒娃的母亲告别了菲勒娃，她也该回到自己的家了。她注视着菲勒娃，发现她的化妆已经延伸到她的双唇和双颊，衣服胸前宽大的开口，已经露出红色胸罩上的蕾丝。菲勒娃的母亲回到了自己的家，菲勒娃独自和艾布·法赫德待在一起。我觉得，此时正是我们之间的友谊可以得到快速发展的时机，这也让我有更多的时间可以倾听菲勒娃的故事，了解她是怎样嫁给艾布·法赫德的。可是，菲勒娃一如既往地不愿吐露她的秘密，不允许任何人打听她的美容秘诀或刺探她的个人隐私。她还是那么的神秘莫测，犹如一片森林。

假日的一个早晨，我责怪母亲说，生活在变，可是，她却依然像个守旧的母亲，对发展的规律浑然不知。我还对她说，应该用全新的目光去看待那些已经长大的女儿，应该和她们交朋友。母亲用心倾听着我关于教育的长篇大论，当我讲完的时候，她对我说：

“你讲完了吗？”

“讲完了。”我说。

“那就去洗盘子吧！别小题大做了！”

我听到了父亲的声音。他把几箱石榴放在地上，对我们说，塔伊夫的石榴已经上市了。接着，他让母亲给邻居们也分些石榴。母亲拿出了她的那些小罐子，装满几罐石榴，让我们每个人都拿上一罐，送给邻居去。我跑过去，拿起了送给菲勒娃的那罐石榴，对母亲说：“我去送吧。”我跑回自己的房间，穿上了罩袍，听到母亲在说：

“午礼前务必要回家！”

我的手几乎要摸到了菲勒娃家的门。我一只手抓着罩袍，另一只手抱着石榴罐，却听到里面有人走下楼梯，然后走近房门，发出吧嗒吧嗒的脚步声。接着，我又听到一个奔跑的男人发出的喊叫声。大门突然被打开，里面跳出来一个皮肤浅灰的小伙子，他的肩膀一下子撞到了我的石榴罐。石榴散落了一地，大门也完全敞开了，就像是解了封的秘密一样。我看到另一个男人在楼梯上被绊倒，不过，他很快就站了起来，追上了在房内长长的柱廊间奔跑的菲勒娃，一把抓住了她，一边抓着她的脚朝厨房方向拖，一边冲着她大声地叫喊：

“那个该死的男人是什么人？你竟敢把男人勾引到我的家里来！老子非宰了你不可！”

我的耳边也传来了菲勒娃的声音，我听到她在说：

“你怎么了？你怎么了？”

我扔下散落一地的石榴，拿起罐子，快步跑开了。我走进了家门，把石榴罐扔在了厨房门口。母亲问我石榴是否已经送到，我对她说：

“石榴掉了一地！”

我吓得浑身发抖，把头埋在了被子里，心被悲伤笼罩着，就像一块布被折叠了一样，因为让我担心的不只是菲勒娃，还有市场里那个小商贩伊萨，那个刚才从菲勒娃家里逃出来的男人。

第十五章

雷声在带有顶棚的妇女用品市场里四处回荡着，闪电透过顶棚的缝隙钻进了市场，雨水在市场的顶棚上哗哗地流淌着，打湿了摊位的边缘。女人们匆匆忙忙地收拾着自己的摊位，将货品上下堆在了一起。雷声犹如怒吼的雄狮，轰鸣了几次之后，渐渐地平静下来，靠着双肘，沉沉地入睡了。

市场的墙壁再次被淡淡的闪电照亮，雨滴再次带着舞蹈的节奏在天空中飘扬，宛如在水中嬉戏的孩童。接着，雨滴在空中飘扬的速度开始减慢，雨声也仿佛变成了一声声叹息。雨水在市场里的小沟渠中流淌着，就像女孩子面颊上羞涩的泪水，竟然忘了为什么哭泣。

冬日里的妇女用品市场因为顾客稀少而显得萧条，漫无目的的顾客数量也在逐渐减少。于是，市场里的女商贩们便早早地收摊，在昏礼的召祷声响起时就直接回家了。仅有少数几个商贩留下来没走，她们中有的是在等待自己的男人开车过来接她们，也有的人待在市场里迟迟不走，是因为回家对她们来说也没什么意思。

瓦德哈也早早地离开了市场。乌姆·嘉扎阿今天没有来，她的外甥女阿塔娃上周四的白天就和几个宫里的女伴一起走了，市场里没人知道乌姆·嘉扎阿今天为什么没来。于是，瓦德哈决定去打听一下她的情况，也好放心。她在家里做完了礼拜，就朝着大街的方向走去。她朝着经过她身边的第一辆皮卡出租车招了招手，坐上车之后，才发现司机是她认识的那个小青年，名叫夏卡迪，大家都这么叫他。他经常出入妇女用品市场，赊款购买她的东西，所以，也经常让她免费搭车。乌姆·嘉扎阿的家离市场很近，不一会儿就到了。下车后，瓦德哈走进了一条长长的过道，这条小道几乎只够一辆车通行，两侧都是一排排的土房子，屋檐下的排水管还在滴着雨水。雨水直直地流下，滚入路边狭窄的水道里，裹挟着其中的灰尘、干草以及那些被雨水从中间撕烂却无法被微风扬起的纸片。瓦德哈继续往前走，看见几个小男孩卷起衣服，跳进了地上的水坑里。只有一个小男孩站在那里，好奇地问道：

“阿姨，您找谁？”

瓦德哈一边走，一边回答道：

“我找乌姆·嘉扎阿家。”

小男孩在她的前面走着，其他几个小男孩也跟在了他俩的身后。

他们跟着她一起走了五十米，然后在她非常熟悉的一间大房子前停下了脚步。眼前房子的墙，一半是石头，一半是土坯，屋檐下的排水管还在流着水，几扇木窗紧闭着，涂着绿色油漆的铁门上，几张便签和一张电费发票被插在了小木条之间。瓦德哈推了推门，门锁就从门把手上滑落了下来，门被推开了。一踏进阴暗的走道，从天台楼梯间吹来的一阵冷风就扑面而来。瓦德哈看到走道旁边的第一个房间发出了昏黄的灯光，它对面的卫生间的门开着，灯也亮着。瓦德哈听到了那个房间里传来的咳嗽声，便大声喊道：

"乌姆·嘉扎阿！"

乌姆·嘉扎阿惊恐地转过头，朝着声音传来的地方看去，只见一位女士走了进来，昏暗的灯光下，看不出她到底是谁。她的罩袍两侧飘动了起来，宛如垂下双翼从山上向下俯冲的鸟儿。

乌姆·嘉扎阿睁大了双眼，想辨清来者是谁，却无能为力。在过去的两天里，她一直发着高烧。半梦半醒之间，她听到了各种各样的声音，这让她变得更加的孱弱不堪，甚至误以为瓦德哈是死亡的幽灵，要把她带走。于是，她焦躁地问道：

"谁啊？"

她听到了一个仿佛从深井里传来的声音：

"你好吗？"

听到了好友的声音，乌姆·嘉扎阿的内心平静了许多。瓦德哈的到来，给她带来了清醒的瞬间，也为她减轻了内心的惊恐。休息片刻之后，她用饱含痛苦的声音说道：

“我的妹妹啊，以真主起誓，高烧快要把我烤成焦炭了！”

瓦德哈点亮了灯，可是，亮光却让乌姆·嘉扎阿痛苦不堪，她吃力地大声喊道：

“关了！关了！我头疼！”

瓦德哈把灯给关了。走廊里的灯光清晰地映照在躺在棉布床单上的乌姆·嘉扎阿的身上，她穿着的那件雪白的礼拜服也把她的身体给照亮了。瓦德哈坐在她的身边，用凉水擦洗着她的脸庞，用维克斯薄荷膏涂抹着她的双脚，好让她暖和一点。整个晚上，瓦德哈一直睡在她的旁边。然而，瓦德哈彻夜未归，却让米特阿卜担心了整整一夜。所以，天一亮，米特阿卜就来敲门了，他想打听一下母亲的行踪。一见到米特阿卜，瓦德哈就让他把乌姆·嘉扎阿送到医院去。她的身体已经经受不住这样的高烧，她的四肢还在不停地颤抖着，心脏也在不停地快速跳动着。

乌姆·嘉扎阿在医院里睡了一个月，阿塔娃也从宫里回来了，之后，就一直守在她的身边。乌姆·嘉扎阿从昏迷中醒过来的时候，一边握着阿塔娃的手，一边问：“你是谁呀？”“妈，我是阿塔娃！”阿塔娃的这一声“妈”，让乌姆·嘉扎阿在临死前尝到了母爱的滋味。她笑了笑，又睡着了。

医生们把米特阿卜当成了乌姆·嘉扎阿的儿子，对他说，乌姆·嘉扎阿的病已经没法医治，他们现在所能做的，只是减轻她的痛苦，用一些药物，再加上一点耐心而已。

米特阿卜走进了房间，看到他的母亲瓦德哈正在做礼拜，阿塔娃有时帮着乌姆·嘉扎阿擦掉嘴角上的口水，有时为她清理掉那些粘在眼睫毛上的分泌物，有时又给她喂水、喂药。

“如蒙主愿，她挺好吧？”米特阿卜问道。

瓦德哈做完礼拜，回答他说：

“告诉你一个好消息，她一切正常。”

米特阿卜和瓦德哈都知道，乌姆·嘉扎阿已经奄奄一息了，但是，他们都不习惯面对不幸的事儿，总想对这类事情加以隐瞒或美化。米特阿卜和瓦德哈一样，总是认为善与恶拥有一对大耳朵，一听到有人召唤，就会立即响应。所以，他们在思考这件事的真相，如果说“乌姆·嘉扎阿一切正常”，“正常”就会响应他们的召唤；如果说“疼痛和高烧”昨天和她相伴，“疼痛和高烧”就会奔过来，回应主人的召唤。

乌姆·嘉扎阿听到了米特阿卜的声音，问道：

“这是谁的声音？是嘉扎阿吗？”

瓦德哈看着米特阿卜，说道：

“是的，是嘉扎阿，他回来看你了。”

米特阿卜看着自己的母亲，对她的说法感到奇怪。瓦德哈知道，乌姆·嘉扎阿正在吃的药让她丧失了记忆，她会混淆不同的声音，也无法辨认不同的面孔。所以，她给米特阿卜使了个眼色，对他说：

“嘉扎阿，向你妈问个好吧！”

米特阿卜走近乌姆·嘉扎阿，抓着她的手说：

“妈，您好！您一切都安好！”

乌姆·嘉扎阿又昏了过去，仿佛她已经意识到这个声音不是嘉扎阿的。她把自己的手放在了米特阿卜的手里，听命于瓦德哈的善意谎言。

乌姆·嘉扎阿没有再次询问她的儿子在哪里，但是，她坚持把她所拥有的一切都告诉瓦德哈。她请求瓦德哈去找一些人，索要他们欠她的钱财；又去找另外一些人，偿还她所欠的债务。她还请求瓦德哈卖掉她的金首饰，然后把变卖首饰的钱都给捐了。乌姆·嘉扎阿做好了临终前的安排，在生命的最后一天，她请来了公证员，留下了遗嘱：她的房子以及她所拥有的首饰和现金都归阿塔娃所有。她嘱咐瓦德哈，每年宰牲节的时候要给她宰杀几只羊，告慰她的亡灵。她还请求瓦德哈把她的遗体运回她的老家。

瓦德哈全身心地守在乌姆·嘉扎阿的身边，帮助阿塔娃照顾她。阿塔娃搀扶着她走进卫生间，为她的身体做了清洗。瓦德哈想给她做一顿饭，却遭到了她的拒绝，因为她已经认命，知道自己快要死了。

阿塔娃在乌姆·嘉扎阿的床下睡着了，她感到，乌姆·嘉扎阿就像她在童年时就已失去的亲生母亲一样。她开始为告别乌姆·嘉扎阿而哭泣，就像她因为离开自己的亲生母亲而哭泣一样。在难得的几次清醒时刻，乌姆·嘉扎阿同阿塔娃和瓦德哈谈到了她唯一的儿子。当儿子五岁的时候，她丈夫就把她给休了，带着儿子去了塔伊夫。从那时起，她对儿子就一无所知，多亏真主赐给了她一个义女——阿塔娃，她才不至于孤苦伶仃地生活。这是乌姆·嘉扎阿第一次用直白的语言谈到“爱”这个字，她把这个字献给了她的阿塔娃，而阿塔娃却一直以为，乌姆·嘉扎阿压根儿就不知道这个字。

第十六章

来到塔利店里的女人都喜欢唱歌，而且都很享受他的勾引。塔利发现了这一点，似乎非常吃惊，因为他母亲瓦德哈教会他的只是奋斗，人类不得不与生活抗争，没有时间去唱歌和嬉戏。所以，塔利和街区里的年轻人都一门心思地想着如何更有男人味。他结识了一些年轻人，他们经常来他的店里购买歌曲磁带，还和他一起抽烟。他认识了一个拥有私家车的年轻人，那人带着他在城里的好几条街道兜了一大圈，竟然让他发现，大多数年轻人都聚集在城市东边卖三明治和果汁的店铺里。这么一大圈兜下来，他只觉得这种生活索然无味，毫无新意。除了一地的烟头，和那些单身男青年在一起消遣时喝过的酒精饮料并没有给他带来什么快感，还不如和瓦尔黛乐队以及为婚庆助兴的女歌手们在一起时来得快乐，因为让周围的人热血沸腾是她们的拿手好戏。瓦尔黛第一次大笑着走进塔利店里的时候，她的那颗金牙就已经暴露了出来，让她显得年长了十岁。塔利以为她已经四十多岁了，可她实际上，才三十出头。她长着圆圆的脸，丰满的嘴唇，笑口一开，便露出一颗金牙。而在瓦尔黛的眼里，塔利不过就是一个瘦弱的男孩，恐怕还不到二十岁。所以，瓦尔黛总把他当成小男孩，根本没有注意到他的黑色小胡子。为了让自己显得成熟，他不停地刮胡子，胡子已经被刮得越来越浓了。

尽管塔利卖力地想和瓦尔黛调情，但是，他喜欢争辩的毛病总是遭到瓦尔黛的嘲笑。塔利只好放弃瓦尔黛，将目标转向了她的同伴，让他俩之间的谈话也因此而变得轻松许多。

瓦尔黛一边在磁带盒里翻找，一边对塔利说：

“你只有这些磁带吗？”

“我什么都有。你说你想要什么吧，店里没有的，我们也能帮你搞到！”

瓦尔黛告诉塔利，她要去参加几场科威特人的婚礼，很想让自己在婚礼上的演唱出乎众人意料，让更多的听众感到愉悦，而科威特人做这样的事都很在行。

塔利张着嘴，想着从哪里搞到这些磁带，他对瓦尔黛说：

“你想要谁的磁带？告诉我歌手的名字！”

“阿伊莎·穆尔塔、马哈茂德·科威缇、都希、莱依拉·阿卜杜·阿齐兹。”

“好的，我明天就给你搞到！”

塔利开始跑到其他店铺，四处打听，想以此向瓦尔黛证明他的能力。他终于找到了瓦尔黛想要的磁带，并在复制之前还试听了一下。可是，当瓦尔黛来找他的时候，他却责怪她害得他费了这么多精力，做了那么多无用功，还对她说：

"你找的都是些荒唐的歌曲！"

瓦尔黛笑着说：

"以真主起誓，要说荒唐，那应该是你妈生了你！"

塔利也笑着对瓦尔黛说：

"我从来没听说过什么阿卜杜·卡里姆·阿卜杜·卡迪尔·穆斯塔法·艾哈迈德。"

"我的小心肝，大家都想跳舞，都想宣泄一下啊！"

塔利在思考，但他思考的问题却超越了瓦尔黛刚才的回答。他想让瓦尔黛欠他一个人情，于是对她说：

"你为什么不自己录制歌曲呢？"

听到这个提议，瓦尔黛非常兴奋，问他道：

"那该怎么做呢？"

塔利回答道：

"我为你录歌，也负责销售，让你成为婚宴歌曲明星！"

在会客室里，塔利放置了录音设备、话筒和专用耳机，瓦尔黛也准备了能够营造喜庆氛围的各种香料。她和塔利坐在一起，塔利像导演一样按下了录音键，乐队的姑娘们便打起了手鼓，唱起歌来。

瓦尔黛一下子走红了，许多人都想邀请她为他们的喜事助兴。她便抬高了自己的出场费，因为一些新主顾愿意给她支付更多的费用，她不得不淘汰一些老主顾。当然，她也记住了塔利的这份人情。

在无所事事的漫长夏夜里，塔利也开始参与瓦尔黛助兴的喜庆活动。在那里，他找到了像他这样的年轻人想要的一切快乐：热风已经减弱，坐在夏夜的天台上，看着翩翩起舞的姑娘，听着煽情又动人的歌曲，真是惬意。此外，他在瓦尔黛那里也看到了他在男性朋友的庄园里苦苦寻觅的饮料。

阿塔娃走进了塔利的店里。对塔利来说，抑制住自己的好奇心还是比较轻松的，他内心寻找女性的欲望因结识瓦尔黛乐队的姑娘而得到了缓解。可是，阿塔娃却让他变得对女性更加饥渴了。在他眼中，阿塔娃就是那种可望而不可即的美女，男人一旦爱上她，就知道了自己的命运。因此，和她交谈的乐趣不会稍纵即逝，不会次日早晨就荡然无存。

阿塔娃对他说“痛”的时候，他会付之一笑，因为她所说的“痛”与瓦尔黛及其队友们的“笑”是对等的。然而，既稚嫩又腼腆的阿塔娃总能从交谈中感到周围的人对她的攻击，这激发了塔利内心的猎手本能，既让他享受了追逐的乐趣，也为他增添了捕猎的快感。但是，阿塔娃并不是那种轻易上钩的猎物，她是一只胆小的羚羊，一直在跳跃，也一直在逃跑。然而，在塔利看来，她却显得那么的清纯，从他内心引发的是保护的欲望，而不是捕猎的本能。因此，每天关上店门之后，塔利就会去找他的哥哥米特阿卜。米特阿卜已经用完晚餐，在喝茶，嫂子也已经将孩子们抱上了床。而这时，母亲不在家，去麦加办事了，穆兹娜也在她的丈夫家里。

“塔利，你还没有结婚的打算吗？”米特阿卜问道。

“我已经有了自己心仪的女孩。”

“谁呀？”米特阿卜边问边开心地笑着。

“阿塔娃！”塔利回答道。

米特阿卜大笑不止，差点将口中的茶水都喷了出来。塔利惊讶地注视着他，怒由心生。但是，他更愿意保持缄默，因为米特阿卜这一番大笑之后必有一番话在等着他。看到塔利一言不发，米特阿卜止住了笑，对他说：

“你姐姐穆兹娜想嫁给那个巴勒斯坦人的时候，你对她做了什么，难道你忘了吗？现在你想娶阿塔娃，可是，我们对她从哪里来、是什么样的人却一无所知！”

塔利愁眉苦脸地站起身，对米特阿卜说：

“我是男人！没有什么会让男人蒙羞！”

塔利离开了米特阿卜的家，朝着青年庄园的方向走去。这时，他才意识到自己因为过去的态度而受到了米特阿卜的嘲讽。他自言自语道：我是男人，男人不会因为自己想要娶的女人而蒙羞。但是，他也想起了自己当时有多愤怒，甚至差点杀了自己的姐姐。于是，他悄悄地问自己："那样做真的很蠢吗？"

让塔利失去理智的人就是阿塔娃。她常常在没有顾客的时候或者是在宵礼之后出现在他的店里。每当她来店里看他的时候，他总是满心欢喜，甚至会让也门小伙阿里坐到店外去。阿里明白，塔利这是让他为他俩的约会望风呢。阿塔娃似乎只会拿着一本全是生僻词语的词典与塔利争辩，其他事情似乎都不太在行。见此情景，塔利总是哈哈一笑，他已经习惯了这种与阿塔娃约会的独特方式，一种证明她缺乏谈情说爱经验的独特方式，也是他所喜爱的一种方式，是稚嫩女孩所要求的一种方式。由于到他店里来的其他女顾客已经满足了他的好奇心和调情的欲望，阿塔娃便在他的心中保持着独特的地位，他们的感情也成为他永远无法忘怀的、纯洁的爱情。

塔利看着在他店里的长桌上入睡的阿塔娃的双手，慢慢地、轻轻地靠近那双手，唯恐它们像小鸟一样受到惊吓而逃走。他俩每次约会的时候都是这样。塔利把磁带放在阿塔娃的手指旁边，两人就聊起天来。阿塔娃说得激动的时候，塔利就用他的指尖敲着她的指尖。如果阿塔娃忘了抽回自己的手指，塔利就会抚摸她的一个指尖，然后又伸手去抚摸她的另外四根手指。当然，塔利并没有忘记和阿塔娃继续攀谈，这样，她就不会注意到自己的双手已经被塔利的双手裹住了。他终于等到了这一天，他感到了自己的双手紧紧地握着她的手指，同时，也感到了她的手指毫无顾虑地在他的手中休息，甚至温顺地睡着了。

第十七章

乌姆·嘉扎阿教会了阿塔娃如何做饭、洗衣服、打扫庭院，可是，阿塔娃却不喜欢这种平淡的生活，也不喜欢坐在妇女用品市场的摊位后面，因为乌姆·嘉扎阿带着她去参观老地毯市场的时候，她的心早已飞向了那里，或者说，是飞向了她曾经卖过货的那些大房子。如果乌姆·苏欧德要求她作伴，一起去塔伊夫进行一年一度的夏季之旅，她就更加兴奋不已。在塔伊夫，阿塔娃认识了很多女人，其中包括乌姆·苏欧德的女儿芦露娃，后来成了她的好伙伴，直到她嫁人出国为止。这段生活与阿塔娃先前所放弃的生活有着巨大的反差，连她自己想起那段日子的时候，都觉得那是别人的经历，而不是她自己曾经有过的一段生活。她想起了那一天，想起了自己和一群陌生的女人藏在卡车车厢里逃离那个遥远的村庄，想起了拯救自己的竟然是自己怪异的性格以及身上穿的小男孩的衣服。

她缩在车厢的角落里，藏在了一个大屁股女人的后面。女人转过身，冷冷地打量着她，见她蜷缩着抱紧自己的身体，便扭过头去，很长时间都没有理会她。阿塔娃担心她会询问自己，自己却答不上来，便一直盯着地面，故意避开她的目光。卡车穿过一个土丘的时候，晃动了几下，接着就平稳地行驶在石子路上。阿塔娃听着卡车轮胎下的路面发出的声音，感到卡车正在向下行驶，淹没在了一条漆黑的、长长的道路之中。阿塔娃感到一阵冷风吹打着她的脸庞，女人们的罩袍也被冷风吹得飘了起来。她们都用手抓着自己的罩袍。坐在阿塔娃身后的那个女人的罩袍也被冷风吹得鼓起来了，飞舞的罩袍犹如温柔的怀抱，把阿塔娃遮盖起来，让她沉沉地进入了梦乡。

入夜的时候，男人和女人都下了车，只有入睡的孩子们还留在车厢里。尽管饥肠辘辘，四肢已经冻僵，阿塔娃还是和那些孩子一起留在了车上。她听到木柴在火上发出的噼噼啪啪的响声，闻到咖啡的香味。恍惚之间，她还听到一个男人在招呼大家去做礼拜。等她睁开双眼的时候，温暖的阳光已经重新归来，新的一天已经来临。阿塔娃伸了伸懒腰，伸长了脖子，看着道路。这时，那个大屁股女人拍了她一下，朝下面指了指。阿塔娃顺着女人手指的地方，发现她在自己身边放了一块面包，面包里还裹着五粒椰枣。阿塔娃开始啃起面包。她不知道该怎样感谢这个女人，在整个旅途中，她甚至都没有看到过这个女人的脸，也没有听到过她的声音。

卡车停在了一个集市，这里到处是卡车和人群，到处都能听到商贩的叫卖声。阿塔娃朝着狭小的卡车门爬了过去，那群孩子也像她一样朝那里爬。在其他人的眼里，阿塔娃只是一个身形瘦小、皮肤微黑、愁眉苦脸的小男孩，并不会引起任何人的注意，所有人都认为她是跟着另一个人一块来的。因此，车厢里的几家人都认为她是跟着驾驶室里的某个人来的，也有几家人认为她是跟着车厢里的某个人来的。她逃掉了路费，却没能逃过再次向她袭来的饥饿。在集市里，没人知道她是谁、她要去哪里。她打碎了随身携带的瓦罐，从中取出所剩无几的里亚尔，揣进了兜里。不到万不得已，她是不会花掉这几文钱的。

阿塔娃没有意识到集市在白天的危险，也没有把入夜后的集市当回事儿。她的身体引导着她轻快地寻找出路，寻找食物。她看到一个女人坐在集市里，放下一只装满黑瓶和彩盒的容器，这些黑瓶和彩盒浮在水面上，上面还挂着几个冰块。她走近那个女人，坐在一根立在集市顶棚中间的柱子旁边。女人起身去追她那个正在吃奶的孩子，阿塔娃却趁机抢走橙色盒子，就跑开了。她翻动着手里的那只冰凉的盒子，用盒子上的冰水擦着自己的脸，想着怎样才能喝到盒子里的饮料。她用牙去咬盒子上的硬纸板，不但没咬开，反而还把自己弄得生疼。后来，她发现盒子上粘着一根像小刀一样的秸秆，就把它给拽了下来，用它刺穿了盒子的表面，找到了一个柔软的插口，就把那根秸秆给插了进去，里面的果汁就喷了出来。阿塔娃从来没喝过比这更好喝的果汁，后来，她经常提到这种果汁，还记住了它的品牌“Sun Top”。这种果汁成了她最喜爱的饮料，每当她再次喝到的时候，内心总会泛起欢乐的涟漪，也会引发悲伤的情绪，有时还会勾起她对遥远村庄的思念。

阿塔娃在集市附近开放的清真寺里度过了第一个夜晚，没人意识到一个瘦小的小伙子摘下了围裙和缠头巾，和几个工人睡在了一起。当礼拜人群的脚步声突然传来，阿塔娃被惊醒了，她起身走向卫生间，洗了洗脸，便出去寻找食物了。她看到了有人为集市附近的一群建筑工人提供食物，便混入他们中间，和他们坐在一起吃了起来。半个小时后，一个穿着蓝色裤子和衬衫的男人走了过来，催促工人们回去干活。为了避免自己的事情败露，阿塔娃也站在了工人的队列中，不得不按照监工的要求，将满满的一草包水泥砂浆搬到正在砌墙的建筑工人那里。阿塔娃忍受了埃及工头的几个耳光，也忍受了几个也门工人对她瘦弱身材的嘲讽，但是，当其中的一个也门工人打她屁股的时候，她却将一块水泥砂浆扔到了他的脸上。那人扑向她，拧着她的胳膊，痛得她吱哇乱叫，直到另一个工人出面，她才被解救出来。阿塔娃逃了，她觉得自己不能跟这群男人混在一起，她的身材招架不住他们。她领取了第一天干活的工钱，那些建筑工人也坐上了一辆卡车，丢下她走了。这时，太阳已经被染成暮色，她的内心也被注入了一丝悲凉。她看着白色的光线消失在那条开阔的街道尽头，听着汽车缓慢地穿过街道时所发出的怪异叫声。她走在人行道上，沿着一家家店铺往前走。站在店铺门口的男人都穿着衬衫，腰间系着和她一样的围裙，浓密的头发上并没有缠着头巾。阿塔娃已经非常熟悉那些离集市不是很远的长廊，还有挤满人群的街道。在人群中，她很少感到寂寞。不过，她非常害怕长廊里空无一人的时候。所以，她总是待在靠近街道的地方。当面包的香味钻入鼻孔的时候，她就伸出手来，抓起一块面包就跑。宵礼过后，她再次偷偷地溜进清真寺。那里不仅铺着地毯，屋顶上还有几台风扇不停地转动，吹进寺内的风也因此而变得凉爽了许多。就这样，她枕着自己的手睡着了。

阿塔娃记得，妈妈的脸庞在深夜里闯进了她的梦乡，梦里还有一个婴儿在牙牙学语。她知道，那是从来没有和她一起生活过的弟弟。阿塔娃想逃避这些让她伤心的情感，关上这扇门，彻彻底底地忘掉这一切。她不再感到悲伤，不再感到恐惧，也不再感到快乐。这些情感如同电流一般，给她造成了太多的伤害，尽管她的理智已经将它们抛弃，把它们埋葬，但她却不知道它们将会向何处去，又将会持续到何时。

第二天，阿塔娃走出了清真寺，走进了这座悄然苏醒之后便充满喧嚣的城市的街道。没人注意到她的存在，每个人都朝着他人无从知晓的目标走去。这虽然让她伤心，却也给了她一种安全感。一个蓄着白髯、裹着咖啡色羊毛头巾的小个子男人经过了她的身边，用清晰可闻的声音时而赞颂真主，时而祈求真主宽恕，根本就没有注意到他身旁的阿塔娃。阿塔娃还看到了一群女人，头顶着棕榈叶编织篮，根本不担心立在头上的篮子会滑落下来，以一种令人惊叹的平衡，一步一步地朝着一家带有顶棚的集市走去。一辆黄色卡车经过这条大街，车上坐着几个身穿黑色罩袍的女孩。她们从车窗里探出小脑袋，任凭白色的丝带在发梢上飞扬。她们向路人微笑着挥舞着小手。阿塔娃摸了摸自己的口袋，一伸手，摸到了昨天吃剩下的面包，便开始吃了起来。她走进了一条狭窄的走廊，两侧排列着许多房子，墙面都是一半抹着白石灰，另一半用石头砌成。这时，她看到一个男人扛着一包水泥，便朝他走了过去。男人走进一间房子后，房门仍旧敞开着。阿塔娃将扔在地上的草包装满了水泥，也跟在他后面走进了那间房子。她看到了两个男人正在砌墙——一堵面向房子庭院的墙。她将草包放在他们旁边，就站在一旁看了起来。两个男人不但没有反对阿塔娃待在这里，还差遣她把外面的石头和木板拿过来，因为他们都觉得她应该是房东乌姆·嘉扎阿找来和他们一块干活的工人。天气非常炎热，阿塔娃干活的热情也非常高涨，这让她的体温迅速地升高。在扛来第四个草包的时候，她竟然晕倒在了地上。这时，那个坐在墙头后面、双手沾满泥土的也门工人跳了起来，将这个陌生的“男孩”拖到了庭院里的一块棕榈叶垫子上，让她躺在上面，然后盯着她看。与此同时，另一个男人也在厨房里找来了一只金属杯子，把杯子装满了自来水，就走了过来，一边向她脸上洒着自来水，一边问道：“她能站起来吗？”另一个人却摇了摇头。

乌姆·嘉扎阿穿过一扇房门走了进来。天气炎热的时候，她经常过来看看这两名建筑工人。他们是她让集市里的一名承包商带来的。她要给自家的厨房砌上一堵墙，装上一扇门，好挡住那些打翻她的杯盘、偷吃她的盘中餐、践踏她的花草的野猫。她看到两个工人已经停下了手中的活儿，站在一个刚刚从昏迷中苏醒的“小男孩”的面前，也坐在了他的旁边，让两名工人赶紧去清真寺做晌礼。两名工人走了出去，开始享受一段难得的休闲时光，其中一个掏出了一只红烟盒，开始抽起了香烟，另一个则倚靠在墙上，等待着礼拜的人出来后再和他的同伴一起回去继续干活。

乌姆·嘉扎阿冲了一杯塔伊夫的玫瑰蜂蜜，喂给阿塔娃喝，可是，阿塔娃却把它全都吐了出来。乌姆·嘉扎阿知道，阿塔娃不是病了，而是饿了。看着这个清瘦“男孩”的轮廓，乌姆·嘉扎阿突然从“他”的身上看到了女孩的影子。阿塔娃的身体正在发育，尽管她很瘦弱，可是，那两个小乳房却已经微微隆起。当乌姆·嘉扎阿看到阿塔娃的身后有一个血块的时候，更是大吃了一惊。她检查了一下阿塔娃的双脚、双手和后背，竟然没有找到任何出血点。她意识到，这可能就是这个“男孩”的秘密，这个秘密需要足够的智慧和少许的谨慎才能慢慢解开。同情占据了她的心，她看着这个瘦小的身体因为害怕血块而瑟瑟发抖，阿塔娃也盯着她的双眼，好像在恳求她解释一下血块出现的原因。

乌姆·嘉扎阿抓着女孩的手，非常自然地公开了她的秘密。她已经进入女性的生理周期。乌姆·嘉扎阿领着她走进了凉爽的起居室，让她在那里睡上一觉。当阿塔娃睡醒来的时候，一份热饭已经送到了她的面前，那是她以前从来没有吃过的热饭。她吃了几个棕色的面饼，里面夹着番茄、洋葱、肉片和蔬菜，上面还撒着好多香甜的黑色颗粒。这些热腾腾的食物，为她注入了生命的活力，也为她减轻了疼痛。吃面饼的时候，阿塔娃的心灵在呐喊，孱弱的身体逐渐恢复了活力，两只眼睛也放出了炯炯有神的光芒。她第一次看清了这个新地方，同时，一种恐惧感也在她的意识中蔓延。她知道她真的离开了自己的村庄，这个模糊不清的世界似乎给她带来了威胁，让她害怕了。

乌姆·嘉扎阿很喜欢阿塔娃，也愿意和她作伴，因为她非常理解阿塔娃的感受。一个人发现自己好似一颗从树上落下的孤孤单单的果实，却不能回到树上，落到地面又为时尚早，对于这种感觉，她很清楚。乌姆·嘉扎阿也对阿塔娃表示欢迎，虽然不知道自己能为她做点什么，但她决意要让阿塔娃恢复女性的本色。因此她给阿塔娃准备了一件女孩子的服装，又给她修剪和梳理了头发，还为她买了罩袍和面纱。

然而，恢复女性本色并没有像回归人群那样，让阿塔娃感到高兴。她觉得，乌姆·嘉扎阿就是村里的萨阿迪婶婶的翻版，是被派到这里来保护她的。她教阿塔娃如何做礼拜，将她送到女教师的家里去学习《古兰经》，斋月时还带她去做间歇拜[1]，让她为女人们倒咖啡，聆听她们讲述自己的故事。阿塔娃爱上了这些在咖啡杯边缘形成的故事，这让她变得温和顺从，充满野性的心也渐趋和缓，眼里闪耀着满足和宁静的光芒。因此，当某个女人抚摸着她的头发，祝愿她走上正道、万事顺遂的时候，她不再因为受到惊吓而逃跑，而是将自己的手放在乌姆·嘉扎阿的手心里，任由她按摩，给她讲述一个个冗长的故事，一个个只有等她入睡才会讲完的故事。在她狭小的人生万花筒里，新妈妈的爱抚和新姐妹的涌现，让她的舌头不再僵硬，让她的双手更加灵活，也让她随时准备逃跑的身躯不再紧张。听到黑暗中的一句耳语或集市里的一阵喧闹，她也不再受到惊吓而逃跑，因为在不知不觉中，她开始相信，自从她选择搭乘那辆不知会驶向何方的卡车，她就变成了一只时刻都要自卫的野猫，一旦做不到，她就只能竭尽所能地逃跑。

在乌姆·嘉扎阿的家里，阿塔娃发现，这里的礼拜垫、聊天毯、咖啡杯、餐盘都是和他人共用的，而且他们之中没人问她是谁，这让她很高兴。如果有人问起，乌姆·嘉扎阿就会告诉他们，阿塔娃是她的外甥女，从远方来串串门。阿塔娃喜欢乌姆·嘉扎阿送给她的祈福词，听她祈祷“真主啊！”每当她站着、坐着或离开某个地

---

① 间歇拜是斋月中宵礼后所礼的拜功，属于副功拜，以示斋月的尊贵和信仰的虔诚。——译者注

方，她都会像小时候曾经相信的那样。她知道真主不会为任何人而出现，却活在人们的心中，活在人们的良知中，活在人们的言语中。

第十八章

离考试只剩两个月了，可我还在找英语老师。萨米哈老师对我说，她会在自己的公寓里给几个女生上英语课，我可以和她们一起来上课。

萨米哈老师住在靠近主街的那个街区的尽头，因此，我请求父亲陪我一起去她家，条件是第一次他亲自送我去，然后就由法瓦兹在昏礼之后送我回家。我们走在街区内的路上，一直走到了艾尔萨街。街道两旁矗立着一幢幢高层建筑，高楼的底层有很多商铺。我们来到了一幢四层大楼，大楼的底层是一家大饭店，供应着一日三餐。饭店正对街道的外面，架着一台很大的烤箱，里面的两串沙瓦玛[①]正滴着油脂，散发出诱人的香味。父亲走在我的前面，走进

① 沙瓦玛（shawarma）是中东地区常见的烤肉卷，也被称为中东地区的三明治。——译者注

大楼后，他就一直盯着整洁的大理石看来看去。穿着上埃及[①]服装、缠着头巾的大楼门卫从座椅上站了起来，问道：

“先生，您找哪位？”

门卫将我们带到了萨米哈老师家所在的公寓，对我们说：

“3 楼 8 号。”

我们走进了一个铺着金属板的小房间。接着，小房间的铁门就关上了，让我感到窒息，仿佛身陷坟墓之中。我的心怦怦直跳，抓住了父亲的衣角。父亲按了一下写着数字 3 的按钮，我们就被向上拉动着。这时，父亲对我说：

“这是电梯，别害怕！”

电梯门开了，出现在我们眼前的是三套房门紧闭的公寓，每扇门的旁边都写着房主的名字。我没有去看写在上面的名字，而是在找数字 8。父亲按下了门边的一个小按钮，我们便听到里面的门铃响了起来，好似麻雀叽叽喳喳的叫声。门开了，萨米哈老师的脸出现在我们的面前，她的头发上还缠着一条白色的饰带。她注视着我们，脸上闪烁着浓浓的爱意，一副笑容可掬的样子。“欢迎，欢迎，阿琦扎！欢迎您，先生！请进！”父亲连忙向她表示感谢，同时也掩饰不住欣赏的目光。父亲喜欢大胆的女性，如果母亲不在场的话，他就会和她们说个没完没了。我看到父亲的脸上写满了快乐，他和萨米哈老师说着话，还盯

---

① 上埃及（Upper Egypt）是指埃及南部地区。——译者注

嘱她如果需要什么，一定要跟我说。临走之前，他还把自己在哪里工作、我弟弟易卜拉欣在埃及留学等情况都告诉了她，并一再强调："如果你们需要什么，一定要告诉我们。我们和你们就像一家人！"

我走进公寓，萨米哈老师便关上了门，对我说道：

"阿琦扎，你父亲就像是纯正的蜂蜜！"

我问她其他学生在哪里，她对我说：

"一个都没来！可能是想偷懒吧！"

萨米哈老师的公寓里还有一个小客厅，里面放着几把用彩布遮盖的椅子，其中一把长椅的上端出现了一道裂缝，露出了里面的海绵；另外两把椅子配有两个木制扶手，呈咖啡色，表皮均已剥落，露出了木头的原色。萨米哈老师让我坐在客厅角落的一张圆桌旁，桌边有两把椅子，桌面散发着剩饭的味道，因为上面还有一块没被擦掉却已经干了的油斑。萨米哈老师也看到了那块油斑，便走进厨房，拿来了一块白毛巾，把它给擦掉了。接着，她准备了两杯咖啡，让我自己做她抄给我的练习题。随后，她又走进了厨房，开始准备晚饭。这时，我听到了钥匙在门锁里转动的声音，就看到一个身材修长的男人拎着纸袋走了进来。他关上门，转向我这里。他穿着一条墨绿色长裤和一件白色衬衣，衬衣上打着一条黄色领带，外面还套着一件咖啡色夹克衫。当我的目光落在他身上的时候，萨米哈一边用毛巾擦着手，一边跑过来对他说：

"医生，欢迎！欢迎！快进来吧，没外人！这位是阿琦扎。"

我和他四目相对，一边看着他，一边痴痴地说：

“艾哈迈德医生！”

他笑着对我说：

“阿琦扎格格！”

萨米哈微笑着看着我们。

艾哈迈德医生也笑了笑，走进了自己的房间。在我弟弟法瓦兹来接我之前，他就一直没有走出过那个房间。然而，当我和法瓦兹乘坐电梯的时候，我的心却已经忘记了电梯的恐怖了。我的舌头在颤动，发出了埃及式的欢呼声，情不自禁地笑出声来。我的心在无序地跳动着，令我陷入一种痴迷的状态。当法瓦兹问我这幢大楼、大楼的主人以及萨米哈老师的情况的时候，我竟然没听明白他的问题。因此，只要他问我什么问题，我就回答他说：“不知道！不知道！”

我开始观看一场独特的晚会，一场由我的大脑在一阵狂喜之中想象出来的画面并幻化成电影镜头的独特晚会。踏着我心跳的节奏，苏阿德·胡斯尼粉墨登场，翩翩起舞，年轻的侯赛因·法赫米围着她转动，送上一个个飞吻；法蒂妮·哈玛里玛搓着双手，关注着眼前的一切，像大姐姐一样微笑着。接着，我看到萨米娅·贾迈勒[1]的身体在扭动，一条丝带在她的双手中舞动着。她的两条小腿

---

① 萨米娅·贾迈勒（Samia Gamal，1924-1994），本名泽娜卜·哈利勒·易卜拉欣·马哈福兹，埃及著名舞蹈家、演员，东方舞专家。——译者注

从舞蹈服的开衩处露了出来，向左向右各跨出一步后，开始扭动着左臀和胯部。法里德·阿塔拉斯[①]紧随其后，唱起了“美，无与伦比的美”。我一直沉浸在自己的幻想之中，而法瓦兹就走在我的身边。就这样，我和法瓦兹一起回到了家。我跑向自己的房间，听到父亲在问：“阿琦扎，你回来了？”

我跑进房间，关上了房门，平躺在床上，自言自语道：“多么美妙的巧合！”

萨米哈老师为我确定了上课的不同时间，由于考试在即，加上我今年就要高中毕业，所以，家人对我上课的时间没有提出任何异议。于是，我上课有时是在晡礼之后，有时是在昏礼之后。这一次，萨米哈老师让我周五吃完早饭就去她那里上课，还对我说：“九点可以吗？”我立即回答道：“可以，可以！”

早晨八点，我睡醒了，洗了洗脸，做了礼拜，闻到家里到处弥漫着煎蛋的味道。可是，我的胃口却因为紧张和兴奋而萎缩。我勉强喝了一杯牛奶，吃了几口黑麦面包夹蛋，觉得如鲠在喉，好像第一口面包还噎在喉咙里，只好喝上一口奶将它咽下去。我不再吃早饭，而是回到自己的房间去穿衣服。可是，我的胃却一阵痉挛，

---

① 法里德·阿塔拉斯（Farid El-Atrache，1915-1974），近代阿拉伯音乐“四大天王”之一的乌德琴王子，出身音乐世家，是埃及电影黄金时代活跃的歌手及演员。——译者注

害得我跑向了卫生间。当我走出卫生间的时候，母亲问我：

“你什么时候走呀？上课快迟到了，老师上完课可能还要做午饭呢！”

我穿上一条后背有小开衩的紧身红裙，稍稍露出了自己的小腿和高高的鞋跟。我还穿了一件白衬衫，让自己的脸更显白皙。我把自己的头发扎成了马尾辫，留出了一缕发丝垂挂在脸上。然后，我画上了眼影，抹上了睫毛膏，涂上了淡淡的口红，让双唇呈现出自然的玫瑰色。我又向衣服上喷了点淡淡的 Eternity 牌香水，然后披上了罩袍，戴上了透明的面纱。离开家之前，我听到了父亲在问我：

“阿琦扎，我送你去？”

我站在门口，提高了嗓门，好让父亲听到我说的话：

“不用了！我自己走吧！”

我走出家门时，看到了我们的邻居萨阿德，心头随之一紧：他会看到我穿着背后开衩的红裙吗？我试着让自己的罩袍全部垂下来，可是，这根本就不可能！因为我的罩袍连小腿的中部都够不到，而那个开衩却在红裙的底部。幸运的是，萨阿德把脸转向了另一侧。我加快了步伐往前走，让自己进入下一个转角，消失在他的视野之中。

我来到了萨米哈老师家的那幢大楼，虽然心已经开始凉了，但身体却因步行而热了起来。我走进电梯，指尖是凉凉的，摸到的电梯四壁也是凉凉的。我站在萨米哈老师的公寓前，凝视着刻在密胺板上的名字：艾哈迈德·曼姆杜赫。我和父亲第一次来的时候，却没有注意到这个名字，不过，就算注意到，难道我们会想到这就是在赫赞尼大楼里为我治疗眼睛的那个医生的名字吗？

我敲了敲门，房内的门铃又像麻雀一样叽叽喳喳地叫了起来，听上去一副饱受折磨的样子，仿佛有人坐在它的笼子上面，要将它化为齑粉。艾哈迈德医生打开了门，闪到了一边，留出空地让我进来，并对我说：

“阿琦扎格格，请进！”

我走了进去，笑着看了看他。刚想对他说点什么，就见萨米哈老师快步走了过来，还用一条毛巾擦着双手。

“请进，阿琦扎！”

在自己的家里，萨米哈老师就像一只自由幸福的小鸟，在自己的安乐窝里欢唱着，把自己的慈爱播撒给周围的人。她给她的医生弟弟做饭，整理房间，熨烫衣服。而艾哈迈德走进家门、换好衣服之后，也会和她一起下厨房，端盘子，做饭菜，不想让姐姐给他端饭菜、递盘子。我第一次在姐弟关系甚至是男人与女人的关系中看到这样的场景。我的父亲爱我的母亲，但是，那种爱，就像一个站在天台上的男人爱着一个养在深闺里的女子，那是一种被层层面纱包裹着的、等级森严的爱。我的母亲也爱我的父亲，但是，她不会靠近他，唯恐暴露她自以为羞于见人的女性弱点。所以，她总是让我的父亲离她远一点，和他保持着一定的距离。法瓦兹和易卜拉欣同样爱我们几个姐妹，但那是来自不同房间的爱。我们在我们的房间，他们在他们的房间。我们的爱撞上了房间的隔墙，就湮没无声了，只是在一些重要场合或遭遇灾难时才为人所知。正如我父亲对我所说的那样：痊愈前的病人，回家前的旅人，长大前的小孩，一旦超越了这个范围，就看不到爱，也不知道爱。所以，我们觉得，易卜拉欣是母亲最喜爱的孩子，因为他是旅人；在我的眼睛看不见的时候，我成了父亲最喜爱的孩子，但是，他却对我说，能得到爱的，是“痊愈前的病人”，这是否意味着，一旦我的病好了，就要走出爱的光环，离开父母关心的范围了？

然而，在我面前，萨米哈老师整天都能得到弟弟的关心和爱护。她专心讲解课文的时候，她的医生弟弟会进来，她就会对他说：

“医生，以你的生命起誓，请为我们准备一下咖啡吧！”

于是，她的医生弟弟就给我们端来了咖啡。

我们上完课，咖啡杯还在我手中的时候，萨米哈老师走进了厨房。这时，艾哈迈德医生邀请我坐在他的旁边，陪他一起喝完杯中的咖啡，听他给我介绍埃及的情况。他问我：

“阿琦扎，你去过埃及吗？”

“没有，只是在电影上看过。”

艾哈迈德医生给我介绍了埃及的市场、商店、亚历山大海滩和避暑胜地，还有埃及电影。我对他说：

“我喜欢看电影……”

“你在电影院里看过电影吗？”

“看过一次，是在哈达拉毛人的婚礼上。”

萨米哈老师回来了，令我局促不安的羞涩也随之消失。我和他们聊起了我姐姐阿娃蒂芙与拉希德的婚事，也谈到了拉希德的妹妹希莎和瓦德哈婶婶在婚礼上是怎么跳舞的。当我将罩袍戴在头上准备告辞的时候，萨米哈对我说：

“阿琦扎，好女孩，你知道吗？你很活泼！”

我笑了笑，对她说：

“愿真主赐予您健康！”

她是笑着迎接我，也是笑着和我道别的。艾哈迈德医生也加入到我们的谈话当中，这让萨米哈老师以为他对我很感兴趣，就想着让他满足一下好奇心，她觉得，这只不过是一种想亲近本地女孩的好奇心。有时，艾哈迈德医生会和萨米哈一起参与课文的讲解，萨米哈干脆就把整篇课文都交给他来负责，自己却走进厨房，还谎称她在炉子上烧着东西。除了我父亲、我的两个弟弟易卜拉欣和法瓦兹，艾哈迈德医生是第一个和我坐在一起的男人。如果他不是曾经为我治病的医生，我是不敢和他坐在一起的。他开始关注我所说的一切：我讲述的小故事，我提出的简单问题。这让我觉得自己所说的一切都非常重要，不仅增强了我的自信，也让我大胆地涉入一些与陌生人有关的话题，我觉得，它们应该是与萨米哈老师和艾哈迈德医生这样的陌生人有关的话题。他们也开始给我讲述他们在埃及的生活，讲述艾哈迈德和他姐姐为什么会来到我们国家，因为他姐姐不能在没有被监护人随从的情况下独自进入我们国家。我对他们说，我也是第一次见到一个女人千里迢迢带着自己的弟弟来到一个遥远的地方工作，弟弟也因此而离开自己的国家，放弃自己的生活和工作，陪伴着姐姐，为了姐姐做出牺牲。当我们都向对方披露自己通常只会向友人讲述的故事时，一种友情开始在我们中间生根，我对艾哈迈德的爱也由此萌发。如果我不认识艾哈迈德的姐姐萨米哈，我不会意识到这种感情，也不会相信它的存在。我曾经认为，他只是一个陌生的男人。

艾哈迈德走进家门的时候，有时我在学习，有时我在厨房帮着萨米哈做饭，有时我和萨米哈在一起喝咖啡，短暂休息一下。通常，他只是给我送来一个温暖的微笑，为我增添一丝欢乐。但是，有一天，当他走进家门的时候，手上却拿着一盒大大的录影带，他一边把它递给我，一边说：

“《阿琦扎格格》！”

“你好！”我应答道。

“我说的是电影《阿琦扎格格》。”他笑着对我说。

我兴奋地接过录影带。艾哈迈德医生给我送来一部电影。萨米哈老师出于爱心而不是恭维，一再邀请我和他们一起共享课后餐食。但是，我不好意思和他们一起用餐，担心他们的埃及用餐方式和我们的习惯有所不同，这会让我在艾哈迈德医生面前显得有些可笑。

我拿着录影带往门外走，这时，萨米哈老师对我说：

“别浪费时间看电影，抓紧复习吧！”

我朝着家的方向走去。路上，我遇到了四个小青年。他们站在街角，抽着烟，喝着百事和美年达饮料。我认出了其中的一个人是塔利，但他肯定没有认出我来，因为我觉得男青年认不出戴面纱、穿罩袍的女孩，我们都很相像。不过，这次我想错了。当我走近他们的时候，其中一个我不认识的青年竟然对我喊出了一个词。于是，塔利拍了他一下，轻声地说了一句：“当心点！这是我叔叔艾布·易卜拉欣的女儿。”那家伙赶忙闭上了嘴，严守男人之间那个不成文的规矩，大家各自保证不侵入他人的领地和禁区。

“真是好样的！”我笑着对塔利说，这句话却引得大家都笑了起来。

马上就要考试了，我考虑的是考试和落榜，是艾哈迈德医生对我的关注以及接下来的事情。这段故事会随着考试结束而终结吗？我再也没有理由去找萨米哈老师了，而消除所有烦恼的唯一办法，就是让自己专心地看电影。

我将录影带放进了录像机。这时已是深夜十一点，大家都已经睡着了。片头音乐响起，一部黑白电影开始放映，我的故事也随之开始，如果我就是其中的阿琦扎格格的话。

苏克里·萨尔罕[1]出现了，他在电影里的名字叫艾哈迈德，一个有修养、有风度的男人，而且非常真诚。他从不凝视女人，也不讨好女人，可是，姑娘们却非常爱他。阿琦扎格格是一个野蛮屠夫的妹妹。她的屠夫哥哥，只要有谁跟他争辩或者不听他的话，他就会用刀砍谁。每吵一次架，他就会进一次监狱。阿琦扎格格在公交车上遇见了文质彬彬的艾哈迈德老师。当时，艾哈迈德告诉她，自己在找房子，不想继续住在那个屠夫的附近，他完全不知道这个坐在他身边的女孩就是那个屠夫的妹妹。屠夫刚刚和别人吵了架，又进了监狱，可是，他老婆突然感到分娩前的阵痛，找不到可以帮忙的人，只好求助于艾哈迈德老师，请他去找接生婆。为了报答他的这份恩情，阿琦扎格格搞到了他家对门的钥匙。整理打扫一番之后，她为他做了一顿他以前从来没有吃过的美食。就这样，阿琦扎格格赢得了文质彬彬的艾哈迈德老师的心。爱情在两颗心中萌芽了，还结了果。但是，阿琦扎格格却为难她的丈夫艾哈迈德，逼他去面对她的屠夫哥哥，拿回属于她的那份遗产。艾哈迈德老师不愿意这样做。他不想贪图她的钱财，但最终还是痛打了她那个野蛮的屠夫哥哥，并战胜了他，成了阿琦扎格格眼中的英雄。

---

① 苏克里·萨尔罕（Shoukry Sarhan，1925-1997），20 世纪埃及和阿拉伯世界最伟大的演员之一，主演的电影包括《纳蒂娅》《回来吧，我的心》《小偷与狗》《尼罗河之子》《第二任妻子》《绝路》《我爱你，哈桑》《烛光》等。——译者注

当电影里的艾哈迈德老师亲吻他的妻子阿琦扎格格的时候，我已经睡着了。我的大脑努力预测着电影的结局，可是，瞌睡虫却切断了我所有的思路，不让任何合理的结局进入我的大脑。不过，在入睡之前，我好像曾经自言自语："女人自找麻烦。" 我同情性格温和的艾哈迈德，却不同情阿琦扎格格，因为我像艾哈迈德一样不喜欢找麻烦。

两个星期过去了，我迎来了考试。英语开考的时候，萨米哈老师就站在我的前面，和我一起检查我的答题。看到考卷上的每一个错误答案，她都会用手指一下错误的地方，然后才会走开。后来，她还让我晚点儿交卷。等到所有同学都已经离场，她开始为我逐一修改答错的地方。改完之后，我将考卷交给了她。离开考场之后，我看到一群女生围着她，询问一些考题的答案。我对她说：

"萨米哈老师，谢谢您！"

期待已久的高考结果见诸报端的那天早晨，我被父亲的叫声吵醒了。他早早地拿来了报纸，对我说：

"阿琦扎！"

我起了床，跑到了父亲的身边。他正在读着上榜男生和女生的名字。过了一会儿，他读到了我的全名：

"阿琦扎·穆罕默德·易卜拉欣。"

星期六晚上，室内门铃里的麻雀又叽叽喳喳地叫了起来。萨米哈老师给我开了门，一边独自整理着箱包，一边对我说：

“哈哈！考取了？”

“是的。”我回答道。

她把我拉了过去，就像姐妹一样拥我入怀，然后对我说：

“祝贺！你担心大学吗？”

我将一只装有补课费的小信封递给了她，可是，她却不愿意收下，嘴上还说着：

“阿琦扎，不可以这样！我们是姐妹啊！”

艾哈迈德让我们和他一起出去，在外面吃顿晚饭，庆祝我考上了大学。

在这个躁动不安的夏夜，我第一次仔细地看着利雅得。我戴着面纱，坐在轿车的后排。萨米哈坐在了轿车的前排，露着自己的脸，用一块纱巾包着头发。艾哈迈德坐在驾驶座上，每当他问我问题，就会看着后视镜。这一次，他那颗心不再像玻璃一样明亮、干净、冰冷，而是显得清澈、纯净，因为，他宁静、含蓄、动情的思念也暴露无遗了。

夜色中的利雅得街道是迷人的，红色和黄色的汽车灯光将街道幻化成了喜庆的盛会。我第一次看到人们在漫无目的地闲逛，小伙子们聚集在正在营业的店铺对面的人行道上，或吹着口哨开怀大笑，或盯着行人肆意地评头论足。艾哈迈德将一盘磁带推进了车载音响，我的耳边就响起了阿卜杜·哈利姆·哈菲兹的歌声《相思，请为我们摆渡》。不过，由于小伙子们都喜欢打开车窗，哈菲兹的歌声和其他轿车中传来的好几位歌手的歌声都混在了一起，其中包括穆罕默德·阿卜杜胡[①]的歌声《啊，相思》，还有萨拉马·阿卜杜拉的歌声以及阿卜杜·巴希德·阿卜杜·萨玛德诵读《古兰经》的声音。艾哈迈德将车停在了路边，就从车上走了下来。

像我这样的女孩只知道自己所在的街区有多大，而那些充斥着三明治商店和青年娱乐场所的拥挤的街道，我甚至连它们的名字都叫不上来。夏日的热风吹在我的脸上，焦急的汽车鸣笛声变成了滑稽可笑的节奏。然而，在这样的喧嚣声中，我依然保持着内心的宁静。萨米哈也开始好奇地打量着人群。一名穿着罩袍、抱着孩子的妇女经过我们的身旁，朝着一辆皮卡车挥了挥手，然后就和孩子一起上了车，转眼间就消失不见了。艾哈迈德拿着一只袋子回来了，他给了我一块三明治和一盒新鲜果汁，果汁散发着草莓和香蕉的香味。萨米哈开始吃起她的三明治，而我们的车就停在了路边。我揭开面纱，第一次任凭街上的暖风吹拂着自己的脸庞。我惊恐地左顾右盼，不知道一旦被人看见，会有怎样的后果。但是，好像也没人在看我，也没人在关注我。世界在木然地旁观，每个人都在神游，丝毫不会在意周围人群的举动。也许一个蒙着面纱的女人和一个穿着衬衫长裤的男人同坐在一辆车里，就完全可以避开众多好奇的目光。没有人像我想象的那样注视我。于是，我吃起了三明治，喝起

① 穆罕默德·阿卜杜胡（Muhammad Abduh，1949- ），沙特著名歌唱家、作曲家，阿拉伯世界著名的艺术家。——译者注

了果汁。看着周围的人，我觉得他们过着另外一种生活，一种坦诚公开、充满光彩和活力的生活。对我来说，这种生活显得有点陌生，我仿佛被某个人拉进了一个新的世界，一个让我感到与众不同却又非常轻松的世界。在这个世界里，萨米哈和艾哈迈德风趣地评论着街上发生的事情，我虽然变成了一个无形的存在，却感到非常幸福，因为有人把我拖进了纸气球，带着我在街道上、在一张张面孔前游走。我变成了微风，和人们接触，却没人感觉到我的存在，也没人将我推开。我就是自由的微风。

我们回到艾哈迈德的公寓，下了车。这时已经是晚上九点，非常晚了。艾哈迈德打算送我回家，我却断然拒绝了。

我独自走在街上，与此同时，艾哈迈德也站在那个可以俯视我们街区的道路的拐角处，暗中保护着我，目送着我。我走在死一般寂静的街道上，与我刚才所体验的另外一种生活形成了极大的反差。那里有绚丽的光，混杂的人群，鲜活的声音，美味的三明治，新鲜的果汁。而这个居民区却如同坟墓，街区的居民躺在自家的床上，毫无追求。明日醒来，他们还会重复与昨日完全相同的事情，没有任何惊喜，而且，他们原本就不喜欢什么惊喜。然而，今夜发生在我身上的却是惊喜，让我发现了另一种生活，一种有爱、有温度的生活，一种有光影、有歌曲的生活，而且还是在敞开的车厢里游走的歌曲。

我来到了家门口，门半开着。我轻轻地推开门，走了进去。

父亲正躺在自己的房间里听着收音机，收音机里传来小娜嘉的歌声“默默地想着，离开我”；母亲和阿莱娅在房间里看着电视；妹妹阿法芙在自己的房间里睡着了，弟弟法瓦兹一如往常，还在外面。没有人感到我不在家，因为没有人想到这个时间我还在外面。没人看到我，我便悄悄地溜走，溜进了自己的房间，换掉了那些被附着在我身上的街道气味所熏染的衣物，可是，鼻孔里却依然残留着另一种生活的气息，还有香烟、草莓、芒果、果汁残渣和汽车尾气的味道。我睡着了，可是，欢快的歌声还在我的记忆里激荡着。

第十九章

星期三晚上，小伙子们在城里的街道上闲逛，姑娘们在电话里闲聊。找不到能带着她们在城里转悠的车，她们就搭上了夜里的救生艇，在谁也不认识她们的情况下，在她们自己发明的数字里划着桨，然后把她们的锚抛在了某个海岸。如果忠诚将她们引向了契约和誓言的海岸，她们就会长久地停泊在它的港湾里。

星期三晚上，姑娘们乔装打扮，化名出行，漫步在城里那些禁止女孩出入的街道上。不过，这是她们和那些自由出行的小伙子们聊天之后才得以实现的。城市的味道和噪音，还有渗透在这些聊天之中的鲜榨果汁的味道，都混合在她们那里，让她们开怀大笑，展现出一种依然禁锢在罩袍和传统之中的女性魅力，也让她们在百无聊赖之中寻找着次日早晨可以彼此分享的故事。

她们不再拥有天台，却拥有了电话。电话成了天台的替代品，为她们提供了虚拟空间，成了她们的故事和秘密的汇集地。一旦失去这些秘密，她们的日子就会变得忧郁和无聊。所以，她们中的有些人竟然编造虚假的故事来欺骗新的朋友，或者将一些虚假故事出卖给那些天真幼稚的朋友。她们中的某个人会假装在无意间泄露了与自己相伴到黎明并无条件交心的男青年的电话号码，不过她也会嘱咐对方，不要让他知道她是从哪里得到这个电话号码的。还有人会提议让她的女友去检验一下自己的男友，看看他对她诚实到什么程度，看看他是不是对所有女孩都做出了类似的承诺。

星期三晚上，家里显得空荡荡的，或许大家都去睡觉了。我开始和邻家女孩茅蒂聊天，又和努埃曼闲谈，说的都是些闲言碎语和家长里短的事儿。后来，我顺便问了一下穆兹娜的近况。聊着聊着，我的胆子越来越大了，竟然想让自己的声音能够传到更远的地方。我的声音左右摇摆，穿越了恐惧和烦闷交织的十字路口。这是我正在走的一条路，让我通向重大话题之门和终点站。隐形的电话在他那里响起，他的电话号码的七个数字也在呐喊。

艾哈迈德从诊所回到家，吃完晚饭，看了会儿电视，关灯之后，就开始回电话了。

我也关了灯。他就这样度过了一个夜晚，还用自己的披风掩盖了我们之间的低声长谈。

我们都将自己的心之锚抛在了对方的海洋之中，然后在我们的脚下铺上飞毯，一起去采撷绵绵情话为我们送来的贝壳、珍珠和宝石。通过电话，我向他的方向爬行，仿佛穿过了一条太空隧道，为的就是来到他的天堂。我和他互诉衷肠，在电话中一起度过了那个夜晚。直到挂断电话，我才走出那条隧道，回到了自己的床上。

艾哈迈德和女孩们编撰的故事中的青年并不相像，在一片静默的环境之中，他的声音显得那么平静。每天，他都在同一时间回家，也在同一时间上班。他的朋友寥寥无几。有一次，他对我说，我已经成了他唯一的女友。

我们之间的通话，萌生了一个又一个故事。他为我朗读他所收到的来自开罗的书信时，时常模仿信中的开罗方言或是埃及方言，这让我们都开怀大笑。他那与众不同的世界在召唤着我，同时，我的世界也在吸引着他。通过午夜电话或晡时电话，我们游走在两个世界之间，这让我们的生活变得更加美好，也让我们的时光变得更加敏感，更具活力。

有一次，我生气了，当着他的面挂断了电话。接着，他又拨通电话，可是，我拿起电话就挂断了。比起他的爱，让我感到更加甜美的，是他讨好我的样子。所以，我每个月都会故意生他的气，好让他讨好我。不过，他知道我什么时候是真的生气，什么时候是假装生气，而且，他从不吝啬对我的讨好，甚至会在一个月快要过去而我忘了自己每月都要生气一次的时候刻意提醒我一下。

一天，艾哈迈德让我星期三去看他，我回答他说："让我再想想吧。"

其实，我并不需要长时间的考虑，却需要一个安全的地方。

“那就来我的诊所吧！”他对我说道。

我久久地无法入睡，内心饱受着折磨，如同落入陷阱的兔子一样苦苦地挣扎着。我打开收音机，听到了法伊扎·艾哈迈德[①]在唱“情人啊，周三情人”，感到法伊扎·艾哈迈德已经读懂了我未来的命运，而且正在描绘我未来的命运，还给它拟定了一个标题，让我也成了“周三情人”。

第二天早晨醒来的时候，由于睡眠不足，我的双眼被黑眼圈包围着。而且，我吃不下东西，所以显得非常虚弱，饥饿和疲惫正消磨着我所有的能量。

我走出了大学，前往那幢大楼去见艾哈迈德，就是我第一次去看病时进去过的那幢大楼。我乘上了电梯，就是我的眼睛什么也看不见时和父亲一同乘坐的那部电梯。正午刚过，诊所内空无一人，午饭时间，大家都走开了，要到晡时四点才会回来。诊所门边有个小按钮，一按就会听到钢琴演奏的声音。艾哈迈德为我打开了门，让我走进一个房间，里面摆放着几把椅子，还有检测仪器。艾哈迈德去准备咖啡，不一会儿就回来了，随后就坐在我的旁边。

我已经疲惫不堪，甚至感到自己期待着能够走出诊所休息一会儿。但是，五分钟过后，我就不再感到害怕了，发现自己并不是

---

① 法伊扎·艾哈迈德（Fayza Ahmed，1930-1983），叙利亚著名歌手，后加入埃及国籍，一生演唱过几百首歌曲，主演过几部电影。——译者注

害怕这次约会，而是害怕会有什么东西有可能妨碍这次约会，或者会有什么人发现我在和一个外乡人谈恋爱。

我和艾哈迈德谈到了自己的担忧，他对我说：

“你这个年龄的所有女孩都有自己的情人。”

“萨米哈也在内吗？”我问他。

“我绝不会过问她是什么时候开始在心里谈恋爱的！”他笑着说，“但是，为了不让她失去心爱的人，我会站在她的一边。”

我注视着他的双眼，知道他爱我，我也爱他。但是，我不明白自己为什么这么爱他。是因为他对我足够尊重，还是因为他温柔多情？或者是两者兼而有之？我发现，和他在一起坐上几个小时，会让我心情愉悦，因为他什么都能做得到，他可以让时间在我的陪同下过得飞快。我们之间的约会已经过去三个月，但是，艾哈迈德在和我约会时所能做的，也只是在我起身道别时吻一下我的手。和艾哈迈德在一起，我开始了一段爱情故事，一段我在街区里睁大双眼期盼已久的爱情故事。我将它随身携带，就像带着一个写满了秘密的笔记本，期待着有人与我一起分享，一起畅谈。无人分享的秘密是没有滋味的。当你将这些秘密告诉对方的时候，你可以测一下自己的心跳，也可以观察一下对方惊讶的表情。只有你的女友睁大双眼，震惊不已，并对你说“骗人！你发誓”的时候，你才会知道这些秘密是多么的有价值。

在这个重要的节点上，你会伸伸舌头，觉得自己已经达到了掌握奇特秘密的最高级别。

爱情的波浪刚开始涌动的时候，只是打湿了心的边缘，渐渐地才将它完全浸透。我开始潜入爱情的海洋，揭开许多美妙的秘密，而那些因为惧怕爱情而只是走在潮水边缘、不愿进入爱情海洋的人，通常是看不到这些秘密的。

爱之初来得轻快，来得炽热，充满悬念，带着快乐和幸福的承诺。然而，一旦历时长久，就会冒出个刀头，如同割刀的刀头扎入心田，时间越长，痛苦就越深。艾哈迈德告诉我，他要回开罗去度假，整整一个月时间，这时，我感到了爱情的刀头也在刺伤我的心。

和艾哈迈德说了一番绵绵情话之后，我在家里来回走着，突然，一个声音紧跟在我的身后。那不是我自己的声音，而是我姐姐阿娃蒂芙的声音，她对我说："小疯子，你在做什么呢？"

这个问题让我感到惊恐。我转头看向身后，屋子里竟然空无一人。我听到的声音是从我的体内传来的。我感到阿娃蒂芙正坐在那里，用右手摇晃着她的女儿，用左手翻看着一本女性杂志。我回答她说："坦率地讲，我爱上了一个埃及人。"一听到"埃及人"这个词，我的心就落在了地上，碎了，仿佛这并不是我的故事，而是有个人在告诉我另一个女人的故事。我的阿娃蒂芙从我的想象中消失，惊恐地逃走了。我马上意识到，这件事好像有点怪异，甚至有点不可思议，因为我过去所经历的都是些简简单单、稀松平常的事儿。可是，这一切却无法改变这个怪异且遥不可及的事实，我和阿娃蒂芙的命运只有在梦中才有可能相似或相交。想到艾哈迈德可能会成为我的丈夫，或者到我父亲家来向我求婚，我就感到，谈论一个灾祸的发生，都比这件事情要更加现实。

我排除了这个令我惊恐的声音，自言自语道：我应该待在一个让自己感到惬意的地方，哪怕是在想象中的国度也可以。同样的想象也曾经在天台上萌生过，可是，我在天台上却并没有开始一段爱情故事。我似乎需要想象，让自己快乐起来。我的现状是那么吝啬，那么贫瘠，既不能熄灭我的梦想，也不能点燃我的思念。每天，我都会在百无聊赖的现实中醒来，因此，一个人拥有自己的周三和周三情人，就显得更加重要。正如法伊扎·艾哈迈德在歌中所唱的那样，我也开始唱了起来："情人啊，周三情人。"

第二十章

她决定在丈夫的家里继续那种单调刻板的生活。对她来说，正规的生活准则就是洗衣、做饭、生孩子，再加上到邻居家串串门。丈夫一旦禁止她去邻居家串门，她的一条生活准则就会被动摇，生活就会变得十分艰难。因此，她整天哭哭啼啼，逼得丈夫只能允许她到那些和他母亲较为亲近的邻居家串门。

嘉琪费了好大的劲儿，才结识了萨阿德。他俩是出于寻求床笫之欢的本能而相识的。嘉琪为了寻求爱情而接近萨阿德的时候，却遭到了萨阿德的训斥，害得她羞于向他表露自己的思念。然而，当他接近她的时候，她却笑得那么无力，恢复了往日的冷淡，因为她知道她的猎狗又饿了。

她把她的男人比作猎狗，认为自己的两条大腿只是猎狗饥饿时渴望得到的一块肉。完事之后，他就会对她大吼大叫，不再理睬她。于是，嘉琪把自己的爱都给了女儿阿伊莎，希望从她身上得到一生的补偿。萨阿德经常一走就是几天几夜，扔下她一个人独守空房。就连萨阿德的父母在萨阿德不在家或者性情反复无常的时候，也会在这个小孙女的身上寻求慰藉，希望家里能有更多的孙子和孙女，让他们成为把萨阿德拉回家中的一根根绳索，让他能够安心地待在家里，不再东游西荡。

萨阿德讨厌和父亲一起在菜店里干活，因为他不具备市场里的商人所需要的宽容和灵活。他也从来没有想过去做什么公职，总觉得公职的钱财来路不正，他的谢赫就对他这样说过。所以，他把自己的皮卡车变成了出租车，用来运送达伊拉市场的客人，成为一名古怪的出租车司机。他会对车上的乘客一直保持沉默，不受乘车时间长短的诱惑或好奇心的驱使，去刺探这些上上下下的乘客的隐私。在他的乘客中，有老太太和老头子，也有小伙子和大姑娘，还有单身汉和已婚女。他们都选择不与他交谈，而他们自己或随意交谈，或沉默不语。有些人既不会看他，也不会盯着他的脸，连他长长的胡须也不会引起他们的关注，只是自己说说话而已。他们在匆匆的聊天之中走完了自己的路。他们聊到了法院，那种环境令人生厌，毫无希望；他们也聊到了医院，在那里，他们痛苦却不会绝望。这种事，萨阿德听得太多了，让他觉得所有的人都过得差不多。乘客们很少注意到沉默寡言的萨阿德，也很少注意到他会是这副长相、这么僵化的一个小伙子。但是，疲惫的人不会去思考自己周围的事物，不幸的事倒是能打动他们的心，只要找到一把椅子和一个邻人，他们那些不幸的故事就会滔滔不绝地讲个没完。他们不会在意萨阿德保持沉默的样子，也不会在乎他为何久久地沉默不语。对于那些谈话，萨阿德从来都不插话，也不会提出什么问题。但是，当女人们主动和他攀谈的时候，他倒会感到有点紧张。女人们有时会向他问路，有时也会问他结婚了没有。年纪大的女人会跟他开玩笑说："我有个女儿想嫁给你。"这时，萨阿德既不会开怀大笑，也不会微微一笑。对他来说，女人的声音就像女人的肉体一样是裸露的。所以，他觉得，女人和男人攀谈是一种不知羞耻的行为，是一种骚扰，就像用手去挑逗他的肉体。他知道，魔鬼就在他的旁边，伺机而动，会先让他舌僵无言，再令他心盲无明。因此，他的回答总是非常简短。他对这些女人也感到奇怪，为什么她们没有得到保护而独自面对生活？她们的男人怎么会允许她们这么做？当然，他也不会费心去弄清楚她们从哪里来、要到哪里去，也不会烦心因为路程加长而使得他的开车时间有所延长而烦心。不管怎么样，他的车费是不会变的。所以，当他索要车费的时候，总是让自己的声音变得清晰明了。尽管如此，他还是没能挣到足够的钱，有时不得不从他父亲那里索要几笔小钱，因为他每个月总是有好几天要志愿为圣寺组织的活动跑跑腿。他们想去麦加做副朝的时候，他总是毫不犹豫地让自己的车听从他们的调遣。他知道，路途越长，他的好处就越多；路上越是辛苦，车费的数额也就越大。当然，萨阿德的父亲一直为他的儿媳和孙女阿伊莎提供食宿，有时还会给她们一点钱，并说嘉琪是“孙女阿伊莎的幔帐[①]”。但是，嘉琪不愿收她公公的钱，只愿接受她母亲瓦德哈在宰牲节和斋月时给她的钱。而且，她并不需要很多钱，女儿阿伊莎的要求也不多，只要给她喂上几口自己的奶水就可以了。因此，对萨阿德来说，嘉琪和女儿并不是很沉重的负担，他甚至没有感觉到母女俩的存在，也没有注意到这一切都是他的父亲在替他承担着。

和圣寺组织在一起的时候，萨阿德一直在寻找兄弟情谊，以弥补童年时代的缺憾。他发现，这个团队如同一个大家庭，充满了生机与活力、激情与冒险，还产生过许许多多舍己为人的故事，这和他自己那个冰冷的、静默无声的家截然不同。

萨阿德曾经多次问他的父亲，他的部落血统和根源到底是什么，他也问过嘉琪她的部落及其谱系是什么。他在寻找自己与他人的不同之处，好让自己有一种优越感。对他来说，那些人要么不谨守宗教，要么门第卑微。于是，萨阿德开始以部落名而不是家族名自称。嘉琪也感到，萨阿德越来越自负和自大了，只和她谈论如何反对那些获准进入沙特的异教徒的圣战。他说，有人站出来改变阿拉伯半岛腐败现象的时间已经到了，现在已经发生的事情，标志着期

① 幔帐原指天房外面所覆盖的一层黑色锦幔，这里用来说明嘉琪对她女儿阿伊莎的重要性。——译者注

待中的救世主马赫迪即将现身，而且有好消息说，这个救世主将从古莱氏部落中产生，他的名字与古莱氏族的先知穆罕默德·本·阿卜杜拉的名字相似。我们已经进入伊历 1399 年[①]，救世主已经走近我们，会在新世纪的黎明时分现身。届时，众人都会臣服于他，并聚集在他的周围。

萨阿德再次和圣寺组织一起失踪了。但是，十天过后，他又欢欣鼓舞地回来了。他告诉他的母亲，救世主马赫迪已经出现在了正直之士的梦中，即将现身的迹象已经实现了。萨阿德想休息，因为他所受的折磨已经走到了尽头。他想结束自己的生命，渴望离开这个虚幻的尘世，希望能身在天园每夜有七十个仙女相伴。如果这些仙女消除了他的渴望，即使他被剥了皮，也不会感到一丝的痛苦。所以，他宁愿在来世沉睡，幻想得到其中的仁慈承诺，也不愿意生活在这个尘世，一个让他长期遭受孤独的无情的尘世，一个他在众人脸上很少看到兄弟情谊、不愿对他表示慈爱和怜悯的尘世。

萨阿德听到了圣寺组织在谈论他们附近的街区正在蔓延的骚乱，谈论那些抽香烟、听音乐、踢足球、玩纸牌、不做礼拜的年轻人，谈论那个允许异教徒进入阿拉伯半岛，允许销售音乐和绘画并将国王画像印在纸币上的政府。阿卜杜·阿齐兹谢赫曾经对他说过这些事情，当时他和萨阿德一样，也是个不到十八岁的小伙子。

---

① 伊历 1399 年即公元 2020 年。——译者注

他们是为了拯救世人而产生的最优秀的民族，不是因为他们嬉戏玩耍，而是因为他们劝善戒恶[①]，还因为穆斯林被委以消除恶行的重任。

萨阿德朝着自己家的方向走去。谢赫说过的话依旧在他的耳畔久久回荡，在他的想象中，这种声音已经变得愈加响亮了。可是，他无法控制它，也无法摆脱它的束缚，只能任其发作肆虐，带着他渐行渐远。他仿佛已经看到自己所在的街区陷入了地狱的烈火之中，看到了他的父母正在拼命地求救，看到他的妻女正在大声地喊叫。他寻找自我，却发现自己被压在了一块巨石之下。他在挣扎，在哭泣，因为他在尘世生活中懈怠慵懒，未能履行自己的义务。他甚至觉得，自己对街区的这场大火应该负有责任，因为他没能将它从灾难中拯救出来。他感到一阵阵热风吹在了自己的脸上，就从幻想中惊醒，以为这一切都是真的。当他确认了自己仍然活着的时候，他终于放下心来，但是，他不喜欢这种慵懒的感觉，也不喜欢无助地旁观事情的发生。自从他加入圣寺组织以来，他就开始痛恨噩梦惊醒后的释然。当他一觉醒来，发现自己还活着的时候，他希望自己能够拥有一颗勇敢的心，敢于冒险，毫无畏惧地赴死。他也希望自己拥有一颗战士的心，因为他听说战士们用利剑剖开了敌人的肚

① 此处借用《古兰经》第三章“仪姆兰的家属”：“你们是为世人而被产生的最优秀的民族，你们劝善戒恶，确信真主。”（3：110）——译者注

子，砍下了敌人的脑袋，大声高呼着“真主至大”。他还希望自己能够成为痛恨今生、渴望殉道的人，对他来说，苟活在世是一种折磨。他听大谢赫说，谁未曾投入圣战，也不想投入圣战，就会像伪信者一样死去。他努力在脑海中勾画出敌人的形象，却只想到了米特阿卜的那张脸，那个打他、侮辱他、鄙视他的米特阿卜。那不是他自己想象中的米特阿卜，而是他老婆嘉琪想象中的米特阿卜。嘉琪回到他的家，却心满意足地看到他受到惩罚，得意洋洋地炫耀她身后的哥哥，可以为她报仇的哥哥，为她提供保护的哥哥。有米特阿卜支持她，他以后还怎么教训她呢？只要她向米特阿卜抱怨他的不是，米特阿卜就会跑过来，把他揍上一顿。

他回到家中，看到母亲关上了收音机，就急急忙忙地朝着他跑了过来，对他讲了好多事儿，其中包括他女儿阿伊莎一直在听收音机这件事。母亲听到法乌齐·玛哈苏[1]在歌里唱到“啊，他们竟能感动他”最后这句之后，就跑了过来，还差点摔倒了。萨阿德感到额头滚烫，一阵怒火涌上心头。他的组织反对在外娱乐，可是，他竟然在自己的家里发现了这样的事儿！萨阿德匆匆地朝着收音机跑了过去。那台黑色的小收音机被装在了一只皮套里，就像睡在摇篮里的婴儿一样，它的金属天线高高地竖立着。他将收音机拖了过

① 法乌齐·玛哈苏（Fawzi Mahsoon，1925-1988），沙特著名歌唱家、作曲家，享有“忧郁之王”的称号。——译者注

来，高高地举起，就像在战场上将敌人举过头顶一样。他感到了收音机的沉重，看着它的黑影如同地狱里的鬼魅一样在头顶上蔓延，越来越大，还向他张开了利爪。其实，那台收音机很小，可是，萨阿德却感到自己仿佛卷入了反对娱乐大军的战争。这支娱乐大军早在马可尼[①]发明收音机以传播罪孽之日起就已经开始出现了。它让软弱的寻欢作乐之人面对真主的幻像和奇迹时闭目塞听，放弃履行拜功，拒绝赞颂真主，把自己沦为火狱中的干柴和燃料。他用尽全力，将收音机扔向墙壁，就像扔掉一团火一样。随后，他听到了收音机在皮套里被摔碎的声音，看到了它的天线已经断掉。但是，一个垂死挣扎的声音还在呼喊："赞美真主，你们长大了。"萨阿德用脚踢了一下收音机的顶部。收音机便蜷缩在他的脚下，像一只奄奄一息的小老鼠，任凭其中的破铜烂铁散落一地，窒息而亡。

圣寺组织还在谈论在国内蔓延并诱使众人摒弃宗教的娱乐问题，他们告诫那些疏于改革娱乐问题的穆斯林，如果不主动作为，不坚决反对，就会遭到惩罚。萨阿德已经清理了自己家里的那些娱乐设施，他觉得很坦然，胆子也越来越大，甚至请求参与他们的讨论，深度参与他们亲自推进的改革以及他们所做的一切活动，其中

---

① 伽利尔摩·马可尼（Guglielmo Marconi，1874-1937），意大利无线电工程师、企业家，实用无线电报通信的创始人。1909年，与布劳恩共获诺贝尔物理学奖，被称作"无线电之父"。——译者注

包括打击那些销售娱乐用品的商店。如果店主不愿接受忠告，拒绝将商店改造成传教和宣教场所，就会受到惩处。当这类行为成为一种责任的时候，萨阿德也无法逃避了。他必须行动起来，改造他的两个小舅子所开的商店。他先去观察了一下商店的情况，看了看店里的客人以及他们的活动。后来，有一天晚上，他把自己发现的所有问题都向阿卜杜·阿齐兹谢赫作了汇报，而且在不明就里的情况下回答了谢赫的所有问题。

一天夜里，萨阿德在客厅里睡觉。嘉琪感到客厅旁边好像有动静。她听到有人在敲门，随后，萨阿德就出去开门了。接着，嘉琪又听到有几个人在嘀嘀咕咕地说话，其中还夹杂着萨阿德低沉模糊的声音。

“你准备好了吗？……像你这样的人胆子一定要大，你是要跟我们一起去的。如果你不出声，打退堂鼓，真主一定会先惩罚你的。一切都准备好了，别担心！”

嘉琪不知道那几个说话的人是谁，但是，萨阿德的声音一直很低，她猜想萨阿德肯定是害怕了，她了解他的性格。几分钟之后，她听到了门被关上的声音，便朝着客厅的方向走去。客厅里空无一人，灯还亮着。萨阿德放在厅里的书启发了她，她一下子就猜出了她刚才听到的那些话的意思。

她走进了自己的房间，不知道过了多长时间。当她睁开眼睛的时候，天上的太阳已经拖来了一片片白云，刮来了一阵阵暖风。

她将自己的手从女儿身下抽了出来，走出了房间，想去看看萨阿德的情况。客厅里的灯还亮着，窗户紧闭着。她轻手轻脚地走着，看到萨阿德像母亲子宫里的婴儿一样，蜷缩在自己的床上。他穿着棉布内衣、棉布长裤，身边放着的外衣还散发着燃料的味道，两只手上也沾着几块像煤炭一样的黑斑。

嘉琪感到萨阿德变得越来越怪异了，似乎已经走上了一条不归路。这个躺在床上的男人既不像她的兄弟，也不像街区里的其他男人。在他还是个不到二十岁的毛头小伙子的时候，她就嫁给了他，如今，他投入了战斗，可是，连她也不知道他是在跟谁斗。战斗从他自己开始，却不知道在哪里结束。他总是义愤填膺，双眉紧锁。要不是她听说他有一次在男士会客室里和客人开怀大笑，曾经看到他在家门口对着来访的男士微微一笑，那她一定会以为他是个既不会大笑也不会微笑的男人。

第二十一章

婚后的穆兹娜变了，却依然保持着优雅、轻松的仪态。她爱生活，爱打扮。她不再像妇女用品市场里的女人，而是穿上了城里人的服装，剪掉了自己的辫子，戴上了一对祖母绿的耳环。有一天，我到她家去串门，她给我端来了一杯黑咖啡。她婆婆在我面前竟然点上了一支烟，递给我，问我："你抽烟吗？"穆兹娜穿着短衫，面色红润。她留着一头短发，那是她和她的婆家人在夏天一起去贝鲁特的时候剪的。她拿出了一本彩色相册给我看，里面有她和利亚德的家人、亲戚坐在湖滨、河畔和巴尔贝克[①]巨型石柱旁拍摄的照片。在这些照片中，女人和男人彼此接触，抽着水烟，穿着短

---

① "巴尔贝克"意为"太阳城"，"巴尔"是太阳神的名字，"贝克"是"城"的意思。巴尔贝克神庙是崇拜太阳神的迦南人在距黎巴嫩首都贝鲁特东北85公里的贝卡平原北部修建的一座祭祀太阳神的庙宇，距今已有三千多年历史，是世界著名古迹。——译者注

衫。曾经是游牧民的穆兹娜摇身一变，变成了小麦色女郎，经常听到一群肤白美女夸赞她说："希望我也有这么漂亮的肤色！"这时，利亚德没有敲门，就突然闯进了会客室，朝我这里走了过来，还伸出手，向我问好："阿琦扎，欢迎你！吉祥临门啊！"说完，他就出去了。过了一会儿，利亚德的父亲也走进了房间，对我表示欢迎。他们一家人都聚在穆兹娜的客人身边，满心好奇却又满怀爱意地围坐在我的身旁。他们没有意识到，我们这里的女人是不能跟男人接触的，也不明白为什么瓦德哈进来之后一直戴着面纱。

后来，因为我母亲的那件事，利亚德和他父亲学会了在我们来看穆兹娜的时候待在房间的外面。有一天，我们去看乌姆·利亚德。坐定之后，我母亲就揭开了面纱，喝着她自己带来的咖啡，她还为乌姆·利亚德和穆兹娜也各冲了一杯。这时，利亚德的父亲和往常一样，笑容满面地走了进来，对穆兹娜的客人表示欢迎。见此情景，我母亲立刻转过脸去，大喊大叫起来：

"哎呦！他怎么到我们这儿来了？"

乌姆·利亚德说：

"真是爱死你了！这位是利亚德的父亲。"

利亚德的父亲转过脸去，背对着我们，开始和我母亲说：

"乌姆·易卜拉欣，你好吗？真是吉祥临门啊！以真主起誓，这是寒舍的吉祥时刻啊！"

我母亲用几乎听不见、差点透不过气来的声音，满脸羞涩地说：

“愿主赐予你平安！”

她悄悄地喘着粗气，大汗淋漓，拼命地控制着自己。这是她第一次和来自沙姆地区[①]的陌生男人说话。听到宣礼员[②]在召唤昏礼，她突然就站起身来，说：

“我最好还是回家做礼拜吧！”

“还早着呢！”

“就在我们这儿做吧！”乌姆·利亚德说。

母亲赶紧说道：

“不用了。艾布·易卜拉欣马上就要到家了，他还需要我给他准备晚饭呢！阿琦扎，我们走吧！”

在回家的路上，我听到母亲自言自语地说：

“真是丢死人了！男人闯到我们这里来，还看到了我们的羞体。”

我对母亲说：

“怎么像是男人看到你没穿衣服似的？”

“什么呀？他只是看了我的脸！”

“他看了你的脸，这是你说的！他只是看了你的脸。”

---

① 沙姆地区包括叙利亚、约旦、黎巴嫩和巴勒斯坦四个阿拉伯国家。——译者注

② 宣礼员，音译为“穆安津”，是在清真寺宣礼塔上用阿拉伯语诵念宣礼词、召唤穆斯林速来礼拜的教职人员。——译者注

“该死！你当然知道，脸被看到也是不可以的！祈求真主不要让我们丢脸！否则，我们会有大麻烦的！”

我对母亲说：

“妈，利亚德的父亲视力不好。如果他真的看到了，一定会休了他老婆娶你过门的。”

母亲生气地说：

“拜托！你就别瞎说了！”

母亲又继续说：

“假如你爸知道了，会说什么呢？”

我对她说：

“他可能会自杀。”

母亲并没有听到我说的话，而是沉浸在自己羞怯的幻想之中。过了一会儿，她才对我说：

“阿琦扎，别让你爸知道！”

我们走进家门之后，母亲就到卫生间去小净了。父亲做完昏礼回来的时候，母亲还坐在自己的毯子上做礼拜，而我却已经做完礼拜。父亲问我：

“哎，你们回来了？”

我低声对他说：

“利亚德的父亲今天看到我妈的脸了。”

父亲大声地说起话来，母亲肯定能够听得见：

“阿琦扎，你这是什么话？”

我回答说：

“爸，以真主起誓，利亚德的父亲闯进来的时候，我妈揭开了面纱。”

父亲笑了笑，说：

“利亚德的父亲肯定没想到里面有人。”

我没有回答父亲的话，因为母亲已经做完礼拜，正在听我说话。只见她满脸羞涩，拿起了身边的一只鞋，朝我扔了过来。可是，鞋却在空中飞走。母亲站起身，又拿起了另一只鞋向我扔过来。见我跑开，她就对我说：

“就你话多！我不是跟你说了，让你闭嘴，别说话！”

父亲哈哈大笑，看着母亲，然后，大声地夸赞我说：

“还是我闺女心疼她老爸！”

父亲又笑了。母亲难为情地跑开，嘴上还在念叨着：

“你和你闺女！”

我不知道她究竟说了些什么，不过，听她的语气，好像是想说：

“但愿真主带走你和你的闺女！”

或者，她是想采用乌姆·利亚德的方式：

“打你和你的闺女！”

不过，母亲不敢对父亲说这样的话，因为她知道，她丈夫是惹不起的。

第二十二章

钟声依然在回荡。这时，伦敦电台播报了一则消息，一个无名组织占领了麦加禁寺，扣押了其中未能逃离的礼拜者，还向一些企图逃跑的礼拜者开枪，造成了部分礼拜者伤亡。父亲气喘吁吁地从外面回到家中，径直地奔向了收音机，匆匆地打开收音机的开关。禁寺被占的消息已经在各地传开，变得人尽皆知，但是，其中的细节却无人知晓。收音机里传来了有人从禁寺现场直播的声音，父亲在自己的房间里听着收音机，房门一直敞开着。母亲跟在他的身后不停地询问情况到底怎么样了。"禁寺被占了。"母亲抓着头，坐在房门口，哭了起来。过了一会儿，她又去问父亲事件的进展情况。父亲说：

"到现在还没人知道到底是什么情况，也许是一群伊朗人干的，或许是以色列人干的，只有真主知道！"

我听到了有人在急速敲门的声音。打开门，我看到萨阿德妈妈在哭，随后，她一言不发地走进了会客室。我告诉母亲，萨阿德妈妈在会客室里等她。我跟在母亲的身后走进了会客室，听到了萨阿德妈妈在说：

“萨阿德去朝觐了，不知道他会不会出事儿。”

我跑上了天台，想去告诉嘉琪，禁寺被以色列人占了。以后会发生什么？会爆发战争吗？我在找嘉琪。平时，只要他们家发生了什么她想告诉我的事，或者我们家发生了什么我想告诉她的事，我总能看到她在天台上等我。我站在那个被遗弃在天台角落里的木箱上，睁大了双眼寻找嘉琪，模仿着麻雀叽叽喳喳的叫声，一如往常地用嘶哑的嗓音小声地叫喊着：“嘉琪，嘉琪！”我们的邻居萨阿德家的天台上空无一人，只有尘土和一块被风吹起又吹落的硬纸板。天窗的墙角里还遗弃着一块破旧的地毯，还有一本书、一个冰冷的咖啡壶和一个被墙影遮盖的椰枣盘。萨阿德家的房子看上去就像一位饱经风霜且记忆力开始衰退的老人，其中的一切都变得冰冷、阴暗和忧郁了。萨阿德在天台的矮墙上和阿娃蒂芙互诉衷肠的那幢房子已经不复存在，房子已经老旧，房子里的人也变得无能无力了。我抬起头，看着眼前的天台矮墙，无意中瞥见了我们的邻居、法蒂玛的父亲、清真寺的伊玛目[①]仪姆兰正站在一堆废纸上。他把这堆废纸放在自己面前的地面上，浇上了一种液体，然后点燃了一根大木棍，扔了过去。大火烧了起来，几张废纸飘了起来。他赶紧

① 伊玛目是指在清真寺主持礼拜的人。——译者注

追了上去，把那几张废纸捡了回来，又扔进了火堆里。然后，他站在一旁，看着废纸在燃烧，直到其中的真相都化为灰烬。

三天就这么稀里糊涂地过去了，天空被火焰笼罩着，隐藏着莫名的忧愁。从禁寺封锁中逃出来的一些人开始讲述关于占领禁寺的武装分子的一些消息，还有期待中的救世主马赫迪的名字在盛传的消息。不过，沙特电台到现在为止也没有公布任何相关信息，对于被扣押在禁寺内的那些人也没有做出任何明确的决定。

我听父亲说，自从禁寺的消息传出以来，我们清真寺的伊玛目、法蒂玛的父亲仪姆兰就再也没有带着他们一起做礼拜，大家也不知道他去了哪里，邻居们只能轮流担负伊玛目的工作。不过，两个星期过后，他们听到了一条消息，说仪姆兰被抓起来了，其中的原因众说纷纭。

心怀恐惧的母亲坚持要去安慰一下受到惊吓的萨阿德妈妈，那天夜里，没人能够安下心来。我也问了问萨阿德妈妈关于嘉琪的情况，她告诉我，自从听到这个消息，嘉琪就感到肚子不停地抽搐，而且一阵阵地绞痛。她跑到她的母亲瓦德哈家里，让她给治疗了一下。不过，没过几个小时，瓦德哈就把她送进了医院。可惜的是，她肚子里的孩子还是流产了，成了一堆死肉。她回到了瓦德哈的家里，服用了她的一些草药，听她讲了一些关于缘分和福分的故事。

两个星期过后，整个街区谈论的话题只有禁寺被占这一件事了。大家都在祈祷，都在谴责那个让众人恐惧、令穆斯林流血的团伙。双目失明的马基伦大叔从早到晚都待在户外，挨家挨户地敲门，逢人就问这件事的最新进展。他还来到了我们家，坐在我们家的过道上，不愿意进来，问我父亲：

“他们把那帮人抓起来了吗？是怎么处置的？砍了他们的头都不够！”

双目失明的马基伦大叔在外面走着，因为担心、惧怕和痛恨禁寺事件而哭泣。他对着墙壁说着这件事，甚至逢人就说这件事，好像大家从来都没有听说过一样。

“他们进入真主的禁地，恐吓礼拜的人群。但愿真主对他们进行清算！”

这件事已经闹得大家心力俱疲了，大家都在祈求真主别让事态变得比他们预想的还要糟糕，而且，大家都言之凿凿地强调犯事的人要么是伊朗人，要么是以色列人，不可能是第三国人所为。但是，第二天早晨就传来了坏消息。当我走出房间的时候，听到父亲在说，危机已经结束，那些攻占圣寺的人已经被逮捕了，他们的照片也已经登报。尽管已经公布的信息并不那么完整清晰，但可以肯定的是，攻占圣寺的人不是伊朗人，也不是以色列人，而是某个武装团伙，伦敦电台把他们说成了赛莱菲耶[①]组织。不过，当他们的

① 赛莱菲耶是指伊斯兰教史上以恢复伊斯兰本来面貌，净化教义，简化教规，反对外来腐朽思想文化影响并主张革新的思想运动。“赛莱菲”是阿拉伯语“前辈”或“先贤”的音译。——译者注

名字被公布出来的时候，大家明白了他们都是些什么人。原来，他们是来自不同家族和部落的年轻人，他们的家人已经认出了那些死于双方军事对抗的人，排在首位的名叫穆罕默德·本·阿卜杜拉·葛哈唐尼，一个冒牌的古莱氏族后裔和所谓的穆斯林救世主。不过，他被子弹射穿的脑袋已经证明，他的救世任务并没有完成，因为他不但没有救赎任何人，还让几百人送了命，制造了臭名昭著的禁寺骚乱。大家还把电台没有播报出来的那些故事也爆了料，其中有人在传，几个长老在封锁期间派出了几个使节去找马赫迪的母亲，向她询问了有关她儿子的那些言论是不是真的，她儿子是不是真的是期待中的救世主。马赫迪的母亲对他们说：

“如果他是救世主，他就会杀了你们；如果他说了假话，你们就杀了他。”

在这场骚乱中，127 名士兵、117 名叛乱分子和几十名礼拜者被杀。那些没有见到自己的儿子在朝觐之后回来的人都已经知道，他们的儿子永远也回不来了。

我回到了大学，在大广场上的大门前，看到了我的女友努埃曼。她和我一样，也喜欢费鲁兹的歌，还跟我交换过费鲁兹的磁带。我走近努埃曼，看到她的脖子上挂着一条项链，上面有一张从报纸上剪下来的照片。我凝视着照片，大吃了一惊。那是一张男人的照片。那人面色黧黑，黑得像煤炭一样，一头浓密的长发蓬乱如麻，两只大眼睛深不见底，仿佛喷着地狱之火。我问她：

“努埃曼，这人是谁呀？”

努埃曼回答道：

“朱海曼[1]。”

在街区居民的心中，这一事件并没有很快就销声匿迹。禁寺占领者的名字，双方对峙的相关新闻，各地涌现的英雄事迹，依然在口耳相传，经久不息。电台一直没有沉默，电视也中断了其他的所有节目，一直在谈论这一事件的最新动态，还对幸存者进行了访谈，对一些被逮捕的占领者进行了采访，对牺牲烈士的英雄事迹以及沦为孤儿的儿童也进行了跟踪报道，使得禁寺占领者的罪行被持续放大，不断曝光。

我看到母亲站在厨房里，收音机里不断传来新闻播报的声音。新闻中说，误入迷途的团伙亵渎了禁寺的神圣，会在今天黄昏时分受到惩处。我再次听到了他的名字：朱海曼，他就是那个团伙的头目。接着是马赫迪的名字，在那个团伙落网之前，他已经被击毙。我扔下提包，走进了自己的房间。一种恐惧感向我袭来，那张黑得像煤炭一样的男人的脸令我惊悚不安，让我陷入一片茫然。为什么我的女友努埃曼要把他的照片放进挂饰，挂在自己的脖颈上，仿佛

---

① 朱海曼·乌塔比（Juhayman Al-Otaybi，1936-1980），沙特退伍军人，1979 年带领约 500 名瓦哈比派武装分子攻占麦加禁寺，扣押了当时正在朝觐的穆斯林，要求回归伊斯兰原始教义，废黜沙特王室。——译者注

拥他入怀？每当我想到他的长相，就会感到腹部一阵阵疼痛。我没有问努埃曼为什么要挂那个攻占禁寺的男人的照片，但我知道，有些女孩觉得他是一名英雄，这是我无法理解的。或许，连喜欢聆听费鲁兹歌声的努埃曼也不理解像我这样的人，就像我不明白自己的心为什么要依恋那个男人一样。我依恋他，只是因为他来自埃及。

我听到萨阿德妈妈坐在礼拜垫旁边，诵读着《古兰经》。收音机还开着，正在播报新闻。播音员正在宣读在解放禁寺期间被打死的暴徒名单。萨阿德妈妈听到播音员说到了一个她非常熟悉的名字。她从礼拜垫上跳了起来，却被礼拜毛巾绊了一下，整个人脸朝地摔了下去，还磕破了下嘴唇和舌尖，可是，她并没有感觉到疼痛，她虚弱的心脏全力撞击着她的胸腔，剧烈的疼痛像针扎一样刺痛了她的左脑，各种声音开始在她的脑海里回响。收音机里播报的新闻和她的孙女阿伊莎的哭喊声混在了一起，接着，又传来了向空中打炮的声音，一阵黑烟弥漫开来，遮蔽了她的双眼。萨阿德妈妈被炮弹的浓烟呛得快要窒息了。她跑到了门口，打开了门，想深吸一口气，却怎么也吸不动。她没有穿罩袍，也没有戴头巾，就奔向了街区的街道，口中不停地喊着："萨阿德！萨阿德！"她经过我们家门前的时候，父亲停下车，朝她看了看，看到了一个身材颀长的女人好像自我分裂一样，一会儿向右摇，一会儿又向左晃，两只脚踢打着地面，又相互缠绕在一起。父亲赶紧跑回家，冲着我母亲叫喊：

"我看到萨阿德妈妈在大街上跑，她好像疯了，没戴头巾，也没有穿罩袍。”

母亲一把扯出自己的罩袍，命令我说：

“给你罩袍，跟我来吧！”

我跟在母亲的身后冲出家门，看到萨阿德妈妈正朝着瓦德哈家的方向跑。几个男人停下了脚步，看着她，过了一会儿就转移了目光，朝自己家跑去。又有几个女人走出家门，和我们一起跟在边跑边叫的萨阿德妈妈的身后。我们跟在她的身后，看着她跑进瓦德哈家。一进门，萨阿德妈妈就双膝跪地，号啕了起来，脸上还流着血，流着鼻涕。她想用手掌和双膝强撑着自己站起来，却又跌倒了。母亲已经在我之前赶到了瓦德哈家，她一把抓住萨阿德妈妈的胳膊，吓得她浑身发抖。萨阿德妈妈看着我母亲的脸，大声地叫喊：

“放开我！”

接着，她又盯着我母亲的脸，问道：

“你是谁？”

嘉琪听到了萨阿德妈妈的叫喊声，也跑了过来。瓦德哈也离开她的商店赶了回来。我们围成了一个圈，对萨阿德妈妈说：“萨阿德妈妈，你怎么了？”她惊恐地看着我们，一边往后退，一边惊慌地把手伸向我们的脸，大声地叫喊着：“萨阿德！萨阿德！”瓦德哈走上前去，向她伸出了一只手，她却用力推开，说道：

“我的孩子萨阿德在哪里啊？”

我们看着萨阿德妈妈。她艰难地呼吸着，两只眼睛迷茫地看着天空。我们把她放在了嘉琪的床上，瓦德哈给她喂了些水，水中浸泡着一张纸，纸上用番红花写着《古兰经》的经文。然后，瓦德哈让萨阿德妈妈平躺着，还拉过来一床被子给她盖上。这时，我母亲开始为她诵念可以驱鬼辟邪的文字。

艾布·萨阿德得知儿子出了事，也从麦加赶了回来，但他并不知道萨阿德妈妈早已听说了这件事，而且正在用她自己的方式来医治丧子之痛。她睡在瓦德哈的家里，看到艾布·萨阿德也回来了，这让她再一次确信，自己唯一的儿子真的已经走了。她从床上跳了下来，再次奔向大街，原先藏在薄薄佩饰下的两条长辫子甩在了外面。她在前面跑，艾布·萨阿德跟在她的后面紧紧地追赶着。

萨阿德妈妈不停地跑，她的两条长腿帮了她不少忙。当年一个黑大个想要抢走她的儿子，她就抱起还在吃奶的小萨阿德飞快地奔跑。她已经抱了他二十年，相信自己一定能够甩掉那个大个子，尽管他在路上的影子就像黑烟一样越来越浓。她跑啊跑，可是，很多人挡住了她的去路，抓着她，但她并没有看到那个欺骗了他们、尾随着他们的黑大个。她把小萨阿德紧紧地抱在怀里，在他们的拉扯之下，小萨阿德差点从她手中滑落。她听到了小萨阿德在哭，就像一桶水一样突然从她的手中流掉了。水在喷涌，她在水上滑行。这时，黑烟越来越浓，黑大个把他俩都吞进了肚子里。她听到周围的人在说话，其中一个人诵念着真主的美名，另一个人在呼喊着她的名字。可是，她却吞下了自己的舌头，不知道该如何回答。

一个星期过后，一辆救护车停在了萨阿德妈妈家附近，车上下来了两个穿着白大褂的人，他们架着萨阿德妈妈，其中的一名男护士还在她的胳膊上注射了一针镇静剂，就把她背进了救护车。她目光歪斜，没有任何反抗。

第二十三章

易卜拉欣从埃及回国了，他没有娶我们在照片上看到过的那个埃及女友。不过，他的单身并没有持续多长时间，母亲就让他娶了我们的一个亲戚。她是一名教师，是我姐姐阿娃蒂芙在女子师范学院的同事。父亲提出的条件是，易卜拉欣要等到我们住进即将完工的新家之后才能完婚。新家专门给他留出了两室一卫。和我们家的老房子相比，新家有点像宫殿，上下两层，房间也多出了很多，我们每个人都可以得到一个独立的房间，有自己的一张床和一个私人橱柜。易卜拉欣夫妇和我们一起搬家，一起离开了老街区。

与女邻居们道别的时候，母亲哭了。在送别我母亲的时候，她们都号啕大哭了起来，连来自哈达拉毛的胡赛娜也哭了。母亲一边和她们道别，一边说：

“如果你们不来问问我，看看我，就太不应该了！”

我们被分在了新家的不同房间，每个房间都装有空调。我们在自己的房间里复习功课，浏览着易卜拉欣拿回来的杂志。父亲买了一台最新款的录像播放机。于是，我们开始从街道尽头的那家离我们家较近的录像店，租借埃及喜剧电影，在夏天的周三或周四的时候一起观看。

街区里的房子与房子之间，距离越来越大，街道也都变成了柏油路，我们已经难得步行回家了，一切都变得那么遥远。我们的街区变成了黑白色，只会看到扫马路的清洁工和在空地上闲逛的小青年。新街区与艾尔萨街区相比，更加富有，也更加干净，却少了不少人气，连孩子的叫声也听不到了。当然，我没有能力独自出门，走到邻近的住宅去。

在我们的家里，在瓦德哈的家里，在其他所有人的家里，某种变化已经悄然发生了。父亲不再像过去一样经常听收音机，“开罗之声”“伦敦之声”都消失了，取而代之的是国内的电台，播报的也是各种各样的本地节目，没有了音乐，也没有了女人的声音。父亲变得安静无声，一直在阅读精装书，或诵读《古兰经》。母亲总是追着我弟弟法瓦兹，让他听听有关宗教的磁带，但他还是不太愿意。

“法瓦兹，拿去听听吧！那会让你的心活起来的！”

我和法瓦兹一起乘车的时候，看到了他车里的一只小箱子里面放着许多磁带。当我问及此事的时候，他对我说：

“这些都是妈妈的磁带，我经常听的是塔拉勒·玛达哈的歌，还有阿尔及利亚的瓦尔黛的歌。”

费鲁兹的面容从电视上消失了，小娜嘉也不再露面了，包括她那根绿色的绶带和在她的胸前闪闪发光的胸针。一度在利雅得电台热播的阿法菲·拉迪[1]充满柔情的歌声也悄然消失了。

过去，我们经常熬夜观看乌姆·库勒苏姆的音乐晚会。她总是用指尖拿着一块手绢，在高亢的歌声中打着节拍。她身后坐着一个男人乐团，每个男人都怀抱着一种乐器，深情地演奏着。她站在他们的前面，把控着他们的演奏。每当她唱完一首歌的时候，父亲都会说："真棒！真棒！"可惜，这一切如今都已经无影无踪了。电视空空如也，只有无聊的戏剧、天然气管道的纪录片以及高级官员的庆祝活动。

易卜拉欣顶替退休的父亲去上班了，他下班后带回来的报纸上，再也找不到女人的照片。英国首相撒切尔夫人访问利雅得时，她的照片却没有出现在报纸的头版。我听到易卜拉欣说：

"撒切尔访问沙特，他们竟然只报新闻，不配照片！"

父亲说：

"孩子啊，他们这是接到了上面的指示，不登任何女人的照片，哪怕她跟你奶奶的年纪一样大！"

---

① 阿法菲·拉迪（Afaf Radi，1954- ），埃及著名歌手、演员，20世纪六七十年代一度走红，演唱了大量的情歌和儿歌。——译者注

父亲说完笑了笑，易卜拉欣却问道：

“为什么？”

“他们无能，却害怕人们造他们的反，害怕出现像朱海曼那样的事。孩子啊，动乱时时有，不过，让蛇安睡，别去蛇窝里挑逗它，才是明智之举啊！”父亲回答道。

易卜拉欣是我在家里了解这个精彩世界的窗口，所以，他说的话总是给我的生活送来阵阵清风。我时常会在他那里找到一本书或一本杂志，其中的世界总是那么奇妙。有些书刊还有介绍开罗的新闻和图片，这座迷人的城市中的许多名人，易卜拉欣似乎都能认得出。

一天晚上，我走下楼，看到易卜拉欣正坐在庭院里。他在一只铁桶里点起了火，正把手中的书扔进桶里。我问道：“你在干什么？”他对我说，这些书是这个时代所不容的，不能放在家里。我问他：“为什么？”

“已经过时了！”

说完，他一边把书扔进桶里，一边给我介绍其中的几本书，还不无嘲讽地说：

“艾尼斯·曼苏尔还有他的胡言乱语，阿卜杜拉·沃拉维[1]过

---

① 阿卜杜拉·沃拉维（Abdallah Laroui，1933- ），摩洛哥历史学家和小说家，新历史主义流派思想家。——译者注

时了，阿卜杜拉·古赛米[①]也一样！”

他又抓起一捆埃及杂志，正准备扔进火里。我却从他手中一把抢下，对他说：

“这些杂志我要了！”

我抱着杂志跑回自己的房间，坐了下来，翻看着其中的图片。杂志上的女人都穿着色彩鲜艳的服装，坐着车头如同火箭的轿车。我问易卜拉欣这些女人都叫什么名字，他有问必答，而且还知道这些女演员和舞蹈演员都长什么样。他用手指着一个头发染成黄色、两眼斜视的女人，说道：

“这位是娜吉娃·福阿德[②]。”

然后，他又指着一个脸蛋漂亮、身材丰满的女人，说道：

“这位是塔希娅·卡里尤卡[③]。”

我发觉她的名字有点怪，想确认一下，便问道：

“卡里尤卡？”

“是的，卡里尤卡。这是她的昵称。”

---

① 阿卜杜拉·古赛米（Abdullah Al-Qasimi，1907-1996），沙特思想家，阿拉伯世界最有争议的思想家之一。——译者注

② 娜吉娃·福阿德（Najwa Fouad，1939- ），埃及著名东方舞演员和影视演员。——译者注

③ 塔希娅·卡里尤卡（Tahiyyah Karyuka，1919-1999），埃及著名东方舞演员。——译者注

“这个卡里尤卡是埃及人吗？”

“是的，埃及人。不过她自己说，她是从我们这里逃出去的。”

我笑了笑，说：

“不会吧？易卜拉欣，你这是在装傻吧？”

易卜拉欣笑着说：

“千真万确！她说，她父亲是纳季德[①]商人，曾经去过埃及，娶了她母亲后不久就死了。她们家从此家道中落，她就只能依靠跳舞、演戏为生。”

“她的家人没有杀了她？”

“没有。她化名为卡里尤卡，从此就隐姓埋名了。”

我又问易卜拉欣：

“你为什么不娶你的埃及女友呢？”

他笑了笑，说：

“人之所愿并非皆能实现，风向往往不随船之所愿。”

易卜拉欣还给我讲了许多关于传统的事情。他认为，传统先于个体产生，并对个体造成束缚和禁锢，使之无法摆脱在组织庇护下而变得更加强大的传统。

---

① 纳季德，即“内志”，位于沙特阿拉伯王国中部地区。1924 年与汉志发生冲突，次年合并汉志，称“内志—汉志王国”；1932 年合并建成沙特阿拉伯王国。——译者注

我问他：

“那么，关于爱呢？”

他对我说，爱只是存在于小说和电影之中，在我们这里是无法相信的。

“那你想娶的那个女孩是埃及人吗？”我又问他。

他看着我，笑了笑，做了个手指抹脖子的动作，暗示我这样是要砍头的。

我拿着那本杂志，将那个脸蛋漂亮的舞蹈演员卡里尤卡的照片剪了下来，贴在床上。从她的双眼中，我追寻着她的苦难历程，这和她的祖辈从纳季德中部来到巴勒斯坦、沙姆地区和埃及的漫长历程倒有几分相似。我想从中发现，究竟是什么让她成为一名舞女，而且变得如此的与众不同。她的眼神非常安详，没有任何恐惧，不会因为担心某个舅舅或叔叔会杀了她而左顾右盼。她的眼睛尽显女性魅力，眼神中迸发出喜悦，仿佛她正从一个快活的大池子里舀出一点开心卖给她的顾客。她究竟是从哪里得到了这股力量来改变自己的命运，但是，这股力量并不像改变其他女人的命运一样能够让她臣服。

时间静静地溜走，对任何人都不偏不倚。我独自坐在自己的房间里，沉浸在我的小说、书籍和歌声里。快到晡时的时候，我很想吃一块奇巧（KitKat）饼干，却不能走到街道对面的杂货铺去。如果我请求母亲让我出去买饼干，那一定是疯了。于是，我让没有穿上罩袍的妹妹阿莱娅跑了一趟，因为在此之前她已经出去过，给我买了奇巧饼干和Sun Top饮料。

易卜拉欣的妻子跟着母亲出去串门，替代了我以前的角色。易卜拉欣成了父亲的陪同，正在吟唱他所听到的圣战之辞。法瓦兹到宰赫兰大学去上学了，只剩下我一个人形单影只，独自坐在自己的房间里，复习着大学的功课。我坐在电话机旁，等待着艾哈迈德给我打来电话，或者我主动打给他。

艾哈迈德过完暑假，从开罗回来了。在我开学的第一周，他打来电话对我说：

"我有礼物要送给你！"

"周三"如生命循环，重新归来。他的诊所在中午十二点到下午四点之间关门，我在十一点就逃课了。

正午时分，司机经过学校，十二点的时候就来接我了。我让他在艾哈迈德诊所的附近停车，因为我已经记住了去诊所的路。诊所所在的那栋大楼里，所有的办公室都一片寂静。在诊所入口处，我闻到了他的香水味，是我第一次进来时就闻到的那种香水味。当时，我的两只眼睛都缠着纱布，家里的人都叫我"瞎子"。后来，他成为我复明之后看到的第一个男人。

诊所的角落里放着一台小录音机，伴着录音机播放的歌曲的节奏，我们喝着他亲手制作的咖啡，毫无顾忌地聊了起来。我给他讲了穆兹娜和她弟弟塔利的故事，他也给我讲了许多有趣的埃及故事。快到两点的时候，我看了看诊所的窗外，看到司机还在等我，我的两个妹妹阿莱娅和阿法芙也和司机在一起，她俩已经放学了。我穿好罩袍，准备离开。这时，艾哈迈德打开一只大皮包，从里面取出了一只包裹着白色和绿色丝带的红色纸盒，一边递给我，一边对我说：

“埃及向你问候！”

我接过纸盒，对他说：

“愿真主祝福埃及，也祝福你！”

我离开了。

我走进家门的时候，正午时分的酷热让家里人都躲在了各自的房间里。父亲和母亲吃完午饭后正在午休，易卜拉欣一边看报，一边陪着他儿子玩。他老婆也在翻阅杂志，见我进门，冲我笑了笑，便朝着他们楼上的房间走去。

当我走进自己的房间，将背包放在了靠门的写字台上，然后就去洗了个澡，换了身衣服。我打开背包，里面冒出了一只盒子，红色的盒子和缠绕在上面的白色和绿色丝带，都闪闪发着光。我拉了一下其中的一条丝带，另一条丝带也随即松开了。接着，缠绕在盒子上的丝带结也自动解开，轻轻落下，宛如丝绸衬衣从电影《出轨的女人》中的玛蒂哈·卡米勒[①]的胴体上滑落一样。在电影里，导演切掉了衬衣从胴体上滑落的镜头。丝绸衬衣滑落，不是为了让

① 玛蒂哈·卡米勒（Madiha Kamel，1948-1997），埃及著名女演员。——译者注

你看到鲜活、刺激的场景，而是让你去想象未尽的部分。我轻轻地抽掉红色纸盒上的胶条，可是，因为包装纸上的每一样东西都出自艾哈迈德之手，所以，我又把胶条重新贴在了盒子上，再次把它合上，放进了抽屉。

另一件用透明包装包裹着的长方形物体映入了我的眼帘，那是一只无比精美的诱人的小瓶子。瓶子的玻璃是玫瑰色的，上面印着雪花，写在瓶子上的字母显得纤细、柔和，上面写着的英文是：the escape[①]。

我对着空气喷了一小滴，用鼻子深吸了一口气。迷人的芳香在我的四周弥漫开来，爬上了我的头、我的脖颈，然后落到了我的肩头。我无力抗拒，任凭这香味钻入我的体内，让我陶醉。我倒在床上，在这份陶醉中不停地念叨着："the escape。"

我浮想联翩，天天都在想，时时都在想，每分每秒都在想。一个星期过后，我终于对艾哈迈德说：

"我想见你！"

这个周三，我不是为了爱去找他，也不是为了听温情的表白和甜蜜的情话，而是有一项重要的任务，这让我的心一路上都在颤抖。过去的一周，我的心总是怦怦地跳着，但是，当我进入那幢大楼之后，心却跳得越来越乱了。我就像一名小学生，虽然已经复习

---

① 意思是"逃逸"。——译者注

好了功课，却依然害怕考试时刻的来临。电梯关着，贴在门上的字条上写着："电梯故障，抱歉！"

我用手扶着楼梯的墙壁，向着二楼攀登。但是，太多的焦虑让我失去了体力，只剩下大脑还在胡思乱想。脑海中的狂想正在吸干我体内所有的能量，它不停地絮叨着，有时还描绘出好多可怕的画面，可我还在幻想着自己即将得到幸福的画面。我把自己想象成了塔希娅·卡里尤卡，她在出生时就已经远离故土，在她父亲去世后也无法厘清自己的历史，任凭贫困侵袭她的生活，夺走她担心会失去的一切。渐渐地，她看淡了一切，唯一的需要就是得到果腹之物和蔽体之所。她自由了，没有家庭，没有金钱，不受传统的束缚。当她发现一群所谓的艺术家编写故事并扮演其中的人物的时候，就跟着他们，模仿着他们的所作所为，渐渐地成为他们中的一员，拥有了一个并不代表她自己的名字——"卡里尤卡"。我来到了诊所门口，一阵凉风从门下吹来。我终于到了，卡里尤卡也从我的脑海中离开了。她提着舞蹈服的两侧，羞涩的微笑依然映照着她的面容，她带着她美丽的躯体羞怯地离开了。

为了我，艾哈迈德开着诊所的门，放下了窗帘。这样，午时的骄阳就被挡在了室外，室内的光线显得有点朦胧。

我向他伸出手，听到他对我说：

"你的手好凉！"

我很想在椅子上尽快坐下来，可是，我怎么也要装出一副勇敢的样子，让他相信我是为了他而来的。假如我还没有把自己的想法告诉他，就瘫倒在地上，他又怎么会相信我呢？

艾哈迈德端来了两杯茶。他在自己的那杯茶里放了一块方糖，一边用勺子搅着，一边对我说：

“我们的大小姐，给我说说吧！”

“我们逃吧！”

艾哈迈德一下子抬起了头，眼镜也差点掉到脸部的中间。

“往哪儿逃？”他一边认真地阅读着我的面部表情，一边笑着说。

“逃到埃及去，在那里结婚。我改变自己的名字，就像塔希娅·卡里尤卡一样。”

艾哈迈德微笑着说出了自己的反对意见：

“你也想当舞女？”

“不是这样的，艾哈迈德，不是这样的！你误会我了！我的意思是要像塔希娅·卡里尤卡的故事一样。你知道的，她是从这里出去的，是从我们国家出去的。”

艾哈迈德笑了笑，说道：

“就因为她是从你们这里出去的，你就想像她一样吗？”

“故事不一样。”

“她有她的故事！阿琦扎，那你说说你自己的故事吧！”

“我的意思是，如果我们逃到埃及，我又改了名字，以后就没人知道我是谁了，大家都会把我彻底忘掉。也许有一天，情况发生了变化，那时，我就对大家说，我是从利雅得来的。”

他觉得我像个小女孩，又问我：

“那你打算怎么逃呢？你想漂过红海，不坐飞机？”

我回答说：

“不行，我惧怕大海。我们坐飞机去吧！”

“阿琦扎！那你有护照吗？”

“没有。”

“那就没用了，阿琦扎！”

意识到自己的计划告败，我突然感到头重脚轻，人也开始踉跄起来。站在下楼的第一级台阶上，我感到自己的身体有点向下倾倒。我想极力抗争，以免从台阶上摔下去。我仿佛站在一个深坑的边缘，那是一口螺旋状的深井，其中的隐形地层就像这些楼梯一样旋转着。假如我现在从楼梯上滚下去了，那我一定会毫无知觉，一直滚到楼梯的底部，而且，还没到底部就已经骨折了。我把身体斜靠在楼梯扶手上，倚靠着右手，缓慢地移动着身体。我的身体成了我下楼时的支撑，每到楼梯转角，我就卷曲着身体，向楼梯的另一半转弯。就这样，我一级一级地往下走，终于来到了大楼门口。我的那辆奥兹莫比尔（Oldsmobile）轿车还停在外面，司机和他的老婆都坐在车里，因为母亲一定要让她和我们在一起。

我上了车，像许多女大学生一样，也用一块黑色丝巾遮住了自己的脸。我看着赫赞尼大街，观察着在午后这个时间愈加忙碌的上班族，没有听到商店里传出来的歌声。艾布·伯克尔·比利法基希[1]的歌声已经听不到了，取而代之的是一个男人带着哭腔的喊叫声：“真主的奴仆啊！”我朝着邻车的方向看去，只见车内一个蓄着大胡子的青年正朝着我乘坐的轿车看过来。他目不转睛地看着司机，又盯着他旁边的女佣，然后愤怒地注视着我。他是萨阿德，我们邻居家的儿子！我感到自己快要疯了，过去一周为了谋划私奔而经历的种种恐惧已经让我的神经极度脆弱，也让我的想象力极为丰富，而现在，我竟然看到了死人！不是有人说萨阿德已经死了吗？大街上的所有男青年好像都变得和萨阿德一个样子了，他们蓄着蓬乱的胡须，穿着短衫，戴着没有头箍的红色头巾，满脸写着仇恨和愤怒。萨阿德的形象似乎一下子出现在了我所看到的每个青年的脸上。朱海曼和他的同伙死后，类似切·格瓦拉[2]的面容也出现在了每个青年的脸上。

我感到窒息，完全转过身去，背对着和萨阿德长得有点像的那个青年的车。我将面纱移开了自己的脸，好让自己喘上一口气。当我又将脸转向他的时候，他还在等我，看着我这边，然后，冲着

① 艾布·伯克尔·比利法基希（Abu Bakr Belfkih，1939-2017），来自也门哈达拉毛的著名歌唱家、文学家、作曲家，后获得沙特国籍。——译者注

② 切·格瓦拉（Che Guevara，1928-1967），阿根廷军事理论家、国际政治家，古巴革命战争的核心人物。——译者注

我的方向吐了一口痰，就急速地离开了。

进了家门，我依然感到害怕和恐惧，自己怎么会有萨阿德复活了这样的念头？我曾经见过他，他也认识我，当我揭开面纱的时候，他还看见过我。也许正是为了这一点，那个和萨阿德长得有点像的家伙才会冲着我的脸吐了一口痰。可是，过了这么多年，他才回来，又怎么会认得出我呢？

我躺在床上，拿了一块咸味饼干，啃了一口，聊以充饥，好让自己虚弱的胃减轻一点饥饿感。我感到很奇怪，我怎么会忘了自己去找艾哈迈德时曾经想过的问题，却把自己拖到了和萨阿德长得有点像的那个家伙身上？中午时分，我感到晕晕乎乎的，就睡了一会儿，却被高烧烧醒了。随后的三天，我都没有去学校。我喝着橙汁，放着埃及喜剧电影录像，让时间变得轻松一些，好让自己快点好起来。过去的三天里，我没有接过电话，也没有把电话拖到自己的房间。

第二十四章

我想到她家里去看她。那个黑人门卫看到我们的车开了过来，就打开了大门。车子进入被高高的喷泉环绕的一条弧形通道。我打开车门，下了车。车子绕着喷泉转了一圈。喷泉坐落在大花园和游泳池的中间，那座游泳池被好几堵高墙遮挡着。门卫领着我走向一扇小门，我用手推开门，走了进去。穆兹娜正坐在一张圆桌旁边，面前放着一杯黑咖啡、一些坚果和沙姆地区的糖果，两个女儿瓦德哈和夏希纳兹正在她的前面玩耍着。

我和穆兹娜坐在一起，她一边和我聊着，一边和两个女儿玩。过了一会儿，她的婆婆来了，和我们坐了一会儿，就走开了。尽管我一直在做激烈的思想斗争，想尽力克制住，但是，穆兹娜的婆婆刚一走开，我就忍不住对她说：

“穆兹娜，你还记得你来找我的那天，你对我说，你想和利亚德一起私奔吗？”

听到这番话，穆兹娜大笑不止，笑得泪水都把睫毛打湿了。然后，她对我说：

“那时候，我还小，太鲁莽了！”

“可是，你在恋爱啊！”

穆兹娜叹了口气，说：

“是啊，是在恋爱。可是，爱是盲目的。”

“什么意思？”

“爱是盲目的，不仅仅是因为你不想看到你的情人的缺点，也可能是因为你不想看清自己的处境。”

“穆兹娜，那你后悔吗？”

“不后悔。但是，每当我看到我妈、米特阿卜、塔利以及我自己在亲人中的奇怪处境，我真的希望自己没有那么怪！我感到，因为我的固执，他们正在付出巨大的代价。”

“你不幸福吗？”

“不，我很幸福，可是……”

我明白，穆兹娜的纠结中混杂着一种内疚。这种内疚感就像是忘了拧紧水龙头的阀门一样，点点滴滴地淋湿了她的头，让她苦恼不堪，既哀叹自己的命运，又谴责过去的自私，觉得自己爱上利亚德只是为了自己，只是在乎自己的幸福。她多么希望这种谴责之声能够就此沉寂，让她可以满怀自信地说：我是幸福的。

有时，我觉得穆兹娜变得有点像嫁给了萨阿德的嘉琪。她跟着萨阿德每天做礼拜，请求他宽恕她未曾犯过的错。

回到家中，我一边思考穆兹娜说过的话，一边聆听一名男歌手用埃及方言演唱的歌曲《莫名的心伤》。其实，自从我想和艾哈迈德一起私奔的那天，我也像穆兹娜一样，一种深深的内疚无声地渗透到了我的心里。

我看到父亲和易卜拉欣坐在一起，易卜拉欣和他的女儿在一起玩耍，他的妻子正在为他们倒咖啡。这时，母亲对我说：

“穆兹娜怎么样？”

“挺好的。”

“阿琦扎，我的好闺女，那你什么时候结婚，也有自己的家和孩子呢？”

“新郎在哪儿呢？”我和母亲开着玩笑说。

父亲接过问话，笑着对我说：

“艾布·法赫德昨天还对我说，让我把阿琦扎嫁给他呢！”

母亲说：

“好闺女，别嫁给那个小老头！”

“艾布·法赫德还小着呢，刚刚五十岁。”易卜拉欣说。

“即便如此也别嫁！”母亲这样说着。

我朝着家里走去。一阵秋风吹过，扬起了我的罩袍，疯狂地推着我往前走。地上的尘土被狂风裹挟着飞扬起来。细细的雨滴打在我的脸上，洒在我的头上，淋湿了我的头发。我向室内狂奔，听到了父母在争吵，两人互不相让，都朝着室外走去。

我睡不着，也吃不下，就这样过了好长时间。尘风吹起，舒适的秋天静静地让我回归自我，家里和街区里的一台台空调机已不再轰鸣，外面的风声也因此而变得更加清晰。我推开窗户，看着我家附近的一块空地。远处街道上昏暗的灯光在灰色的尘土中闪烁，眼前的一切都变得朦胧不清，空气中的一粒粒灰尘将清澈的远方与窗前的一切分隔了开来，让我越来越觉得自己仿佛被扣押在了这里，整个世界都已离我远去，只剩下孤孤单单的我，无人陪伴。我感到空虚、孤独，却无法走出这里。黑暗中，没有一个人走在街区里，也没有一丝噪音打破街区的宁静。我多么希望将手伸向房门，让自己走出去。我第一次感觉到自己生活的边界，发现它是那么的狭小。看着自家高高的围墙，我感到自己深陷在高墙内的一口井中。为什么不爬出去？是恐惧，还是怀疑自己的能力？或者是出于和我共处一室的其他人的种种期盼？

我打开自己房间的门，朝着法瓦兹的房间走去。我打开了他的衣橱，取出了他的一件白色衣服，套在了自己的白色睡衣上。我又拽下挂在衣架上的红色头巾，戴在了自己的头上。然后，我走下楼梯，打开家里的内门，朝着大门的方向走去。我把头巾当作面纱裹在了脸上，离开了家，走在空荡荡的大街上，凝望着浮尘弥漫的天空。我的运动鞋敲击着灰色的人行道路面，乱扔在马路上的纸屑被风吹了起来。我开始回想自己已经有多少年没有走在大街上了，我最后一次不戴面纱走在大街上，应该是在我七岁的时候。从那时起，我只能在丝线编织的衬衣和黑色斗篷的背后看着外面的世界。在司机送我去上大学的路上，我只能露出面纱下的两只眼睛，而且，我的鼻子也被嵌入了面罩，无法闻到道路的气息。总是会有一些东西把我和外面的世界阻断！不过这次，我和它之间什么阻隔也没有了，我的周围只有黑暗和黑夜。我自由了，独自漫步在大街上，黑夜的面纱成了我的遮挡。

我沿着街道往前走，一辆白色丰田车经过我的身边，稍稍减慢了速度，又再次急速地向前行驶，然后停在了红绿灯的前面。车主一直盯着后视镜。我看到了一个卖汽水的铁箱子，把手伸进了法瓦兹的衣袋，里面却空无一文。我再次回到大街的对面，朝着自家的方向走去。我走进了我们家附近的那块空地，经过清真寺旁边的时候，听到了饮水机发出滴滴答答的漏水声。我走近饮水机，按了一下冷水开关，冷水就流了出来。我将自己的嘴放在冷水开关下面，喝了起来，接着，我又洗了洗因为戴面纱而发热的脸。我让自己的脸感受着和煦的微风，耳边听到一条狗在狂吠，它的声音正慢慢地靠近我。那条狗看到我，向我这里奔了过来。犬吠声离我越来越近，但我并没有回头看，而是撒腿就跑。跑到家门口的时候，发现大门已经关上了。

我从睡梦中醒来，呼吸急促，汗水已经湿透了我的衣裳。那扇敞开的窗户上，垂挂着的纱帘在秋风中飘荡，窗外的犬吠或许离我的房间很近，也可能是被风从某个地方裹挟而来的。

当我第二天早晨下楼的时候，我看到了父亲一边收听着利雅得电台的广播，一边喝着奶茶，母亲正坐在他的身边。我也坐在了父亲的身边，两只眼睛的周围出现了一道道黑眼圈。

母亲给我倒了一杯奶茶，递给了我，嘴角上还挂着微笑。

她跟我开玩笑说：

"新娘子今天怎么样啦？"

昨天的那条狗还在追我，我的心跳还是那么无序、急促。我一边喝着奶茶，一边说：

"我同意嫁给艾布·法赫德。"

母亲大笑不止，以为我是在开玩笑，便对我说：

"真主让你远离坏人！"

父亲也用满是怀疑的目光看着我，再次问我：

"你愿意嫁给艾布·法赫德？"

"愿意。"我回答道。

说完，我就出去了。

婚礼上，我凝望着自己穿着一身白色婚纱的样子，注视着自己涂抹着绿色和灰色眼影以及黑色睫毛膏的双脸。我的两只眼睛还在流泪。所有女孩在新婚之夜都会哭吗？我们都误以为，她们哭泣是因为害怕离别，害怕去见陌生的丈夫，害怕人们说新娘不相信自己能够快乐幸福地走出父亲的家。

今天，我正在体验自己的泪水，那是谴责众人的泪水：易卜拉欣没有防止我落入愚蠢的陷阱，也没有把我从愚蠢的幻想中拯救出来，而是放任我去幻想苏阿德·胡斯尼式的爱情和塔希娅·卡里尤卡式的生活。他捍卫那些去阿富汗参加圣战的青年，却将我抛弃，就像他不愿关注《每个小时》杂志上的埃及美女一样，不愿赞扬阿卜杜·纳赛尔[①]的演讲和海卡尔[②]与安瓦尔·萨达特的故事。他和那些参加圣战的青年一样，也喜欢模仿切·格瓦拉，只是没戴红色头巾而已。他对我的婚事漠不关心，只是说：

"艾布·法赫德是个善良的好男人，最终一定会保护好我们家的姑娘。"

父亲缄默不语，脸上毫无喜庆的神色。他感到失望，因为他那个喜欢苏阿德·胡斯尼的女儿离开了她的春天，活在了人生的秋天，如同她母亲一样的秋天，因为她嫁的男人和她父亲的年龄相近，或者说，至多比他小十岁。可是，她母亲却说：

"女人不知道缘分会从哪里来，婚姻如同一池黄沙，女人会不

---

① 阿卜杜·纳赛尔（Abdel Nasser，1918–1970），埃及的第二任总统，被认为是历史上最重要的埃及领导人之一。——译者注

② 穆罕默德·哈塞宁·海卡尔（Mohammed Hasanein Heikal，1923-2016），埃及新闻工作者。曾任《消息报》主编、《金字塔报》总编辑、总统新闻顾问。后任阿拉伯联合通讯社董事长、国家指导部长、新闻部长等职。1970 年辞去政府公职后成为自由专栏作家。——译者注

知不觉地吞下去，她一生的慰藉，就是终老之时还有孩子照顾。”

我大姐阿娃蒂芙为我的婚事很是开心，因为对她来说，这是一个能来看看我们并和我们过上整整一周的机会。我们这里是她的第二家庭，她的第一家庭是她的婆家。我们的生活怎么样，利雅得的天气怎么样，她丝毫不感兴趣。她到这里来，只是为了在我婚礼的夜晚能跳个舞，回去的时候能让自己的几个闺女都穿上新衣服，自己的几个小子都能穿上绣织锦缎的婚礼服装，腰间佩戴着小弯刀，在男士会客室里排队等候，然后举起小弯刀，跳起纳季德的民间舞蹈。

艾布·法赫德把新婚之夜办成了规模宏大的喜庆活动，可是，直到我意外地在宾馆房间的桌子上看到一只大木盒和一只纸信封，我才真正地高兴了起来。打开木盒，我看到了一条钻石项链，信封里装着一本绿色的小册子。打开小册子，我看到了自己的照片。我知道这是我的护照，是艾布·法赫德以丈夫的名义为我办理的，他准备和我一起去开罗度蜜月。

十一点的时候，我穿着白色衣服，整理好一只黑色箱子，坐在宾馆的卧室里，坐在卧室里唯一的一把椅子上。这把椅子的对面就是面向大街的一扇大窗。灯火通明的利雅得城正漫不经心地趴在窗下，就像一条看门狗一样，毫无表情地看着我，既不为我伤心，也不为我开心，把我完完全全地给抛弃了。它任由我使性子、生闷气，任由我踏上冒险之旅，却不愿出面保护我。“它怎样才能保护我呢？”我不禁扪心自问。

我害怕了，可是，我已经踏上了不归路，只能继续走下去，走完这条路。一旦停下来，就会被黄沙吞没。所以，我必须奔跑，必须离开。过了一会儿，艾布·法赫德走进了宾馆的房间，向我问了声好，但我并没有回应他。新娘子因为害羞而对丈夫的问候不予回应，似乎是一种正常现象。艾布·法赫德又拜了两拜，然后，走到我的身边，揭开了我脸上的面纱。我感到惊恐，因为我想从这次交易中得到的宝贝——护照——已经到手了，但我没有料到，我还要为现在发生的这件事付出代价。我突然感到胃部胀气，头痛得犹如针刺一般。疼痛一直萦绕在我的左眼周围，眉头也一阵阵地剧烈跳动。他转向衣橱，从上面抓住了自己的衣角，将衣服向上拉扯。他那条白色长裤的一角就露了出来，无袖背心下的双肩肌肉也露了出来。一阵胃酸从我的下腹泛起，直往喉咙上涌。突然，他按住了我的右侧，就像无形的矛头刺痛了我。我奔向浴室，重重地关上了门。一股气流从腹部上涌，泛起了我今天早晨吃下的饭菜，眼睛也被不同的液体打湿了。这些液体有的来自鼻子，有的来自双眼，有的来自嘴巴，有的甚至是从内衣的下面喷出来的。我挣扎在这汹涌的洪流中，感到浑身的力气都已耗尽，终于跌倒在了地上。我的双颊紧贴着浴室的地面，地砖上面却雕刻着喜洋洋的金色太阳。我躺在浴室的地上，双手捂着面颊，伸直了双腿，用白色长裙盖住了自己，竟然不知不觉地打起了瞌睡。这时，我听到浴室门外传来了艾布·法赫德的声音，他在叫喊：

“阿琦扎，开门啊！你怎么了？没事吧？”

第二十五章

乌姆·嘉扎阿去世之后，阿塔娃就搬到宫殿里去了，成了那些生活在后宫里的女人和女孩中的一员。她总是和乌姆·苏欧德如影随形，冬天的时候一起去麦加，夏天的时候一同去塔伊夫。在后宫里，她没有感到自己受到某人的控制，而是想什么时候出去就什么时候出去。后宫的大门总是对她敞开着，当然，如果她想翻过围墙跳进来，也完全可以。她仍然保留着把自己藏在衣服下面逃跑的习惯，如果需要的话，她随时准备再次穿上小男孩的衣服。她好多年没有和一群女人待在一起了，总觉得很难和她们舒适地躺在一起，讲述着女人的故事。她花了好长时间，才适应了那些她以前从来没有听过的无聊故事。而且，她从来没有觉得要和她们中的某个人分享自己的回忆，不管是怪异的回忆，还是鲁莽的回忆。她认为，如果将这些回忆讲给她们中的某个人听，一定会把她吓跑的。因此，她将这些回忆埋藏在了自己从小就自制的心灵之罐里。她想从周围的女孩和女人的故事中理解什么是女性，让自己显得和她们一样曾经有过女性的经历。她分辨不出什么是真实，什么是梦幻。对她来说，梦幻与现实混杂在一起，她不知道哪些是她梦中的故事，哪些是她亲身经历的故事。不过，她清楚地知道，她经历过的故事与她这群新女友的故事绝无相似之处。

对阿塔娃来说，生活在后宫边缘比生活在里面更加吵闹，但是，她喜欢后宫里的那份喧嚣。那里住着一群女人，她们有的做过侍从，有的做过陪同，有的只是侍从和陪同的访客。在漫漫长夜里的闲暇时刻，她们彼此串串门，有时还会待上两三天。当然，后宫里的厨房不会亏待她们，会为她们提供足够的饭菜、甜点和从不间断的饮料。

阿塔娃被淹没在女性泛滥的海洋之中，紧挨着一个个慵懒地躺在沙发上的女人的肉体。她们将无尽的爱倾注在身边的女人身上，以她们的肉体诠释，以肉麻的话语补足，有的女人甚至会对另一个女人说："我的心肝！我的眼睛！"最常见的解释就是前者是后者跳动的心脏，前者是在后者胸中上下起伏的灵魂。每当她们听到这样肉麻的话，就会你亲我吻，肌肤相亲一番。她们把相互抚摸变成了一种游戏，给自己的身心带来了一种享受和满足。法伊扎看到阿塔娃躺在长长的海绵沙发上，就跑了过来，坐在她的身边，躺在她的身上，在哈哈大笑声中，从背后把她抱在怀里。阿塔娃用力抽出自己的身体，或者把法伊扎的身体推开。法伊扎便又冲向她，把她拉倒在地，跳到她的身上，把自己的头埋在她的脖子里，用牙齿咬，弄得两人便都大笑不止。阿塔娃又猛地推开法伊扎的身体，法伊扎却一把抓住她的双手，将她的手反剪在身后，让她动弹不得，然后又从背后一把抱住她，让她的身体渐渐地平静下来。

阿塔娃抗拒这些女人的爱，这反而让她成了她们戏弄的对象。她们聚集在她的周围，把她抬起来，有人抓住她的双脚，有人抓住她的双手，想折磨她的人甚至会骑在她的身上，亲吻她的双颊，或者把头埋在她的肩膀和脖子之间，用牙齿咬她。阿塔娃感到自己的身体被挠得奇痒难忍，忍不住地笑了起来。她只能听天由命，任凭她们摆布了，因为她知道，自己越是拂逆她们的意图，就越会成为她们一整天攻击的对象，所以，只能任由她们亲吻自己的双颊。法伊扎经过她的身边时，只要看到她躺在地上，就会坐在她的身上。阿塔娃忍而不发，任凭她折腾，直到她起身离开，都没有说过半个不字。

阿塔娃听到了一阵喧闹声从大门那里传来，也看到法伊扎一边跑向大门，一边顺手从纳吉娃手中抢走了一件首饰。法伊扎这么一跑，引得其他女孩也热情高涨起来，纷纷对法伊扎表示同情，因为她们认为，游戏只有在和强者联手的时候才会更加有趣，纳吉娃的软弱只会激起她们欺负她的欲望，而不是对她的怜悯。所以，纳吉娃只好跑过来，加入游戏。她的发丝随风飘扬，她的热情在胸中激荡，可是，她却没有找到法伊扎，因为她们当中有人把她藏在了自己的衣服下面。有些人站在了纳吉娃的面前，胡乱地给她指路，还指向大门口说："她从大门口出去了。"她们对着纳吉娃大声喊叫，纳吉娃便转向身后，却听到她们在哈哈大笑。她又转过身，看到法伊扎在纳吉玛的衣服下面抖动，就朝她那里跳了过去，一把拉住了法伊扎的双脚，将她的两条小腿也暴露了出来。接着，她又抓住了法伊扎的手，用手指去掐，还抢走了她的耳环。法伊扎只好投降，哀声叹气地看着自己的手，上面已经有了好多抓痕。突然，她再次扑向纳吉娃，又是咬又是挠的。

瓦尔黛带着手鼓走了进来，伴随在她身边的，是她的乐队成员，她们个个都是训练有素的打鼓好手。瓦尔黛坐在她们中间，温柔地擦拭着柔软的鼓皮，然后，充满柔情地轻轻拍了几下，乐队的姑娘们呈环状聚集在她的身旁，和着她的节奏敲起了手鼓。法伊扎走了过去，跟着节奏拍手，跟在她身后的是阿塔娃。瓦尔黛开始唱歌，每唱一段，乐队的姑娘们就跟在后面伴唱一段。其中的一个姑娘发出一声痴情的叹息，其他的姑娘就会站起身，宛如蝴蝶翩翩起舞。她们紧握着裙摆，左右旋转，脚胫的肌肉也因频繁跳舞和奔跑而显得极为紧致。

她们唱道："转起来吧，北方人！"

塔利带着一大盒磁带走了进来，看到姑娘们在跳舞。瓦尔黛起身朝着塔利走去，吻了他一下，乐队的演唱并没有因此而停下来。塔利非常惬意地与瓦尔黛保持着亲热，同时看着阿塔娃，希望能引起她的嫉妒。没想到，阿塔娃远远地转过脸去，不让他看到自己的愤怒。塔利哈哈大笑，他知道这是瓦尔黛饱含友情的玩笑，也知道她如此夸张地亲吻他，是因为她并不偏爱其他的男人。

塔利坐了下来，瓦尔黛的乐队也坐在了他的周围，她们都对他心怀爱意和感激。他是她们共同的朋友，给她们提供了纸质歌词和新版磁带，还为她们录制和销售歌曲。

“你真的把店给卖了？”瓦尔黛问塔利。

“没办法！总比等死好吧！”

“愿真主清算他们！”

瓦尔黛一边看着塔利，一边用受伤的嗓音唱道：

“多少次，我告诫我的心，可它就是不听劝阻。”

姑娘们再次跳起舞来，还左右甩动着秀发。塔利在一旁观看着，听得兴奋时，就会拍拍手。接着，他被纳尔吉斯拖进了舞池，开始围着她转，双手交叠在胸前，双膝保持弯曲，还用头巾的一角遮掩自己的脸。塔利在欢快的气氛中旋转着，而阿塔娃则远远地关注着，恨恨地微笑着。

第二十六章

只有在印度司机鲁珊的陪同下，她才会出门，而且，她还会让他穿上套装和皮鞋。随着时间的推移，她把司机的名字改成了胡珊，他也称呼她“瓦德哈阿姨”。当然，所有为她效力的男人都是这样称呼她的。瓦德哈沿着她在鸽子市场时就已熟悉的道路，走进了老地毯市场。她想去那里了解一下檀香木和沉香木的行情，这是艾布·穆海欣答应过她的。

在这条她熟悉的道路和她在妇女用品市场的摊位之间，她已经度过了十年。她从来没有算过时间，然而，十年就这样过去了。瓦德哈仍然清瘦如初，当然，比刚来那天的体重要增加了几公斤。最初来到这里，她只是为了给自己的孩子找吃的和穿的。她不知道自己到底有多大岁数，只知道自己的头发白了，后来，她做了嘉琪、米特阿卜和穆兹娜的孩子的外婆或奶奶。她不爱化妆打扮，不像其他女人那样喜欢把存款花在首饰上，穿金戴银，炫耀自己的富有。

市场里的女人都觉得她很小气，她们从来没有看到她给自己粗糙的手指戴上一枚金戒指，或者在自己的脖颈上戴上每个女人都喜爱的金项链。凡是有什么东西影响到她在市场客户眼中的商人形象，就都会被她丢在一边。她给自己的脸蒙上了一块薄薄的棉质面纱，穿上了一件丝绸短袍，短袍的两侧露出了里面的衣服，上面印着几乎看不出来的小小玫瑰花。瓦德哈走进市场，用两只鸢一般犀利的眼睛四下寻找着艾布·穆海欣。她看到艾布·穆海欣正坐在一张铺着羊毛毯的凳子上，手里拿着一把棕榈叶。瓦德哈径直朝他走去的时候，被他认了出来，因为她这副模样在过去的十年间从未改变过。而且，市场里所有的人都认识她，都会从敞开的店门给她送去问候："瓦德哈，早上好！你好吗？"

瓦德哈坐在艾布·穆海欣的身边，看到他叫他的也门伙计欧麦尔去倒杯咖啡。欧麦尔将咖啡递给了瓦德哈，她抬起面纱的一角，将杯中的咖啡一饮而尽，然后把杯子还给了伙计，摆了摆手，暗示他不要再续杯了。

艾布·穆海欣说：

"瓦德哈，今年我搞到的檀香木和第一批檀香木不一样，品质更好，价格也更贵。"

瓦德哈不满地说：

"大家只喜欢自己了解的东西，对价格昂贵的新东西未必就喜欢。"

“那我们就只能耐心点了，等到大家适应了新东西的价格，也就知道它的质量要更好了。”

他微微地点点头，继续对瓦德哈说道：

“我们的香料只供应给品位独特的人，他们和一般人是不一样的。瓦德哈！你说是不是这样啊？”

瓦德哈沉默了片刻，然后说道：

“艾布·穆海欣，要么这样吧，我先从你这里提走我们说好的一半，看看卖得怎么样。”

“乌姆·米特阿卜，你还是听听我的建议吧！今后你要想找到这样的香料，肯定不可能！”

“好吧！那我就仰仗真主！请您把所有的货都给我吧！”

瓦德哈让欧麦尔到市场外面去找一下胡珊，还让他把所有的香料都放进她车内的箱子里。然后，她对胡珊说：

“我要去找一下艾布·苏莱曼，看看我叮嘱他的那批男士坎肩怎么样了。”

瓦德哈知道，老地毯市场里的生意最能让她赚钱，可她也知道，在这类生意里，她已经没有空间了。当宗教卫士开始将女人从挤满男人的市场中驱赶出去的时候，她涉足其中的决心就愈加坚定了。她不止一次地与劝善戒恶组织的热血青年发生过冲突，因为他们并不尊重像瓦德哈这样为生计所迫才无奈涉足市场的女人，也反对像她这个年龄的女人进入市场，这违反了他们关于女人的种种信条。在他们看来，瓦德哈这个年龄的女人和正当妙龄的姑娘没有什么区别，都会在男人中间散布肉体的魅惑。和她儿子塔利同龄的一名青年突然站在了她的面前，冲着她大喊大叫：

“女人，敬畏真主吧！别再抛头露面了！”

瓦德哈注视着他漂亮的脸蛋，说道：

“孩子，我跟你妈的年纪一样大，你这是怎么啦？”

青年将自己的脸转向了另一侧，然后对瓦德哈说：

“难道就没有男人供养你吗？”

瓦德哈知道，她的到来有点突然，所以，她轻快地穿行在市场的过道之间，像一只晨起觅食的小鸟一样。但是，整个地毯市场都被男人把持着，她根本无法涉足其中。因此，她保留了自己在妇女用品市场的摊位，销售一些小件商品。那里就像一家小店，仅仅保留了她在市场里的一个位置，以方便来人找她。她给自己的印度女佣也戴上了面纱，穿上了罩袍，让她顶替穆兹娜，留守在那个小店里。穆兹娜嫁人之后，就再也没有和她一起工作了。

瓦德哈坐进了胡珊的车，对他说：

“我们去你姨妈乌姆·苏欧德的宫殿吧！”

瓦德哈来到了一座大宫殿。宫殿大门朝着利雅得北部的主干道，最高的建筑上装饰着蔚蓝的穹顶。宫殿的前门完全敞开着，门前坐着一个身穿衬衣、没戴头巾的男人。瓦德哈认识他，他是宫殿的门卫伊斯梅尔·密斯里。瓦德哈的车刚在大门前停下，门卫就站起身，朝着她这里走来。她打开车窗，主动向门卫问好：

“您好！”

“您好，瓦德哈！请进！”

车驶入宫殿，胡珊提着货，跟在瓦德哈的后面。瓦德哈站在那里，凝望着宫殿里的那片绿色大草坪。那里有林立的枣椰树，也环绕着鲜艳的玫瑰花。大楼的木门附近，整齐摆放着许多白色的大花盆，里面栽种着长茎玫瑰。她盯着太阳看了一会儿，知道现在离晌礼还有一段时间。她听到了胡珊的脚步声，转身便看到他正提着箱子，等着她带他往前走。他们来到了宫殿西侧的一扇门前，她让胡珊在门外等着，自己走上前去打开了门，喊着一个肤色浅黑的女孩的名字。听到喊声，宫里的一个女佣奔了过来，跟在她身后的还有一个女伴。瓦德哈就吩咐女佣去搬那只大箱子，让她的女伴去搬另一只箱子，然后将自己手里拿着的咖啡色坎肩递给了第三个女佣。几个肤色浅黑的女孩接过了两只长方形箱子和一件镶金的坎肩。瓦德哈告诉那个拿着坎肩的女孩，在找到衣架之前，一定要把坎肩挂在手上，免得脱线。

瓦德哈走进了会客室，看到里面有十几个女人，有的蒙着面纱，有的仅用网状的黑色尼龙纱巾包裹着头部，纱巾上的透明小孔露出了耳环和项链等黄金饰品。

瓦德哈大声地向她们问了声好，就径直地朝着一个女人走去。那是一个体态丰满、皮肤白皙的女人，头发从中间分开，身上还佩戴着许多嵌满彩色亮钻的首饰。她就是希塔夫人，大家都叫她“乌姆·苏欧德”。

乌姆·苏欧德抬起头，微微一笑，便弯下腰，亲了一下瓦德哈的头。然后，她转身看向其他女人，远远地抬了抬手，说道：

“大家早上好！”

在场的女人都热情地回了礼。

乌姆·苏欧德对瓦德哈说：

“瓦德哈，你为什么不来和我们一起吃早饭呀？”

“我得把市场里的活儿干完啊。”

坐在乌姆·苏欧德旁边的那个女人也问瓦德哈：

“我们给你拿点早饭来吧？”

“愿主赐福于你！那就给我来点咖啡和椰枣吧！”

站在会客室里的女佣走上前来，手上端着咖啡壶。她倒了杯咖啡，递给了瓦德哈。瓦德哈向下看去，看到了一盘椰枣，盘子的旁边还有一只空的容器，那是放果核用的。瓦德哈把那盘椰枣拉向了自己，开始一粒接着一粒地吃了起来，一共吃了十粒。

乌姆·苏欧德注意到，瓦德哈看起来非常饿，便再次问她：

“给你拿点早饭来怎么样？”

“这椰枣就是我的早饭了。”

在场的女人都笑了，其中的一个人对她说：

“这样的话，你就胖不起来了。”

这时，坐在希塔身边的那位女士说道：

“瓦德哈，好好吃吧！男人都喜欢丰满的女人。”

女人们都笑了。

“愿主佑助！”瓦德哈回答道。

这时，那两个肤色浅黑的女孩走了进来，把两只箱子放在了希塔女士的面前。

“乌姆·苏欧德，这种檀香比上次的还要好。熟知檀香的人都对它赞不绝口！”瓦德哈说道。

乌姆·苏欧德看了看那个放下箱子的女孩，站起身来说：

“现在就去弄点火炭来吧！让我们都试一试，让大家都香一香！”

接着，瓦德哈又给乌姆·苏欧德拿来了那件用金银丝装饰的坎肩，对她说道：

“这件坎肩是艾布·苏欧德吩咐我们做的。愿真主赐予他长寿！”

这时，一个身材高挑的男青年走进了女士会客室，吓得那个名叫穆尼拉的清瘦女人从座位上猛地站了起来。她刚才一直坐在乌姆·苏欧德的旁边。她一边离开自己的座位，一边说：

“我的面纱在哪儿？我要把脸遮一下！”

乌姆·苏欧德笑着说：

“穆尼拉，过来！坐下吧！苏欧德是我的儿子，你戴什么面纱！”

那个戴着面纱的女人也站起身，一边为刚刚进来的苏欧德腾地方，一边对穆尼拉说：

“女人只是对男人遮上自己的脸，苏欧德是男人中的谢赫。”

听到萨拉这么一说，她们都意识到，萨拉的随机应变，既没有推翻希塔夫人的观点，也维护了女人的端庄和传统，这为萨拉在乌姆·苏欧德的心中赢得了重要地位，也使萨拉成为和乌姆·苏欧德形影不离的常客。

瓦德哈将手插进衬衣的右兜，掏出了一包价格昂贵的香料，放在萨拉的手里，说道：

“这种檀香是我专门为你准备的，香料只为好人香！”

“乌姆·米特阿卜，愿真主让你多福多财！”

萨拉为瓦德哈提供了许多服务，她是瓦德哈和那些富婆的中介。富婆想要买瓦德哈的货，萨拉就会给她们牵线搭桥，而且不求回报。不过，瓦德哈也非常珍惜萨拉的好意，所以，总是给她带些檀香、指甲花和礼拜垫，以表达自己的谢意。

瓦德哈将这几只箱子送达之后，就赶回了妇女用品市场。可是，她刚到那里，就发现自己的摊位已经关门，货散落了一地，她的那个印度女佣也不见了踪影。于是，她向那些躺在地毯上享受闲暇时光的女人打听她的印度女佣到哪里去了。

“她去哪里了？”

“风化警察把她带走了。”穆希阿·宾特·法拉吉回答道。

“穆希阿，为什么会这样？”

“妹子，我真的不知道。我们怕呀。要是我们说了什么，他们也会把我们带走的。”

瓦德哈和胡珊一起走向警局，那里离鸽子市场也就两条马路的距离。瓦德哈正想往警局里走，一个大胡子男人走了过来，挡住了她的去路。

“太太，你好！你想去哪里？”

瓦德哈一边指着提着两只中号箱子的胡珊，一边说：

“我给艾布·比迦德谢赫送件礼物，愿真主赐予你和他长寿！”

大胡子男人愤愤地看着瓦德哈。他原本想评论一番她的穿着，想让她注意遮掩一下自己的身体。可是，看到她瘦弱的模样、干瘪的身体和廉价的衣服，他就没有激情去做这样的事了。他觉得，既然瓦德哈是个女人，就应该和其他女人一样坚守妇道，用罩袍把自己的身体严严实实地遮掩起来，不应该让自己的胸部随着步伐随意暴露出来。但是，看到她现在这个样子，他已经没有开口说点什么的欲望了。

瓦德哈走进了警局，看到艾布·比迦德正坐着，手里拿着一根牙签，同时，还在面前的纸上写着什么。他抬起头，毫无热情地向瓦德哈问了声好。

“艾布·比迦德，愿真主赐予您一生平安！您需要的檀香已经到货了。我说过要用它来给您熏香，香料只为像您这样的好人而芳香。”

艾布·比迦德顿时喜形于色，看着胡珊把那两箱东西放在他的台子上。

艾布·比迦德打开了其中的一只箱子，用手指翻出了几大块檀香，拿起了其中的一块，贴近自己的鼻子，接着，他让那个愁眉不展的年轻同事去拿些火炭来，试一试檀香的香味。

艾布·比迦德对瓦德哈说：

“乌姆·米特哈卜，檀香什么价？”

“愿您长命百岁！一件礼物不成敬意，能让我来面见您，这就够了，我的谢赫！”

艾布·比迦德笑着说：

“谢谢，乌姆·米特阿卜！这种檀香好像价格很贵吧？”

“以真主起誓，它只配送给您这样的谢赫！”

“大概是个什么价？如果有人向我们推荐，我们心里也有个数。”

“我的寿星啊，一公斤大概一千里亚尔吧，您这里有两公斤。”

艾布·比迦德将一块檀香木放进香炉，面部表情也随之放松了。浓郁迷人的檀香沁人心脾，他的脸上也满是喜悦。

艾布·比迦德的脸消失在浓浓的香雾之中。过了一会儿，他的面部轮廓再次浮现，香雾开始向上升腾。他把香炉递给了那个年轻的同事。小伙子一边将香炉放在自己的头巾和胡须下面，一边说：

“真是上好的檀香啊！”

艾布·比迦德大声说道：

“乌姆·米特阿卜，愿主赐你多福！”

“也愿您多福，我的谢赫！”瓦德哈回答道。

瓦德哈在起身告别艾布·比迦德之前，仿佛想起了自己为何而来，便对艾布·比迦德说道：

“谢赫，听他们说，为我干活的印度女孩在你们这里？”

艾布·比迦德谢赫显得有点局促，看着他那个年轻的助手，说道：

“你们抓来的那个印度女孩是乌姆·米特阿卜的女佣？快点！快去把她带过来！愿主赐福于你！”

小伙子跑了出去。不一会儿，就将一个吓得浑身发抖的小女佣带进来了。女佣见到瓦德哈，一把抓住了她的手，说：

“妈妈，瓦德哈妈妈！”

瓦德哈带走了她的女佣。当然，离开警局之前，她得确认一下，艾布·比迦德新来的年轻助手应该认识她了，也知道她会得到艾布·比迦德的关照。他应该不会再次逮捕或为难她的女佣了。可是，这件事刚过去两天，当瓦德哈很晚才走出市场，去寻找她的司机胡珊以及提前回到车上的女佣时，却始终不见他们的踪影。到了第二天，瓦德哈才知道，他们因幽会的罪名而锒铛入狱了，因为他们在深夜十点的时候独自坐在地毯市场入口处的车里等候瓦德哈。

瓦德哈又去找艾布·比迦德谢赫，坐下来就和他谈起了他的同事给她所造成的种种麻烦。看到艾布·比迦德没有认真听她诉苦，瓦德哈说：

“谢赫，我有点钱，想用它来建一座大清真寺。”

艾布·比迦德饶有兴致地注视着她说：

“瓦德哈，愿主赐福于你！请你别怪罪这些充满激情的年轻人！他们都不太认识你。”

于是，瓦德哈便经常到警局的各个办公室去转一转，还答应要给他们提供一些帮助。她曾经向艾布·比迦德提议过，要帮助他们局里的年轻人，给他们提供结婚贷款，增强一下凝聚力。艾布·比迦德对瓦德哈的慈善倡议感到非常高兴，就在他的同事中公开宣布：瓦德哈不遗余力地做善事，任何人不得给她制造麻烦。当她又去拜访艾布·比迦德的时候，他竟然请求瓦德哈给他本人物色一名年轻的姑娘，因为他听人家说瓦德哈挑选美女很在行，他相信，有瓦德哈做媒，他一定可以返老还童。

尽管瓦德哈已经好久没做媒婆，但她还是答应了这桩好事。瓦德哈在妇女用品市场的女邻居穆希阿·宾特·法拉吉就是做媒婆这个行当的，而且在男人和女人当中都小有名气。她具有瓦德哈并不擅长的特点，她言辞夸张，能把平平的相貌描绘成沉鱼落雁之姿，把穷困潦倒的男人描绘成恨嫁女眼中的修士。这是一种技能，唯有她自己的经历才会让她知道其中的弊病。颠倒无须证实的事实，或许只是一种观点，或者正如他们所说，只是一种因人而异的看法而已。因此，接受与否，其实与美貌或金钱毫无关系。很多丑女在男人的眼中都变成了美女，很多穷光蛋都变成了女人愿意接受的对象，其中既有因奋斗而带来的运气，也是真主献给其所欲之人的承诺。所以，穆希阿·宾特·法拉吉为她的下一位新娘祈祷，祈求真主赐予她好运，因为运气就像是为你买、为你卖的人，并不靠你的奋斗。

处理手头的事情，让瓦德哈疲于奔命，即使一天二十四小时都扑在上面，也常常让她感到力不从心。所以，她将一些业务交给自己的儿子米特阿卜，委托穆兹娜审核银行的账务，让米特阿卜收取她在蔬菜市场的商铺租金，让塔利负责把一箱箱昂贵的檀香送给胡珊无力接待的那些商人和谢赫，让嘉琪管理家务、照顾女儿，购买她所需要的用品。有时，她还故意忘掉一些东西，等待物主来提醒她。

瓦德哈渴望休息，却一直得不到休息，她不知道这样下去自己会怎么样。但是，她最终还是找到了休息的门道，只是没想到，这个机会是自己找上门来的。斋月的中旬，乌姆·苏欧德女士派来一个非洲裔青年，他叫祖维德，一直负责将乌姆·苏欧德的信件送给瓦德哈。这次来送信的时候，他告诉瓦德哈说：

“下周一，我阿姨要去麦加。”

瓦德哈迫切需要这次机会。她想去参观一下禁寺，在禁寺做一次礼拜。她感到利雅得已经耗尽了她的元气，让她的日子像当地人的脸一样呆滞冷漠。她希望自己能够吸入麦加湿润的微风，用渗渗泉[①]圣洁的泉水清洗自己的脸庞，让自己能够安心地入睡，并在召祷声中苏醒。她对祖维德说：

"小伙子，晨礼过后，我就到你们那儿去。"

瓦德哈把自己的衣物整理好，装进了一个小背包，晨礼过后就离开了家，朝着乌姆·苏欧德的宫殿走去。她要把一切都抛在身后，希望禁寺之行成为她的最后一站，也希望这块最圣洁的土地成为她最终的归属。

在麦加，瓦德哈和乌姆·苏欧德以及她俩的女伴围着天房克尔白游转[②]，亲吻了黑色陨石，在易卜拉欣立足地礼拜，和她们一起在萨法与麦尔卧两山之间疾行，后来又饮用了渗渗泉水。乌姆·苏欧德和她的女伴们回到了麦加禁寺附近的公寓，但是，瓦德哈却更愿意待在正对着尊贵天房的禁寺宽阔的广场上，想想自己的事情，

---

① 渗渗泉是位于沙特阿拉伯王国麦加圣寺内克尔白天房东南侧的一眼清泉，因历史久远，传说甚多，有"圣泉"之说，是穆斯林朝觐期间必到的一处圣地。——译者注

② 按伊斯兰教规定，朝觐者必须完成五项功课，即沐浴受戒、游转天房、奔走仪式（在萨法和麦尔卧两山之间往返疾行七次）、进驻阿拉法特山、参加正朝。——译者注

让自己的心灵在无垠的广场上放飞，就像禁寺里的鸽子一样飞翔。对于此次禁寺之行，她满怀着爱意、思念、渴望和敬畏。

瓦德哈如同兴奋的小女孩，对禁寺满怀敬畏。她聆听着《古兰经》，尽管她不精于经文诵读，而且仅仅知道也仅仅会背诵“开端章”以及几个较短的章节，那还是她的孩子们上学之后诵读给她听的。她说，她会背诵的这几个章节已经足够用于礼拜了，真主会宽恕像她这样的人。年幼的时候，她就不再得到亲人的管教，也没有被送到谢赫那里去学习《古兰经》。她还记得，丈夫带她去沙漠之后，他们一起度过了一段短暂的岁月。然后，他就抛下她，一走就是好几年，由她独自抚养着几个孩子。她的生活枯燥而又无情，礼拜并没有成为其中的一部分。她像一条四处游荡的猎狗，凭着自己的本能守护着几个孩子。她追逐猎物，跑得气喘吁吁，回来之后也像猎狗一样贪婪地舔舐着清水。她一路搜寻，找到一点可怜的食物之后，总要绕着帐篷转上一大圈，确认住地是否安全。然后再回到帐篷旁边，潜伏在那里，守护着帐篷里的孩子，始终处于半睡半醒的状态。那些被狂风折断而在空中飞舞的树枝一旦触碰地面，她就会像猎犬一样直立起两条腿，对着树枝一阵狂吠，好像这样才能把树枝吹得远远的。

晨礼结束后，瓦德哈娇小的身躯躺在了地上。她头枕着大理石地面，任凭其中的凉气浸润她的面颊。大理石似乎也想靠她取暖，想亲吻她，和她融为一体，让她躺在自己温柔的怀抱里。瓦德哈第一次感受到，禁寺里冰冷的石头竟然会有这样的柔情。禁寺宛如灵魂，抚摸着她的面颊，给予她爱怜。她注视着破晓时分的光线，目光穿越了头顶上方那片开放的天空，这让她感到自己的躯体无比轻快，就像一根羽毛的尖头在她的胸前和腹部划过，撩得她奇痒无比。她凝望着苍穹，发现几丝白光划破了夜空，照亮了天际，天幕上的黑色已经渐渐散去。她追赶着禁寺里的鸽群，像一只笑逐颜开的白鸽一样在它们后面飞了起来。她俯视着下面的一切，飞过她年幼时就已离开的地方。她的回忆带着她任意游走，如同白色光线不受时空的束缚，有时回眸往昔，有时又追溯她何以来到此地，而此地正是她希望到达的终点。

她的回忆带着她走向了远方。她看到了自己是一个十岁或十几岁的小女孩，父亲竟然要求她陪伴一个来到他家的陌生男人。他叫塔拉德，比她大二十岁，还对她说，他已经成了她的丈夫。她告别母亲，吓得浑身发抖，还不得不强忍着惊慌的泪水。她拎着一只布包，包里有一把她保存至今的木梳，还有一块椰枣膏和两块干面包。她的丈夫让她坐在大卡车的货箱里，自己却和司机坐在驾驶室里。她一直在想，如果她的丈夫不见了，而她连他的脸长什么样都没记住，那么，在这种情况下，她是绝对不可能找到他的。她坐在一块双层木板上，木板下面有一群羊，还有一捆被雨水淋湿的苜蓿。和她在一起的还有好几个女人，她不认识她们，也从未见过她们。她们蒙着面纱和头罩，默不作声地坐着。她一边闻着羊群粪便的味道，一边盯着一个女人的胸。那个女人露出一只乳房，开始给她的孩子喂奶。卡车在一片崎岖的土地上行驶，不过，她可以看清其中的道路。她和丈夫下了车，走了很长的一段路，才来到一大片彼此环绕的帐篷。她想起了那个迎接她的女人，那个女人走过来的时候，她的眼睛为之一亮。她叫胡兹娜，是塔拉德的妹妹。胡兹娜冷冷地跟她打了个招呼，就拉着她哥哥的手，进了帐篷里的会客室，留下她傻傻地站着，因为没人请她入座。胡兹娜给她哥哥倒了一杯咖啡，和他兴奋地攀谈起来。而她却站在一旁等着，手里还抓着那只布包。她突然感到特别累，便放下布包，坐在了上面。

她的回忆又跳到了婚后两年的另一个场景。她挺着个大肚子，走在一群羊的后面。这群羊对她非常温顺，就像小孩子跟在妈妈的后面一样。她走在羊群的后面，在自己的肚子上缠了一根线，手里拿着一根棍，脖子上挂着一只小布袋，袋子里面装着十粒干椰枣。当太阳冉冉升起的时候，她坐在一只哺乳的母羊身下，解开了盖住母羊的奶罩。她靠近母羊，挤了一些羊奶，开始喝了起来。然后，她又从布袋里取出了一粒椰枣，把它吃掉了。突然，她感到一阵从未有过的莫名疼痛，疼痛犹如波浪，连续不断地压迫着她的腹部，接着又用波浪的尾巴抽打着她后背的底部，但是，疼痛很快就消失了。中午时分，她感到水从自己的两条大腿间渗漏了出来。她惊慌不已，恐惧让她陷入了种种可怕的想象。这里离自己的帐篷很远，想要在太阳落山之前赶回帐篷是绝无可能的，而且，她的丈夫塔拉德又去了一个遥远的城镇，可能要一个月以后才会回来。小姑子胡兹娜不到半夜是不会来探望她的。她不知道自己还能做点什么，只想大哭一场，可是对她来说，大哭一场又有什么用？没人会听到她的哭声。可是，她还是哭了，而且越哭越害怕。这时，她竟然看到一只蜥蜴从洞里爬了出来，充满同情地看着她。蜥蜴经过她的身边，又匆匆地跑开，仿佛它是来向她求救的。太阳几乎已经落山了，疼痛却让她放慢了脚步。两条大腿间流出的水越来越多。她看到那只蜥蜴又回来了，走在她的身后，接着又超过她，走在了她的前面，然后又回过头来注视着她，好像是在请求她停下脚步，或者是想引导她去一个她想去的地方。夜幕已经降临，她的眼前一片模糊，恐惧更是让她感到精疲力竭。一种沉重感开始推动着她的下腹，用力压迫着她的身体两侧。一阵睡意袭来，她竟然沉沉地睡着了，浑然不知身边正在发生的事情。但是，又一阵疼痛让她从睡梦中惊醒。她听到了几个女人走过来的声音，还听到了手鼓的声音和众人的欢呼声，仿佛他们是在举办婚礼。她又听到了一个声音，像是把她运送到绿洲的汽车声。她吓了一跳，因为她听到母亲在开心地哈哈大笑。接着，她又听到了金首饰相互碰撞的叮当声、衣服相互摩擦的沙沙声以及好多只脚踩踏黄沙的杂乱的声音。除了一幅幅模糊不清的画面，她什么都不记得了。一个女人给她戴上了面纱，给她的眼皮涂上了深黑色的眼影，让她散发出指甲花、玫瑰花和麝猫的芳香。母亲坐在她的面前，抚摸着她的脸，抓着她的手。她听到了一个小孩降生的声音，接着又听到了有人在敲击石子。她看到有人剪断了脐带，还有一个人拿着一只绿色布包，里面装着几粒椰枣。

黎明时分，当她醒来的时候，孩子睡在她旁边的沙堆里，眼里充满同情的那只蜥蜴站在自己的洞穴口注视着她。看到她已醒来，蜥蜴飞快地钻进了自己的洞穴，消失不见了。如果不是有那块绿布包裹着她的孩子，她觉得发生在她身上的这一切都如同梦魇一般。所以，从那天起，她一直保留着那块绿布，用它缠自己的头，暗示着她和那些曾经帮助她分娩的精灵之间的姐妹情谊。她给儿子起了个名字叫米特阿卜[①]，因为他的出生过程真的让她疲惫不堪。她的另一个儿子也是在沙漠中出生的，她给他起了个名字叫塔利[②]，希望他能获得猛兽的力量，希望他勇敢无惧，战胜敌人，保护自己的兄妹。至于她的两个女儿，她以雌鹰的名字来命名嘉琪，希望她成为目光锐利的强者；给自己的小女儿起名叫穆兹娜，是希望她的生活像雨露一样滋润。在沙漠中，水是人们的救星，所以，贝杜因人称水为“生命”，因为真主用水赐予万物以生命。

---

① “米特阿卜”在阿拉伯语中有“让人受累”的意思。——译者注

② “塔利”在阿拉伯语中有“猛兽”的意思。——译者注

第二十七章

早晨醒来的时候，我的双颊因宾馆浴室里冰冷的大理石而变得绯红，白色的衣服也被弄脏了。我忘了自己为什么来到这里，为什么穿上了这身衣服。我想起自己已经成了艾布·法赫德的妻子。为了不让自己的心陷入婚姻的悲伤，不让自己苦苦挣扎在形同桎梏的绳索之中，不让自己被悔恨的旋涡所吞噬，我迅速站起身，像一名士兵一样下定决心，绝不在战争中投降，也绝不会宣告自己要投降。

我的心里有一只眼睛，正注视着目标，注视着那幅浮现在我脑海中的画：绿色的护照。我看着镜中的自己，发现双眼四周的黑色眼影已经干涸，眼睑上显现出绿色，双唇上还残留着一抹红色，脸上到处是密密麻麻的彩色斑块，一块紧挨着一块。出现在镜子里的，是我伤心欲绝的形象，看上去就像一名悲惨不幸而又绝望无助的演员。

我脱掉了演员的外衣，塔希娅·卡里尤卡的脸庞、苏阿德·胡斯尼的微笑以及莎迪娅的眼神突然浮现在我的眼前，仿佛她们正从人群中看向我这里。我小心翼翼地打开浴室的门，看着卧室的中央。我看到我的衣箱正靠墙放着，我的提包还放在梳妆台上，艾布·法赫德伴着如雷的鼾声，穿着背心和短裤睡着了。我踩着宾馆厚厚的地毯，打开提包，把护照放了进去，走出了房间。

我按下门铃，门铃响起的音乐声，宛如一部欢快电影的美妙前奏。可是，没人来开门。时间还早，我像一名小学生，在第一天上学时由于过度兴奋而提前到校了。我背靠着对面楼梯的墙，让自己的大脑放松一下，沉浸在奢华的婚庆香水的芳香之中。

率先到来的是那位印度女护士。她想把门打开，却看到我靠在墙上似睡非睡的样子，吓得倒退了几步。然后，她定了定神，向我伸出手，问道：

“我的阿琦扎，你好吗？”

我睁开双眼，微微一笑，对她说：

“安达拉，我昨天结婚了，就是为了拿到护照。”

安达拉没听明白，但是，她打开了诊所的门，走了进去，我跟着她走进了诊所。我让她给我倒杯茶，她将茶倒进了一只透明的玻璃杯中，放在我的面前，就去擦桌子、冲洗卫生间的地板了。我一边喝着茶，一边看着昨日残留的妆容，注视着被抹成红色的、长长的指甲，抚摸着昨日晡时被化妆师除去角质的肌肤。我感到了极度的幸福，因为我正从自己的脑海中清除艾布·法赫德的形象，并让艾哈迈德取代他，幻想着自己昨日一整天的妆扮只是为了艾哈迈德。

诊所大门打开时的吱吱声将我从幻想中唤醒，我听到了艾哈迈德迷人的声音：

"安达拉，早上好！"

我听到安达拉和他耳语了一番。然后，他对安达拉说：

"好的，你给我沏杯茶吧！"

他走进诊所的时候，脸上闪过既幸福又不安的表情。他匆匆地和我打了个招呼，然后问道：

"你好吗？"

艾哈迈德坐在对面的椅子上，听我讲述着自己的故事。我把自己想象成了法蒂妮·哈玛玛，从村子里逃出来，去寻找自己的心上人。我讲完自己的故事，将手伸进包里，拿出了那本绿色的护照，高高地举在他的面前。

艾哈迈德惊讶地看着我，好像失忆后想恢复记忆一样。

我对他解释说，我和艾布·法赫德将在今晚一起去埃及。一到那里，我就要求和他离婚，不会再回利雅得。我们就在那里结婚。

艾哈迈德好像在发抖，他对我说，甚至是在对我大声喊叫：

"怎么会这样？你说的是真的吗？"

"当然！"

艾哈迈德看着我，随后就以要结束谈话的口吻对我说：

“阿琦扎，你已成了别人的妻子。”

他伤心地看着地面，说出了这番话。我凝视着他的脸庞，纷乱的思绪犹如碎片散落一地。说完这句话后，他看上去真的很伤心。可是，他并不理解我。我只是成了另一个男人证书上的妻子，因为我想得到护照，还没有成为艾布·法赫德的妻子。我这样做，只是为了逃往埃及，再和他结婚。

我感到一股热流涌入我的双眼，倾注在我的脸上。艾哈迈德不理解也不认同我的这种冒险行为。可是，我敢这样做，只是为了他，为了我们之间的爱。当恐惧开始占据我内心的时候，我对他说：

“我已成了别人的妻子，你这话是什么意思？”

关于阿拉伯人、名誉、传统和尊严，艾哈迈德说了很多，都是我以前从未听到过的言论。对于这些，他不但知道，而且为之辩护。我原以为他来自另一个世界，一个与我们的世界不太相似的世界，一个有爱情、电影和宽容的世界，一个对法蒂妮·哈玛玛包容、为苏阿德·胡斯尼欢呼、对塔希娅·卡里尤卡宽恕的世界。我原以为，一旦拥有了护照，我就会走进这个世界，获得自由之身。然而，艾哈迈德给我讲述的却与此完全相反。

在这一瞬间，我差点跪倒在他的脚下，乞求他不要让我回到艾布·法赫德的身边，不要让我回到家人的身边。我开始被恐惧所笼罩，而且突然感到强烈的愤怒在血管中蔓延。渐渐地，我开始和他拉开距离，开始摆脱他那刺鼻的香味，那曾经令我沉醉不已的香味。我已经走到几米以外，已闻不到他身上的气味，却陡然心生厌恶，脸色也变得阴沉起来。我盯着他看，看到的却是陌生的面容，仿佛我是第一次见到他。他扁平的鼻子，眼角上翘的眼睛，厚厚的近视眼镜，被香烟熏黑的双唇，都让我觉得他既丑陋不堪，又幼稚笨拙。

我哭着回到了父母的家，看到母亲正站在厨房里准备咖啡，父亲正坐在庭院里晒着太阳。我扔下箱包，走进自己的房间，关上了房门。

两个星期过去了，我仍旧把自己关在房间里，未曾离开过半步，也不允许任何人进来。第一天的时候，母亲来过，坐在门口，央求我开门，却被我拒绝了。后来，家里的保姆苏妮娅也来了，恳请我开门，想给我送一壶奶和一些饼干。我开了门，并对她说，不能把我给她开门的事告诉任何人，否则没有下次。

许多人的声音从我房间的窗户里传了进来。原来，这些人聚集在了我家庭院里的底层露台。那里配备了会客室必需的全套家具，摆放着几把填充了麦秆的座椅，一块经苏妮娅精心打扫过的红色羊毛地毯，一只装满咖啡的咖啡罐，还有一只干湿椰枣盘。

昏礼过后，父亲回到了家中，和他一起来的还有艾布·法赫德，他每天傍晚的时候都会来看我们。他和父亲正坐在我房间下面的那个露台上。他要求见见我的母亲，想和她谈谈。他对我母亲说：

“妈妈深知女儿的秘密，阿琦扎有没有对您说过我做了什么事让她生气？她是不是在我身上看到了什么让她讨厌的东西？”

母亲安慰了一下艾布·法赫德，对他说：

“以真主起誓，艾布·法赫德，你是最好的男人，可是，我女儿她不识人啊！”

父亲也接着说：

“小老弟，我女儿已经改变想法了，她会完好无损地回到你的身边。”

艾布·法赫德气愤地回答道：

“婚姻可以嬉戏，但不是儿戏，你女儿怎么能今天同意，隔天就反悔呢？”

艾布·法赫德走后，我听到父亲对母亲说：

“是我的错，当初就不该同意这门婚事！”

艾布·法赫德愤怒地离开我家，不过，第二天傍晚的时候他又回来，重新开始。我听到好几个新的声音加入了辩论，其中包括瓦德哈。后来，嘉琪也来了，她敲了敲我的房门，可是，我并没有开门。房间里的灯光已经熄灭，一片沉寂，仿佛我已经死在了里面。

第二十八章

宵礼过后，嘉琪给艾布·法赫德打了个电话。

他拿起电话听筒，五十岁的声带让他的话显得非常深沉：

“喂！”

“喂！”嘉琪回话道。

嘉琪沙哑的声音在他耳畔响起，让他像吝啬之徒听到金币的声音一样。他又说了一遍“喂”，声音也因激情的感染而变得纯净，好像随时准备要吸取随着她的声音而灌入耳中的黄金。

嘉琪又说道：

“你好！”

这声问候触动了他的心，就像敲打在紧绷的鼓皮上一样，让他如痴如醉，情不自禁地说道：

“你好！你是哪一位？”

“我是嘉琪·宾特·瓦德哈。”

转瞬之间，这个名字一下子就钻进了他内心最深远的角落，他的胸口开始透不过气，让他说不出更多的话来，只能任由她说道：

“阿琦扎在吗？”

他的声音一下子阴沉了起来。他已经淡忘了那个让他丢脸的事，她的声音也如同给他注射了麻药，让他几乎忘掉了自己的伤口，但是，他担心她是在讽刺挖苦他，便对着话筒大声地喊叫起来：

“阿琦扎在她娘家！”

然后，他愤愤挂断了电话。

第二天晚上，嘉琪又在昏礼后的同一时间打来了电话。他拿起话筒：

“喂！”

“喂！”

不过，这一次她的声调比第一次多了一些轻柔，少了一些无辜和迷惑，因为她要对他昨天所受的伤负责。她可能还是来骚扰他的，这让他对这个已经伤了他两次的声音变得没有了信心。

于是，他冷漠地说：

“嗨！你要找谁呀？”

“艾布·法赫德，我想请你原谅我！以真主起誓，我是今天早上才知道那件事的。不过，阿琦扎失去像你这样的男人，肯定是她的不对。”

他匆匆一笑，疑心冲淡了迷人的声音给他所带来的微笑和幸福。他又说道：

“啊哈！你想要什么？”

“想要你原谅我！”

这句话好像给艾布·法赫德灌了一勺迷魂的蜂蜜，让他的苦涩被融化，舌尖仿佛也被抹上了一层蜡质的蜜皮。

“愿真主保佑你！嘉琪，你真是好人家的闺女！”

嘉琪的声音在昨天就已经深入他的内心。此时，他开始慢慢地玩味起来。他深吸了一口气，暗自决定原谅她，毫无理由地原谅她。

他沉默不语。那个晚上，他没有说很多话，因为这份新的感情使他备受煎熬，他开始思考他们的声音在电话中出现沉默的间隔。他甚至找到了一条朦胧之路，以此来嗅到那令人着迷、让人舒心的柔顺女性的味道。而她也沉默不语，因为她在思考什么样的话语可能会在他们之间引出更多的话题。她沉默不语，是想给他机会，让他挽留她。否则，她就得挂断电话，无可奈何地走开。沉默的时间一旦过长，就会产生疑惑。然而，艾布·法赫德却直奔主题，宣称他和她已经两情相悦，心心相印，只需时日做出决定，便可公之于众。

嘉琪说：

“对不起！我这样做，害你熬夜了。”

艾布·法赫德回答说：

“怎么会呢？这是幸福的时刻！”

第二天傍晚昏礼之后，艾布·法赫德没有去找阿琦扎，而是驱车前往嘉琪居住的西巴迪阿区。他找到了瓦德哈的家，站在门口，按下了门铃。

嘉琪打开房门，脸上只蒙着一条透明的黑色纱巾。她从门缝里看到了一个男人。这个人蓄着形似短剑的黑色胡须，黑色坎肩里面穿着一件雪白的衬衫。这份惊喜让她的脑子一下子就转不动了。他朝着她奔了过来，快得出乎她的意料，吓得她将半个头罩都弄掉了，随后便露出了羞怯的笑容。那羞怯的笑容直接映入了他的眼帘，让他因极度兴奋和快乐而难以自持。

“我的主啊！”嘉琪说道。

艾布·法赫德笑了笑，闭上眼睛，看向了另一边，然后问道：

“乌姆·米特阿卜在家吗？我来找她买点上好的檀香，还想向她问声好。”

嘉琪回答道：

“家母还在市场。您请进吧！”

“算了，还是下次吧！”

艾布·法赫德简直不敢相信自己所看到的一切，这让他忘了曾经发生在他和前妻之间的一切不愉快的事，也让他忘了菲勒娃和阿琦扎令他如鲠在喉的失望情绪。此刻，他心里想的全部是那个长着一颗美人痣的肤白美女，这个美女隐藏在瓦德哈家里，犹如阴暗矿井中的明月。他从未想过自己有朝一日会途经此地，探寻其中的宝藏。

艾布·法赫德驾着车，回想着自己曾经听闻的关于贝杜因女人谜一般的故事。他没想到自己竟然会爱上一个贝杜因女人。他的心里突然产生了一种冲动，很想听一首歌，这首歌可以表达他此刻迫切和渴望的心情。他转动车上收音机的旋钮，听到了一段宗教谈话节目。他再次转动旋钮，听到了播音员在谈论车臣战争。他变得紧张起来，因为他不想让这一瞬间从自己的指缝间溜走。他看到车载音响里有一盘磁带，便按了下去，耳边随即响起了甜美的歌声。这歌声总是在孤独难眠的夜晚陪伴着他，也让他明白了这段新感情的意义所在。歌中唱道：

“一个又一个白天、黑夜，我们融化在爱情的甜蜜里，无论是在白天，还是在黑夜。”

艾布·法赫德的心徜徉在歌声里，表情也随之放松了下来，一阵陶醉猛然地涌上心头，又暖暖地沉入心底，嘉琪的脸庞从沿街路灯的反光中浮现在他的面前。他悠然地驾驶着自己的别克车，身后的汽车喇叭声急切催促着他，但他却毫不在意。他来到苏麦斯医院，从一条弯弯曲曲的街道拐进了自己的家。爱的歌声依然在他的耳畔回荡，他独自坐在车里微笑，想着那颗黑色的美人痣，一个人唱了起来：

“没想到面纱会让我如此着迷……”